逸海文心

李熳 ◇ 著

YIHAI WENXIN

中国文联出版社

图书在版编目（CIP）数据

医海文心 / 李熳著 . -- 北京：中国文联出版社，2024.4
 ISBN 978-7-5190-5347-5

Ⅰ. ①医… Ⅱ. ①李… Ⅲ. ①散文集－中国－当代 Ⅳ. ① I267

中国国家版本馆 CIP 数据核字 (2024) 第 060180 号

著　　者	李熳
责任编辑	贺希　刘雷
责任校对	秀点校对
装帧设计	北京春天书装图文设计工作室
出版发行	中国文联出版社有限公司
社　　址	北京市朝阳区农展馆南里 10 号　　邮编 100125
电　　话	010-85923025（发行部）　010-85923091（总编室）
经　　销	全国新华书店等
印　　刷	北京顶佳世纪印刷有限公司
开　　本	850 毫米 x 1168 毫米　1/32
印　　张	10.25
字　　数	204 千字
版　　次	2024 年 4 月第 1 版第 1 次印刷
定　　价	58.00 元

版权所有・侵权必究
如有印装质量问题，请与本社发行部联系调换

自序 我的文学梦

2006年，我到澳大利亚访学时，应朋友邀请，在博客上分享异国风情，方重拾文笔。一开始只是写写游记，分享在澳大利亚的所见所闻。后来逐渐体会到"独在异乡为异客"的孤寂，开始抒发内心所思所感。当时我的周围都是金发碧眼、高鼻深目的异族人，他们虽能与我语言互通，却不能理解我的家国情怀。面朝大海，心念长江。这时的我更加思念亲人和祖国，晚上不是梦见妈妈，就是梦见女儿，有时还会梦见去世十多年的爷爷、奶奶。于是乎，夜深人静，孤枕难眠时，忆及往事如昨，我文思泉涌，写了一些有关家族记忆的叙事散文。

实际上，我对文学的爱好，似乎是与生俱来的。记得小时候，我家住在汉口金城里，紧邻江岸区少儿图书馆。从记事起，我就经常趴在书库的后门门缝向里窥视，看到一架架图书、一盒盒卡片，三三两两中学生在里面翻卡片、找书。那时我感觉能在里面看书，是无上的荣光，是比过家家、捉迷藏更有趣的事情。不过，那时我们还得不到进馆的许可。

上小学时，学校终于组织我们办了借阅证，让高年级小学生充当馆员。当时，能当小馆员是我心中的梦想：坐在书柜前，给小朋友们登记、发书；闲时，各种儿童画报和书籍触手可及，随便翻阅，多么富有！那时候，除了到图书馆借书以外，妈妈也给我订阅各种报刊杂志：《儿童文学》《少年文艺》

《东方少年》《作文通讯》《飞碟探索》等。妈妈还总是放十几块钱在抽屉里，我可以随便拿去买小人书，或者去看电影。

书读得多了，我又爱上写作文，作品也经常受到老师表扬。我爷爷是小学语文老师，总辅导我学习报刊上的作文。有一次，他把我的作文书扔在桌子上，生气地对我说："别的孩子的作文都发表在《作文通讯》上，都说你作文写得好，怎么没看到你的文章变成铅字呢？"从此，我开始热衷于向报刊投稿，不过，文章都是石沉大海。

初中时，我终于获得进入江岸区少儿图书馆书库借书的资格，可以心满意足地翻遍所有卡片，得以一览语文老师经常提到的苏联小说——《钢铁是怎样炼成的》《卓娅和舒拉的故事》等等。除了拜读名家经典，我涉猎广泛，初中时以看励志、科幻、破案题材的作品为主。马克·吐温的《哈克贝利·费恩历险记》，柯南·道尔的《福尔摩斯探案全集》《被遗忘的世界》都被我收入"脑"中。

语文老师王晓鸣很关心我，鼓励我投过几次稿，还夸我写东西又快又好，是当新闻记者的材料。不过，我投的稿件都杳如黄鹤。老师安慰我，说很多在文坛享有盛誉的名家在成名之前都曾被反复退稿。但是，佳作仍是佳作，大师终究是大师，贵在锲而不舍地坚持。于是，我就以为自己是"天将降大任"，肯定要遭受些挫折的，之所以我的文章发表不了，是因为我投的稿件不够多！

同时期，我接触到了对我影响最大、塑造了我的人生观的书——《钢铁是怎样炼成的》。我被身残志坚的保尔·柯察金抗击命运的顽强意志深深感动,我想像他一样,把自己的追求和祖国、人民的利益联系在一起,成长为一名钢铁战士。为了不虚度年华,我珍惜时间,刻苦学习,从班上的第十多名,一跃成为第一名。我也希望像保尔一样,将自己的整个生命和全部精力都献给世界上最壮丽的事业——为人类的解放而奋斗!这也为我后来做公益事业埋下了伏笔。

读高中后,理科生考学的压力很大,而我还是参加了武汉六中的上智文学社,受到一些写作的启蒙,学写朦胧诗。高三毕业时,我拥有了一张江岸区成人图书馆的借书证,经常去外借处(现在的物外书店)借书,如《青春之歌》《静静的顿河》,高尔基的《母亲》《童年》《在人间》《我的大学》。看见残破的书页,我还给它粘好、压平,再还回去。这些书我最喜欢看高尔基的《母亲》,《母亲》以饱满的激情阐述了俄国工人阶级和广大革命群众在革命斗争中不断觉悟、成长的过程。革命青年巴威尔的母亲尼洛芙娜从一个柔弱、温顺、忧郁,在痛苦生活中逆来顺受的传统工人妇女,变成了一位满腔热情、勇敢无畏并能支持儿子事业的革命者。她不辞辛劳长途跋涉地送报纸、传单,不顾警察的残酷毒打向群众宣传革命真理,眼里闪烁着信仰的光芒。这本书,进一步坚定了我的共产主义信仰。因此,那时候我写的诗文,也是充满了革命理想和激情的。

考上湖北中医学院以后,课业闲暇时我又读了沈从文、汪曾祺、贾平凹等大家的散文，并通过为学校黑板报写散文来磨炼自己的功底。在室友的影响下，我又在大学图书馆读了很多世界名著，如《安娜·卡列尼娜》《悲惨世界》《基督山伯爵》《约翰·克利斯朵夫》《罪与罚》，英国小说家劳伦斯的系列小说，等等。我喜欢探索人类心灵、描写恢宏历史下复杂人性的名著，却不喜欢写情感纠葛的小说，如《飘》。那时候，我最喜欢罗曼·罗兰的《约翰·克利斯朵夫》，这本书描写了克利斯朵夫这位伟大音乐家的一生，纤毫毕现地刻画了主人公的精神气质。我最欣赏此书诗意的语言和独特的心理描写，深刻感受到人类的思想才是最丰富、最细腻、最深邃的，甚至比宇宙还神秘。这本书，促使我选择了报考神经生物学系的博士学位，以探究大脑的奥秘。

读研究生时，我在实习时遇到的患者——画家鲁风先生的引荐下，结识了《长江日报》的副刊编辑鲍风老师，他指导我写了《文学青年越来越少了吗》等文章，发表在《长江日报》"江花"副刊上。不过，鲍老师说，指望写作来养家是不容易的，还是要有自己的事业。写作是衣食无忧的人闲暇时的消遣。鲍老师的散文和文艺评论写得很好，他本人是可以做自由撰稿人的，但他仍以自己的编辑事业为主业，我这样的文学爱好者更是不要指望以写作为生了。所以，我也一直未敢停止对事业的追求，希望能有一份稳定的职业。

我考上同济医科大学（现在的华中科技大学同济医学院）的博士研究生后，做实验的压力非常大，但最终获得中西医结合基础专业的博士学位，留校任教。985工程大学对老师的要求也是非常高的——要申报课题，并在《科学引文索引》（SCI）收录期刊上发表论文，为此我几乎八年时间都没有写作。扪心自问，我对文学的热爱就此让位于医学使命了吗？

在澳大利亚访学时，我在博客中写了自己在澳大利亚的游学经历，故事有趣，图片精美，收获了很多粉丝。一方面，我重温了文学梦，另一方面，我在博友空降老兵、梦冰和忆梦等人的感召下，利用博客的影响力做公益事业，救助了几位血液病儿童，并参与发起了圣诺亚爱心公益社团。2011年，社团的领头人梦冰姐和她的几位友人一起创立了"爱心衣橱"公益项目。目前，"爱心衣橱"已经成为中华社会救助基金会的品牌项目。2013年，我也开始为"爱心衣橱"项目做公益宣传，2016年和琦琦爸爸、释果琴、紫珈等志愿者组建了"爱心衣橱"湖北志愿者站，现在更名为中华救助青少部湖北志愿者站，为湖北山区贫困孩子筹集冬季校服和助学款。

文学青年在医海里泛舟，行如逆水，不进则退！回国后，我保持着写作的习惯。因为喜欢写作，珍惜生命，我每天都写日志，让时光定格在文字中。我整天忙忙碌碌，马不停蹄地备课、写课题、写英文论文、组织公益活动。每天，我都在梦想和现实之间挣扎。即使拿到再多的课题，发表再多的英文论文，只要文学梦没有实现，我还是觉得愧对上苍赋予的才华和生命。蓦然回首，年近半百，鬓发已白，而我的文学梦想都还没有实现呢！

受到一起写博客、做公益的忆梦妹妹出散文集的鼓舞，承蒙另一位博友——北京诗人张红樱的引荐，我荣幸地结识了中国文联出版社的王柏松编辑。幸得各位挚友帮助，我从数十年来近百万字的日志和散文中精选出十万字，加上原创短篇小说，汇集成十五万字的散文小说集，题为《医海文心》，奉献给大家。

这本书，得到了北京作家忆梦，新疆作家李长君，我的研究生王随曦、武彩花、蓝渝叶，我的临床带教老师经屏，医生朋友杨乐，公益朋友谭玉平、乔颖、李平安、梅雪等人的修改，在此一并致谢。

出这本书，既不是为了控诉生活的苦难，也不是为了扬名立万。医学是我的使命，文学是我的爱好，公益是我的责任和担当，如果身体跟得上，我愿意一心三用。但愿大家能从一个童年苦难、热爱生活的人身上，获得如何在兼顾现实的前提下，追寻梦想、帮助他人，升华人生的意义，同时也治愈自己。

谨以此书，向爱心朋友们奉献的热血和青春致敬！向英年早逝的志愿者爱忘、小飞、果琴致敬！向我逝去的妈妈、姨妈、姑妈和表哥们致敬！

2022 年 2 月

目录

1　人间有情

梦回童年	3
红蓝铅笔	7
闪亮的日子	11
怀旧情结	15
我们的浪漫	18
姨妈陪我逛西安古城墙	26
导师的话	29
画家鲁风先生	32
我的文学老师鲍风先生	39
回到大山的怀抱	43

2　访学散记

悉尼，我来了	51
我和老外同事相处的几大秘诀	55
天上的星星不说话，地上的娃娃想妈妈	58
大洋洲华人新移民困惑种种	63
面朝大海，思念长江	68
海外游子的中国胃	70
自己的幽默	72

科学的盛会	74
大洋路一瞥	77
再见，新南威尔士大学医学院	83
别了悉尼	87

3　医海泛舟

实习惊魂	93
生命不能承受之痛	98
医学教学的感悟	115
幸运之旅	120
秋天的收获	124
神奇的针灸	127
学医救自己	131

4　冬日暖阳

蓉蓉	140
小春	145
小雪	148
云秀	155
关爱老人	160
情暖贵州	165
为血液病孩子圆梦	169
爱心衣橱送新衣	183

志同道合的公益朋友 202

追忆离去的公益挚友 212

十七年，新起点 231

5 文海归心

最后一面 237

完美的降落 241

银杏园春秋梦 244

跋

相知无远近，万里尚为邻 313

人间有情

1

我常在深夜将思绪投向无垠的宇宙,思考生命的终极意义。人类丰富的灵魂在肉体消失后,真的无处可去了吗?不论一个人多么强大、多么成功,在重大疾病、自然灾害和无情岁月面前,都将成为弱者。所以,珍惜人间真情,爱你身边的人吧!

梦回童年

琅琅书声回荡在一座乡间小私塾里。

"子曰:学而不思则罔,思而不学则殆……"

我仿佛化身为了一个小小的学童,混于孩子堆中,摇头晃脑地读着。

一偏头,看见奶奶在一旁做针线。她梳着黑亮的发髻,戴一对金耳环,一双小脚在青布长裤下若隐若现,我对奶奶一笑。

"啪!"身着长衫的爷爷一个竹板打到我手背上,"用心!给我好好背。"

"小猫钓鱼,有一只小猫……"

在梦中,儿时的我在读书,爷爷就是我的启蒙老师。

奶奶在花白的头发上擦了几下针,递给我说:"让熠儿玩一会儿吧!来,给我穿针。"我拿着闪亮的针有点稀奇,怎么爷爷奶奶一下子都老了,还从乡下搬到了城里,住在仅十几平方米低矮的小屋里。梦里的世界就是这样天马行空!

我把穿好的针递给奶奶,奶奶却在织布机上织起布来。偶尔几声狗吠从乡野的夜色中飘进来,爷爷手持一卷古书,走过去问奶奶织了几匹,谋算着再到镇上换点家什回来。

"哇——哇——"

是婴儿的哭声。

我看见奶奶用粗布把还是一个小婴儿的我裹起来,放进摇篮里，轻声哄着："熳儿乖，熳儿乖……"新织的土布，有点扎手却很结实，像白白的粗米粉子。奶奶一会儿递奶瓶，一会儿换尿布；一边软语低唱，一边把摇篮摇着。我迷迷糊糊地睡去了。

"熳儿，熳——儿——"

谁在叫我？

"都6点了，快起床，上学要迟到了。"

是爷爷，我昨天让他叫我起床。炉子里泛着朦胧的暖红的火光，把奶奶的脸映得红亮。奶奶正端起一碗面条递给慌慌张张的我，碗底舒舒服服"躺"着一个饱满的荷包蛋。

我盯着这个黄色的鲜亮的鸡卵，仿佛又看到橘黄的饱满的夕阳下，爷爷扛着我在泥泞的田埂上走着。

到家时，奶奶正等着我们，"熳儿，你爸从油田上回来了。带回来一只潜江的土鸡，让爷爷杀了，我炖汤给你们喝。"爷爷便杀了那只鸡，用鸡毛和铜钱给我做了一个毽子。我高兴地踢着毽子，一直玩到天黑才爬上爷爷奶奶的木床，褥子下垫了厚厚的一尺深的枯草，很软和。

"睡吧，睡吧……"

我睁开一只眼一看，怎么又到城里的小黑屋来了？我哼唧着扭了扭，嘴里嚷道："好热！好热！"奶奶"啪嚓啪嚓"地摇起芭蕉扇，像催眠曲，我又睡了过去。

"啪嚓"声渐渐变成有节奏的低吟，我不情愿地醒来，爷爷正在教我一首诗："白日依山尽，黄河入海流……"我读着又发现自己坐在清早的中学教室里上自习，老师是年轻时的爷爷，穿西服打领带，一本正经的样子，我很想笑。梦中的我，多想让爷爷成为我真正的老师啊！

从学校对面的楼房里飘来一阵歌声："昨夜多少伤心的泪涌上心头，只有星星知道我的心……"我转眼看去又是一片黑暗，只有几颗寒星闪烁。

"熠儿，熠儿，快来，爷爷不行了……"

是奶奶在唤我。

我从床上一跃而起，跑进爷爷和奶奶的小屋，扑到爷爷床边，只见爷爷眼睛睁得很圆，却说不出话。我说："爷爷，我给您念几副对联，我说上联您来说下联，好不好？"

"磨大眼小——齿轮轮——吞粗吐细。"

"秤直钩弯——星朗朗——知重识轻。"

爷爷的嘴巴缓慢开合，声音低沉、断断续续——对联让失语的爷爷说出了话。

我又成了医生，在给爷爷打强心针、输氧，耳边仍回响着"星星知我心"……

奶奶给爷爷合上了眼睛，背对着我说："爷爷盼望你考大学呀，熠儿。"

我这时又坐在大学的教室里了。

周末最后一节课的下课铃声刚响，我却已经走进了回家的小巷。一抬头，看见奶奶正站在阳台上，望我回来，银发在风里飘啊飘。我还没坐定，奶奶就已经踮着小脚颤巍巍地走到床头，变出一个大苹果和几块糖，说偷偷留给我的，别让妹妹知道。我又把苹果削成片儿喂给奶奶——奶奶牙没了。我听到奶奶问我还有多久放假，我说还有两个星期，考试完了就放。我一边随意翻着书，一边心不在焉地听奶奶讲家里的琐事。

奶奶的声音越来越含糊，我转头一看，奶奶倒在地上！奶奶中风了，说不清话，不能动了！

卧床的奶奶要我把她从床上推着坐起来，说："摇我吧，摇我吧，我好难受呀！"我便吃力地推着她的肩膀和背，一下一下前后摇着她。

摇着摇着，我变成了奶奶，奶奶变成了摇篮中的我。

奶奶说："别摇了，你累了。熳儿对我真好！"我放下奶奶的身子，奶奶躺在床上，永远地闭上了眼睛……

我抱着盛有奶奶九十年生命的盒子，走在故乡的土地上，那轮澄黄的夕阳像奶奶给我煮过千百次的荷包蛋的蛋黄。曾和奶奶爷爷五世同堂的子孙都在坟头跪拜。我等他们一个一个散尽了，最后磕了六个响头——奶奶三个，爷爷三个。我一步一回头地离开了爷爷奶奶长眠的田埂，走到旷野里，又朝着他们安息的方向大喊了几声："爷——爷——，奶——奶——"

我听到了旷野的回声，奇怪旷野怎么会有回声？侧耳聆听，是爷爷奶奶在唤我："熳儿——熳儿——快回家！小心——着——凉！"

1993 年 6 月

红蓝铅笔

"上组胚课,每人要备一支红蓝铅笔。"学习委员对全班同学宣布。

红蓝铅笔……红蓝铅笔……爷爷的红蓝铅笔……

记忆的碎片碰撞着,融合了,浮现出模糊的变幻着的影像——

一间十余平方米的小屋,一扇破旧的大木窗,一张简陋的木板床。床前的一小块空地上,爷爷摆了一张方凳,又搬了一张小马扎,艰难地佝偻着在小马扎上坐下。他摊开一本发黄的拼音课本,又在方凳上铺平一沓纸,用红笔那头在纸上一笔一画地写下:人、口、手……然后叫我:"熳,来,照着我的写。"

我从爷爷手里接过红蓝铅笔,坐在小马扎上用蓝笔那头描,可手怎么也不听使唤,连一竖都描不下来。一旁的爷爷忙弓下身来,"爷爷握住你的手写。"爷爷的手握住我的手,又大、又温暖、又有力。这是我第一次学写字,是爷爷握住我的手教的。

自此,爷爷每天都教我读书、做算术,我那顽童的眼睛被擦亮了。

一开始学拼音、数字,到后来,我能背课文、"九九乘法表"了。每天上完课,爷爷依然用红笔那头,写一排新认的字,出一溜儿算术题。然后我便趴在窗台上,一笔一画做我的"作业"。再后来,我不再描字,能自己歪歪扭扭地写字了。

做完了"作业",我便撒腿跑出去玩,远远地在巷子里望见爷爷提一篮子菜往家走,便欢天喜地地去迎。刚回到家,爷爷就戴上他那缺了腿、得用绳子挂在耳朵上的老花镜,从口袋里掏出红蓝铅笔,用红笔仔细批改我的"作业":在写得好的字上打一个圈儿,在做错的题边上画一个叉儿。

"作业本"通常是爷爷用烟盒纸订成的。爷爷抽游泳牌的便宜烟,抽完把烟盒纸和不太皱的锡箔纸攒下来,用线订成本儿。那时我尚不知爱惜,把爷爷的宝贝红蓝铅笔,悄悄拿去玩,自己在"作业本"上打钩、打圈儿。玩够了,就随手一扔;跳来跑去的时候,也常把它摔落在地。于是当爷爷削铅笔的时候,刚买没几天的红蓝铅笔一削就断。

爷爷便生气地喊我过去:"熳,是不是你干的好事?真是个败家子,拆物榔头!"我不怕,早在我扯断了他的眼镜腿、玩散了妈妈刚给的圆珠笔时,就知道了爷爷这一套。我嬉皮笑脸地讨饶:"再不敢了,再不敢了!爷爷,奶奶还叫我去掏炉子呢。"爷爷无奈地摆摆手,"去吧,去吧,叫你爸爸再给你买一支。"

那时候,家中老小七口人,爸妈还没有落实知识分子政策,工资并不高,生活还很拮据。于是在我幼小的心灵中,红蓝铅笔占据了一个珍贵的位置。

6岁时,爷爷说:"熳,该上学了,要听话。"

我背着小书包上学去了。我有了好多香水铅笔、自动铅笔,后来又用上了圆珠笔、钢笔、毛笔、水彩笔。爷爷依旧教我、疼我。小学读了五年，爷爷给我报了五年听写，签了五年的"家长阅"，听我背了五年的书。

初中时，功课紧了，爷爷只能在饭桌上给我讲典故、对联、古诗。帮奶奶理完菜后，爷爷就捧着我平素极少看的《作文通讯》《作文指导》《语文报》圈圈点点，待我放学回来恳请我"赏光"看一遍。我极不情愿地放下课本，又看见了熟悉的红蓝铅笔的笔迹。

"爷爷，拿我的红蓝圆珠笔写吧！多清楚，多便当。"

"不用啦，用惯了。一把老骨头了，还用什么好笔啊！"

念高中后，功课更紧了，只下晚自习回家睡个觉而已。星期天，爷爷满怀期待地要教我时，我却总推辞说要考试了，作业做不完。

高二的深秋，期末考试就要来临，回家听说爷爷身子不好了，我瞧了一眼又学习去了。却不知，爷爷已走到了生命终结的边缘。

爷爷身体越来越差，渐渐起不了床。我战战兢兢、夜不成寐地过了一个月。终于，门口立着的花圈宣告一切结束了。

当我站在爷爷的骨灰盒前，说"爷爷，我又得了第一名"时，那红布包裹的宝蓝色盒子，使我仿佛又望见了它——红蓝铅笔。泪光中，它那红蓝相间的身体首尾相接，变成了天使的光环，带着爷爷飞向天国……

"给，你的红蓝铅笔。"同桌把帮我买的一支红蓝铅笔递给我。

我紧紧地把它握在手里,心里默默地说:"爷爷,这支崭新的红蓝铅笔,应该给您。天上应有更加灿烂的诗篇,等您,用我为您削的红蓝铅笔,标上平仄,圈圈点点……"

可有谁能帮我,把它寄给您呢?

1990 年 12 月

闪亮的日子

"是否你还记得，过去的梦想……我们曾经拥有闪亮的日子……"我喜欢这首歌。

我不曾拥有金色的童年，但我拥有闪亮的少年，我那充满理想、充满追求、现在一想起来就要黯然泪下的少年——因为那些理想，全都成了泡影。

那时候我刚踏入中学，用一双顽童的眼睛看世界，又好奇又胆怯。我想学好多好多的知识，写好多好多的文章。我那时候好狂妄，开学第一次写作文就肯定"我一定会遥遥领先的"，结果被语文老师说了几句嘲讽的话。可是她，后来却偏偏看重我，成了我永生难忘的良师。

她以她的行为教我，要为人正直，疾恶如仇；她以她的言语教我，想说就说。她用那么崇敬的口吻谈《钢铁是怎样炼成的》，谈她所受的鼓舞，我怎能不被感动？我便在少儿图书馆的阅览室里每天看几章，我的面前有了一个崭新的世界。因为，我懂得了生命的每一分钟都是宝贵的。

从那时起，我更加热爱生活。自己在家里做物理、化学实验，比如做个小冰箱或制一包醋酸钠呀，好像自己就是爱迪生或是居里夫人。晴朗的夏夜，我便在阳台上观察星星，对着《天文爱好者》杂志找星座，甚至想做一个天文望远镜。有太阳的白天就想做个太阳灶，为此收集了好多香烟锡箔纸……

我的一番折腾显然遭到大人们的反对，因为我也确实是成事不足、败事有余。比如，太阳灶真的点火了，几乎造成火灾，或者把爷爷的玫瑰花嫁接得一塌糊涂。偶尔我也会有点小得意，比如，我能把在科技夏令营里学做的小汽艇带到江边成功试航。

天天晚上看星星，自然又产生不少幻想。早在童年时代，UFO（不明飞行物）就被表哥以吓唬人的形式介绍给我了。于是我一天接一天地做着外星人来访的梦，有时候是他们乘坐橙黄色飞碟而来，有时候是我发明"太阳帆船"追随他们而去。

我狂热地在书刊亭里寻找《飞碟探索》杂志，热切地自学物理，连物理老师——那个一向夸我学习方法好的老头儿，都笑着对我说："你以后说不定要成为天体物理学家呢！"

我多么向往，有朝一日能和外星人对话！于是，我每天在上学路上，都学着书里说的那样，默念："我是李燧，我是李燧，外星人收到没有？请回答！请回答！"虽然外星人到现在也没有给我一个回话，但我仍然期待着和他们相逢的那一天。

这期间，我看了电视纪录片《迎接挑战》，更是热血沸腾。我多么想成为一名科技工作者，振兴我国的航空事业或化学工业，赶上发达国家；我多么羡慕卫星发射中心里那些穿白大褂的科技人员。我深知，要想成为他们就得考上大学，得上重点学校。从那一刻起，我更加发奋读书了。

那时候，我以何等的希望，扮演着少年科学家的角色。

中午，初中同学们一伙一伙地打扑克牌，我却一个人在看《科学家的故事》。他们一口一个影星，我随便谈点什么，最后都可以扯到UFO上。甚至学着牛顿的样子，衣着随便，不拘小节。同时我又以无比的热情，投入到班上的团支部活动中去，仿佛我一定会成为一个像保尔一样的革命者。

我的学习、工作那么叫我着迷，同学们都说我是一个理想主义者。好朋友笑我的不成熟，老师喜欢我的直爽，我的生活充满了阳光。

初中毕业，我终于如愿以偿考上了省重点高中，而且是全年级最高分。我更是天天做着飞天梦，要是当不了宇航员至少也得当个飞行器专家。我以满腔的热情学习，组织团日活动，是个出类拔萃的三好生。暑假、寒假全都用在准备竞赛上，每天趴在母亲办公室的绘图斜面上写写算算……一直到高考前的一个星期，我还憧憬着走进北京航空航天大学的大门。

然而，由于长期熬夜做题导致身体不好，学习效率低，我那意外的分数彻底打碎了我的北航梦。但我仍不死心，执意第一志愿报一个一般的航空院校，在东北。"那要转多少道火车，又是冰天雪地的。"父母不同意，硬要我报了一个武汉的工科学校。然而湖北中医学院的录取通知书一来，我连学工的理想都破灭了。

我注定要当一名针灸医师了，可以穿白大褂了，却不是科学家们穿的白大褂。南湖机场又离得那么近，每天都有银色的飞机不断地从校园上空呼啸而过,我总是如醉如痴地看着它们,心里不知是什么滋味。我永远也不能拥有它们了,永远也不能飞上太空了——每看到一架飞机飞过,我就自嘲一次,但又有什么法子呢?

后来,我很少做有外星人参与的梦了。我当然要服从分配,学我的中医。可是,每当夜深人静,凝视夜空中闪烁的星群,我就会想起我曾拥有过的,那些闪亮的日子。

1990 年 10 月

怀旧情结

"风雨的街头,招牌能够挂多久。爱过的老歌,你能记得的有几首。交过的朋友,在你生命中,知心的人有几个……"旧日的踪迹,已如过眼烟云,何处寻觅,欲忆还休。

我不喜欢追赶新潮,我只珍惜我心中的记忆。儿时妈妈教给我的第一支歌"小燕子,穿花衣,年年春天到这里……",我至今难忘。

小学时学唱的儿歌,我现在几乎首首都记得。夏日的黄昏,暗红的暮霭中,我会朗朗唱出那些熟悉的旋律,让我想起纯真、美好的儿童时代。

初中时,边上学边看连续剧。数年之后,当电视机里传出巴西电视连续剧《女奴》的主题曲时,我会想起当年班里一个长得像影片中女主角伊佐拉的美丽同桌女孩。我们一起打乒乓球、唱歌、郊游、换早点吃,多快乐、多浪漫的一对同桌。

高中时我迷上了苏芮的歌曲,此生断难忘记那悲切的曲调,难忘记夜泊洞庭的江船里,那位唱着"为什么我的心总是,在阳光照不到的角落"的风度翩翩的实习老师。每一份改过的试卷,每一个课本上的记号,都令我想起教过我的老师,那神态、那话语,历历如昨。那一份份入团申请书,一次次团组织生活记录,使我忆起旧日同窗的音容笑貌,忆起我们共度的美好时光。那时,我是个多么醉心于工作的团支书啊!

不光是歌曲，就算是一样样旧物，甚至是一种特殊的气味，也会把我引入记忆的长廊。当我闻到丝瓜瓤的味道时，我会怀念起儿时的小屋。那是一间15平方米、6个人住的小屋，那是爷爷把汽水瓶盖钉成串给我玩的小屋，那是奶奶在夏日夜里为我整夜扇蚊子的小屋，门口悬挂着洗碗的丝瓜瓤，弥漫着甜香。丝瓜瓤——小屋，我永生难忘的小屋。

交过的朋友，就像时刻萦绕在我心头的各种旋律，时而舒缓，时而激荡，时而鲜明，时而黯淡。旧友重逢，相对无言，而隔山隔水时，却是止不住地思念。写长长的信叙旧，写信的人写着写着便落泪，读信的人读着读着也落泪。见了面呢？谁也不好意思落泪，只是谈谈自己的近况，才发现彼此生活在不同的世界里，才发现原先熟悉的好友重又陌生——又生惆怅："时过境迁也。"然而，世界变了，朋友的心还依旧，还在关心对方，还在理解对方。"既然选择了你这样的朋友，我永远无悔无怨。"

能够成为朋友，不一定是因为和他们相处得久。小学三年级，我新转到一个学校，好多女孩子都请我到她家玩。其中一个小姑娘小琳，格外热情、活泼，我们成了好朋友。我们常常一起写作业到天黑，一起看小人书，写老师布置的日记，有时竟是内容相同的日记——抄一本书的内容提要，然后美其名曰"读后感"。仅仅一年半后我又转了学，而我们直到现在仍是最好的朋友。

初中时遇到一位女孩小竹，很有思想，博览群书。我们一起听磁带、玩鹦鹉，一起练仰卧起坐，听她爷爷的教诲。初二时她虽然转了学，而我们已注定是一生的朋友了。还有两个初中好友早早就已参加工作，那时我尚在读书，但我们何尝不是互相牵挂呢？

重点高中读了三年，学业紧张，竟少有知心朋友。或许我太苛求，然而我相信朋友之间不管经过多少年多少事，都是应该心心相印的，所以我要慎重选择。我怎能容得下一个只知和人竞争，而不知体贴他人的朋友呢？

今日回家路上，我正要走进轮船码头，忽听有人连声大叫我的名字。蓦然回首，竟是高中时班上的一个男同学，我曾经的竞争对手——那时我请教他物理题他都不愿意教我。他的面孔忽然变得很亲切，唤起了我对同窗生活的回忆。我们互留了地址。在这陌生的渡口，竟遇见一个熟悉的同学，多么奇妙的相遇！怅惘的心胸忽起波澜，如饮甘露般爽心。一切都可以原谅，只是需要时间。

哦！怀旧情结，欲解还乱。

1991 年 9 月

我们的浪漫

一、郊县岁月

当友人得知我的恋人是个空降部队的军人时,都瞪大了眼睛对我说:"这世界已经少有浪漫的故事了!"

那几年,他在千里之外的北方读军校,毕业分配时,他拒绝了留校任教,毅然回到基层空降部队。我在城市,他在郊县,每次见面,都要辗转两个多小时的车程。我把他的信一封封积攒起来,想他的时候,就把珍藏的信件逐页翻阅,读着那些有关爱情的句子,回味我们的浪漫,寻找我们爱情的影子。

他所在的连队,在郊县的边缘。白天,可以看到一望无垠的田野。蓝蓝的天,白白的云,比山泉还要清凉的空气,比空气还要纯洁的人。晚上,走出营房,见一弯清冷的月牙从乡村小店的屋顶上升起,挂在枝叶稀疏的梢头。夜空暗蓝而又静谧,好像一幅十年前的旧照。这景象,让我想起一句古诗:"鸡声茅店月,人迹板桥霜。"

我们在没有路灯的田间小路上走着,城市的滚滚红尘远了。没有卡拉OK,我们在旷野的天籁中歌唱;没有舞曲伴奏,我自己哼着歌,教他跳起了三步踩、伦巴。我们跳得很尽兴,在乡间的月光下,在田间的小路上⋯⋯

后来,他到更远的地方集训跳伞。那天,我冒着大雨去找他，我走过了一座又一座营房，问过了一位又一位战友，身上都淋湿了，雨鞋里灌满了水，却一点也没有着急上火。因为我看到一簇簇的满天星、野菊花在路边轻盈地摇曳着，池塘里荷叶上雨珠滚动，几只小龙虾扬钳挡道。这许多的新奇都让我开心，忘却了城市生活的单调乏味。

找到他后假装发发火、撒撒娇，心里却一点也没生气。离开部队时，战士们给我摘了一大把桂花。我把它带到寝室里，干桂花瓣夹在书中，让我时时不忘乡间营房的芳香。

另有一次我去找他，下车后迷路了，部队的营房一模一样，分不清哪是哪，我绕了好大一圈才找对方向。我看见那颗硕大的火红的落日在秋天的田野尽头渐渐隐没下去，却无暇欣赏落日的辉煌。在一片橘红色的晚霞下面，我提着沉重的水果，在田间小路上飞奔起来，却完全感觉不到水果的重量。等我赶到部队，夜幕已经降临，战友们说他还在高速公路边等着，连忙又用电筒打信号呼唤他回来。那时，我们还没有手机。

这就是我们的浪漫了。这许多天，因为工作、学习的关系，我们又久未见面了。所以我就写下我们的故事，回忆我们的浪漫。

1993 年 10 月

二、我的军嫂生涯

十多年前，我到先生军校看他毕业阅兵典礼，那时我还是他女友。教导员对我摆出一副冷冰冰的样子，他可能心想：就是这个不起眼的小丫头，把我的骨干拉到湖北空降部队，连留校都放弃了。

当年，品学兼优的先生被学校领导看中，本来可以留校任教的，但当时我在武汉读书，家也在武汉，不愿意他留在北方，他自己也愿意回武汉的部队锻炼。

我第一次到武汉附近的小县城驻扎的空降部队看望他时，他的老乡都以为，个子小小、扎着马尾辫的我只有15岁。他们都埋怨我先生，怎么找了个年纪这么小的，跟初中生似的，怎么谈朋友啊！其实，那时我有20岁了，但是衣着朴素，话语幼稚，就显得更小。先生大我5岁，本来就很沉稳，办事踏实，说话成熟，看起来好像比我大10岁的样子。就是现在，他也还是时时教导我如何说话做事才更稳妥。我出国时，他说："要是可能，我就送你到悉尼安顿好了再走。"可见对我实在是放心不下。

部队的军嫂们都小心翼翼地照顾我，嘘寒问暖，我常常在她们家里蹭饭，当然也常给她们拿脉开方，提供医疗咨询。我在她们面前，既自负，又自卑。自负的是，我是大学生，有文化，她们大多是战友的同学或同乡，等着男人提了营职以后做随军家属；自卑的是，她们比我漂亮，比我成熟，做起家务来都是行家里手，而我就是一个稚嫩的小丫头。

乡下的条件的确不好，离县城还有十多里路呢，有钱也买不到东西。小卖部、军人服务社，卖的都是杂货。想吃点好菜吧，就那几个农民自己开的饭馆。虽然，现在农家菜也时兴了，可当时在乡下，就算你是师长、政委，嘴馋了，也只有农家菜吃。

先生刚毕业，经济拮据，开始连农家菜馆也舍不得进。家属院里不知是哪位干部的亲戚支起个大草棚炒菜，吸引了不少年轻干部来吃。先生叫炒菜的嫂子炸了两个荷包蛋，一个青椒炒肉，还把鸡蛋和大部分肉都拨到我碗里，说我长得瘦，要多吃，自己却光吃青椒。

先生住的地方条件也差。我们住的是筒子楼，就两间房子，里间做厨房，外间是卧室兼客厅，雨天还漏雨。可是，那时候年轻啊，望着窗外那棵枝繁叶茂的大槐树，就觉得是风景。窗帘是前一个住户留下的，蓝色的底色，一群白鹤正在展翅高飞，"晴空一鹤排云上"的意境。望着那白鹤，希望先生的未来像那白鹤一样，青云直上。

工作两年后，先生条件稍好点，每次我去部队看他，他不是做鸡汤、鱼汤就是炖猪牛羊肉，要给我补身体。因为战友和军嫂们都说我太瘦了，怀疑我该不是有什么病。有一次我去看他，进门一看卧室兼客厅没人，就蹑手蹑脚地走进厨房。正在厨房里切菜的他，没注意到我回来了，吓得他壮实的肩膀猛地一缩，全身微微一抖。一个大男人，被我吓成这个样子，真是很可爱！

先生在野战部队，受了八年苦。不过，这八年里，我陪伴着他，同经风雨、共看彩虹，度过了我的青春年华。做军嫂的八年时光，是我一生中最珍贵的回忆。梦中的我时常回到空降部队，走在通往驻地的林荫道上，走过正在叠伞的战士身边，穿越生龙活虎的训练场地，和战友们春节聚餐欢聚一堂……我的青春留在了部队。

还记得那时20多岁，穿一身淡蓝色裙子、短发的我，在值班室接帮正在开会的连队战士电话。战士们开完会从我身边走过，唱着欢快的歌，吹着口哨，那洋溢着浓浓的青春气息又不失纯洁美好的氛围，我至今难忘。青春是不老的，永远鲜活在我们的记忆中。

2007年3月

三、我的留守先生

"我是风筝，高高地飞"，但不管我飞得多高，飞得多远，都有一根线把我牵着，那就是我的留守先生。

遥想当年，先生只为了一句爱的承诺，放弃了留在北方军校任教的机会，毅然来到我所在城市附近的野战部队锻炼，在基层辛辛苦苦地工作了八年。八年来，他几乎没有节假日，不是日常训练，就是外出拉练，抗洪救灾更是一去数月。八年来，他吃了多少苦、受了多少累，我担了多少惊、受了多少怕，只有我们自己知道。流逝了青春，苍老了容颜。

我也为了这句爱的承诺，不管我获得了硕士学位也好，博士学位也罢，还是出国深造，始终对他挚爱如一。

是的，先生没有多高学历，也不会甜言蜜语，还会经常批评我不会做事。但他是最能干的先生，家里大小事情，从装修到买菜，从搬家到翻晒衣物……都是他操持。他也是最负责任的先生，我出国后，孩子的教育、生活由他一人承担。每天陪着女儿散步，周末陪孩子逛公园或学习。我出国前的行李，都是他细心整理，使我能顺利开始异乡的生活。

学历高又如何？两个博士在家里，都要忙事业，谁来打点家务？甜言蜜语又如何？诗情画意又不能当饭吃。

是的，看到别的夫妇比翼双飞，我也曾羡慕。听到少数"朋友"语带讥讽，也曾懊恼。但我还是要坚持对初恋的忠贞，珍惜夫妻的缘分。

正因为有留守先生的支持，我才可以潜心做我的研究；正因为我心地单纯，所以才拥有一份坦然的童心去享受澳大利亚的自然美景。我幸福，因为我拥有一份真爱；我快乐，因为我从来对得起自己的良心。

因此，无论如何，我都要回到我的中国，我的家！我一定要陪我的先生，一起孝敬老人，一起抚养孩子，一起书写美好的人生。

正如苏芮在一首歌中唱的："如果世界会变小，如果时间会变老，我的心永远不变，永远无悔无怨……"

2007年5月

四、先生的好记性

先生的记性不知怎么这么好。昨天中午，我在医院看病人，也是先生那边的一个亲戚。先生打电话说："姑妈……"我本能地紧张起来，问道："姑妈怎么了？"话刚出口我就发现失态了，姑妈已经去世了，再不会有什么事了！他说："明天是姑妈去世一周年忌日，你给表哥打个电话，看家里有什么安排？"

我惊讶不已，我感觉姑妈离去已经很久了，恍如隔世，他竟然把时间记得这样清楚。同时我也惭愧不已，我们姐妹三个从小得到姑妈的照顾，我却不记得姑妈的忌日。我也感动不已，我家至亲的事情，先生总是记得比我自己还清楚。

记得今年八一建军节前夜，先生提醒我，赶紧给我爸打电话。我调侃道："怎么，你们两个转业军人要共度八一？"他说："什么呀，明天是爸爸的阴历生日！"后来他做了一大桌子菜，把我父母、姐妹们都请来给我爸祝寿。我母亲的生日也是，先生提前几天都在问我该怎么过。也许就因为有了好记性的先生，产生了依赖心理，我从来都没好好记住过家人的生日，除了女儿虹虹的生日，其他的人都靠先生提醒、张罗。

家里的东西，我也经常放丢。每天早晨找眼镜，先生都能告诉我准确位置，比如在书房电脑旁。平时有什么小东西找不到了，问先生，他也能给你准确定位到柜子的第几个抽屉。他，就是我家的 GPS（Global Positioning System，全球定位系统）。

每到换季，秋天，先生会记得把电扇擦干净收好；春天，会记得把电热油汀收到角落里。来年要找,问那些东西放在哪里了,只有先生知道。

  我在外面也经常丢东西,去西安把虹虹的一箱子衣服丢姨妈家了,害得姨妈又用包裹邮寄来。在澳大利亚把自己新买的一包夏天的衣服全丢房东家了,后被捐给了教堂。先生说:"你在外面丢东西我不奇怪,不丢东西才奇怪了,哪天别把自己丢了就行了。"

2009 年 11 月

姨妈陪我逛西安古城墙

西安古城墙，对于游客而言，是一处古迹，对于我而言，是凝固的儿时记忆。

30年前的城墙，看起来像是黄土垒成的土墙，残垣断壁如残缺的维纳斯。记得小时候，住北关的慈祥的姥爷总是带我们姐妹在北边城墙脚下捉迷藏。姥爷须发皆白，颤颤巍巍。他用一块灰白格子的手帕蒙住自己的眼睛，我们姐妹三个就四散躲藏在灌木丛中、树背后、黄土墙根下。

等我们"呼啦"一下全部出来，却突然发现，姥爷不见了。时空变换，黄土的城墙变成齐齐整整的"秦砖汉瓦"，上面可以并排走三驾马车。而我自己，也鬓角斑白。岁月啊！你真是一个魔术师！

记得9岁那年，小表哥用自行车载着我和大妹，从北关骑到西大街姨妈家，在城墙根时经过一段坑坑洼洼的石子路，自行车颠簸得厉害，我非常害怕，要表哥停车自己下来走。表哥觉得他车技高超，也觉得天晚了走路回家耽误时间，偏不停车，我就自己跳车下来，摔到石子路上，脸摔得鲜血直流（还好没破相），到家后姨妈赶紧给我上药。可见当时古城墙边的路况多么恶劣，不像现在是平平整整的柏油马路。那一段段黄土的残垣、昏黄的路灯、尖锐的石子，给我留下深刻印象。

2009年，姨妈带我逛古城墙时，如数家珍地给我介绍，这是什么门，那是什么楼。城墙上铺的青砖，都是当年村里捐赠的，上面都刻了捐赠人的名字。我们从姨妈住的和平门逛到朱雀门，姨妈说，只逛了不到五分之一，却逛了1个多小时。

我们边逛，姨妈边跟我谈姥爷、姥姥家族的往事。姥爷家在河南安阳，姥爷的曾祖父是举人，在外面做官，两袖清风地回到老家，也修不起房子。还是他的儿子做了古董商，家里才修起了深宅大院，屋檐上也有了神兽的雕像。姥爷家在安阳当地属于书香门第，娶的女人都是家世清白，品行端正，模样漂亮。

我这才明白，为什么姨妈和妈妈都那么漂亮，我的底子也不差（只是读书近视后变丑了），所以虹虹也漂亮，原来是遗传的。

姨妈始终怀念姥爷。曾在日本留学、满腹经纶的姥爷，做官时对百姓好，做老师时对学生好，坚决不为日本人服务，只做自己的学问，遵从儒家思想。我的印象中，姥爷弱不禁风，但英语、日语、古文样样精通，整天吟诵诗文。

不知姨妈是否感觉这世间，其实没有哪个人和她真正心心相印，只有姥爷才是她的知己？我也只是看到院里的几位老教授夫妇，真正做到了心灵和生活的默契，老头牵着老太太去买菜，或者一起学国画，谈起医学或者国事，都是很有思想和见地。我和先生也只能说做到了生活上的互补。原因是，我和姥爷一样体弱多病的底子，生活能力也很差，性格上的确也有缺陷，能找到先生这样能撑起一个家、理智又懂事的男子汉再好不过。姥爷和姥姥没有多少共同语言，一起过日子，彼此懂得宽容和忍耐，也是一种生活的智慧。

姨妈特别浪漫，喜欢旅游，她说，自己年轻时，工作要比别人干得好，玩也要比别人玩得好！到了古稀之年，新冠疫情前她还去港澳台、欧洲旅游，住美国女儿家一年。

我和姨妈总有说不完的话，她还把自己写的小说给我看。我们都是一样，喜欢医学、文学，懂得浪漫，感情细腻，单纯率真。不熟悉我的朋友不习惯我直来直去的性格，其实只要看到我妈或者我姨妈就知道，这种单纯的个性完全是遗传的。

姨妈已于2022年10月22日去世。她留下一些国画让我赠给爱心朋友。比如，给"爱心衣橱"湖北站捐4万元的老华侨，就得到了姨妈的题为"爱心一片洒人间"的墨宝。正如我的忘年交，画家鲁风先生所说，"人生难逢百年春，留得翰墨在人间"。

在这清明节，录旧作，怀念我的灵魂知己——我的姨妈。

2023 年 4 月

导师的话

80多岁的老导师关教授从美国回武汉一个月了，我很想带他看看辛亥首义烈士陵园，但他忙着看病、体检，没时间去。之前邢师兄已经请他吃了海鲜大餐。师兄一眼看去慈眉善目，表情和蔼，却微微驼背，过于谦虚，不自信，整个人伸展不开的感觉。老导师就说我们两个像，都特别实诚。我一看，真的像，简直像是我哥。

第一次见他是七八年前，他拎着一袋米往老导师家走，哼哧哼哧的，像个民工。后来，他工作忙，一直没见到，直到出国留学回来，看着洋气了很多。嫂子也很实在，特别贤惠，是难得的武汉好媳妇。她当面夸师兄脾气好，喜欢做家务，洋溢着一脸的幸福滋味。

邢师兄和老导师一样，是实实在在的老牌知识分子，带点傻气的。80岁的老导师，6年写了80万字的中西医结合基础方面的专著，但是曲高和寡，外地出版社不出，我正在联系湖北这边的出版社，看有没有伯乐。我之前总为自己熊头熊脑、傻里傻气的仪表自卑，看到师兄明白了，我们是同一个师父教出来的。或者说，老导师也喜欢挑选和他一样实诚得冒傻气的学生。

没空带老导师玩，我就自己炖了鸡汤送去。请他到家里或者外面吃饭，他推辞说最近血糖偏高不去，就带上虹虹拎着婆婆包的饺子去他家。他说："我要看看虹虹。"虹虹很乖地喊"爷爷好",回答爷爷的问话。老导师叫虹虹以后到美国上学,和他住一起。虹虹说:"我要陪爸爸。"老导师又劝说半天,要我放她出国进修半年,带她在美国学英语。走时老导师小心翼翼,好像抱一件易碎的珍贵玉器一样,抱了一下虹虹。这一抱,我感觉非常温馨,非常珍贵!

最近写了半年和企业合作的课题,旁人都说写得好,结果答辩前一天被淘汰,煮熟的鸭子竟然飞了。老导师开导我:"一定要懂得人生充满变化,而且这些变化充满不可预测性。在我的一生中遇到不以自己意志为转移的事太多了,真是计划赶不上变化!想干的事未必能干得成,也未必能干得好。从来不想干的事干了不少,不由觉得是命运使然。实际上,一切主观愿望必须服从客观现实,只有主客观统一,才能取得好的结果。"

老导师是河南开封人,我母亲籍贯河南安阳,我也算是半个河南人。老导师带我读博士时,已经68岁了。当时他就说:"我一把老骨头了,中西医结合事业以后就靠你们了。"我毕业时他退休,在美国一边带孙子,一边写书,还总要我从国内买书邮寄到国外,真是活到老、学到老、写到老。

最近在读史铁生的散文《我与地坛》,这是虹虹语文老师布置的作业,虹虹没好好看,我却看得带劲。我喜欢那些真诚的心灵独白和人生感悟,仿佛在读他的心。

一个人,截瘫、疾病缠身,如果没有写作作为动力,真像是被凌迟处死。虽然他最后还是离去了,但他战斗到了最后一刻。他活着的每一天都在和病魔和死神抗争,尽管他多次想到去死。像我们这样,身体健康,家庭幸福,每天都那么开心,还有什么理由不做点什么?中年也需要人生动力,现在我找到了。那就是——让活着的每一天都不要虚度。

史铁生还告诉我们,事事如意、极端幸福的人生是没有的,挫折使人生更丰富。

2011年11月

画家鲁风先生

我的患者,抗日英雄、老画家鲁风先生,已经作古十多年了。这位老人,生前是我的伯乐和忘年交。

记得那是1997年夏天,我在武汉市第一医院针灸科的实习只剩最后一个月了。当我走进针灸科病房时,看到病床上有一位新入院的老人,浓眉大眼,气宇轩昂,穿着普通的汗衫,躺在病床上破口大骂:"医院,王八蛋,院长,王八蛋。"带教老师说:"李熳,这位患者你来管吧!"我硬着头皮走上前去,问他:"伯伯,您来住院,是哪里不舒服呢?"

这位老人叫唐晓风,他看到一个斯斯文文、秀秀气气的小医生客客气气地来询问病情,也不太好意思,止住了骂声。原来,他患有高血压、糖尿病、中风后遗症,刚从高干病房出来,觉得纯西医治疗没什么效果,所以对医院产生了抵触心理。我前去安慰他说:"我们针灸对中风后肢体瘫痪、吞咽呛咳、吐词不清都有比较好的疗效,又没有什么副作用,我们用中西医结合的治疗方法,一定会让您好转的。"他似乎也有点信心了,便不再骂人了。

后来他看我每天都给他悉心治疗,就非常配合和信任我了,一看到我,就仿佛见到了亲人一样,露出慈祥的笑容。我们采用针灸经典的"醒脑开窍法",除了扎头针,还会选择偏瘫侧的体针,再给上个电针,保持针灸对穴位的刺激作用,辅以中药汤剂补阳还五汤加减,西药抗血小板聚集阿司匹林、降脂稳斑阿托伐他汀钙、营养脑细胞的胞磷胆碱等。一般的医生扎针灸比较熟练，几分钟就能扎十多根针，我一是因为不太熟练，二是也不太自信，总是先在他穴位附近按压，问他，酸不酸？胀不胀？等他感觉酸胀了，再扎针，所以，他的针感就特别好。比如我给他扎足三里穴，他说："哎呀，酸胀的感觉传导到脚上了。"因为我的针扎得好，用药也对症，他的血压、血糖逐渐恢复正常，肢体的功能也逐渐恢复。

每次扎上针后等待的半小时、扎完针后指导他康复锻炼的空闲时间，他都要和我聊一下。我这才知道，这位唐老，不是一般人，他笔名鲁风，是一位抗日英雄、老画家。得知我是文学青年，喜欢投稿，但总是石沉大海，他执意要介绍《长江日报》的文学编辑、作家鲍风给我。那年，鲁风先生已经76岁了，他想出一本画册，没人给他写后记。得知我文笔还不错，他便邀请我来写。

每天在病房里，等我忙完了医疗工作，他都会给我讲他毕生的战斗、学画经历，我都听得津津有味，还认真做了笔记。等我实习结束后，故事还没有听完，我周末就到他家里去采访他。鲁风先生讲了自己每一幅画的创作心得以及背后的故事，方便我写后记。最后，我把他的艺术生涯和对他作品的体会综合起来，为他撰写了一篇文章。

经过长久的交谈，我得知，鲁风先生是一位在战争年代经历过血与火洗礼的爱国画家。看到他身上一条条蚯蚓一样的伤痕，棋子大小的伤疤，我敬佩不已。他博学多才，为人襟怀坦荡、豪爽正直、有胆有识！画如其人，他的国画用笔奔放，笔墨淋漓，大胆泼彩，色墨交融，使得画面大气磅礴，瑰丽奇绝。他准确地把握了墨色特性，将积墨、破墨、泼墨、泼彩汇集并用，使得墨不碍色，色不碍墨，相得益彰，获得色墨浑融，变化丰富的效果。他设色用墨游刃有余，出神入化，具有强烈的艺术感染力。而在所有的色彩中，他偏爱朱砂红。鲁风说："我不是画家，是军人。我在战场上敢于刺刀见红，为什么不敢用朱砂泼彩？我的画是随心所欲画出来的，画的是我对祖国的思想感情……"

鲁风擅画梅，尤其擅画春雪红梅。他画的梅，既没有"疏影横斜水清浅，暗香浮动月黄昏"的闲适，也没有"驿外断桥边，寂寞开无主"的冷清。他画的梅，枝干苍老遒劲，花瓣绚丽如火，昂首挺立在萧萧风雪中，挺拔坚实，风致潇洒，极具神韵。鲁风亦工山水。他画的山水，或如金戈铁马，驰骋险峰，气壮山河；或山水清幽，渔舟唱晚，平淡天真；或秋色斑斓，雁阵齐飞，野趣天成；或白雪皑皑，寒林清旷，意境深远……可谓"外师造化，中得心源"，"咫尺之图，写千里之景"。鲁风作画，题材广泛，心悟手从，挥洒自如。他笔下的人物，生动传神，栩栩如生。他既画英姿飒爽的战士，又画朴实可爱的人民，甚至连传说中的鬼神，也画得须眉毕现，呼之欲出。鲁风先生的国画，充满了激情与浪漫，是理想和现实的完美结合，凝聚着他对祖国山河的挚爱，折射出他和梅花一样的铮铮铁骨，赤诚丹心。

回顾鲁风先生的艺术生涯和革命经历，我更能理解他作画的意境和风格。站在唐老的画前，只见漫天飞雪，乌云密布，风刀霜剑横扫梅林，阵阵寒气透纸而出，场面豪迈而悲壮。唐老的一生，正如这寒梅，历尽风雪，受尽坎坷。遥想当年，日寇的铁蹄踏上了胶东半岛，唐老的家乡已容不下一张安静的书桌。1938年，唐老先生及其兄弟、妹妹在母亲、在一位地下党员的影响下，毅然投奔了八路军，融入抗战的洪流。

　　在漫天的风雪中，唐老用浓墨重彩绘出的梅花红艳如火，绚丽如霞。那怒放的红梅象征着他和千千万万革命者满腔的热血和赤诚的丹心。除了参与抗日战争，唐老还参加过百团大战、辽沈战役、平津战役、百万雄师过大江、解放中南和抗美援朝战争，身经百战，负伤三次，荣立三等功。他曾获得过国家授予的荣誉勋章。

　　从泰山脚下到长白山之巅，从长城内外到大江南北，他饱览了祖国的大好江山，做了大量速写。最可贵的是，为保卫祖国美丽的山河，他参加过上百次战斗，出生入死，将青春热血洒在疆场，他对英雄祖国的一草一木无比珍惜和热爱。这如火如荼的战斗生涯为他后来的创作提供了取之不尽的素材。他笔下的国画《无限风光在险峰》堪称佳妙：一队八路军战士飞兵长白山上，近处人马清晰，远处只见点红旗在山中隐现，山上霜叶绯红片片，分不清哪里是红旗，哪里是红叶，创造出一个迷离恍惚、浪漫神奇的艺术境界。

在 1940 年的百团大战中，他是朱德青年连的指导员，奉命在津浦线阻击日寇援兵。血战五昼夜后，部队伤亡过半。敌人大队人马从山后冲了上来，有 8 个日军扑向鲁风。他随手连扔出两颗手榴弹炸死了 4 个日军，另 4 个日军又疯狂地扑了过来。鲁风和敌人英勇搏斗，用刺刀又结果 1 个日军。终因寡不敌众，17 岁的鲁风身中两弹，被刺两刀，倒在血泊中。夜半时分，寒气袭人，冰凉的露水湿润了他血染的脸颊。他苏醒之后，发现日军点火包围了这片无名高地，准备搜山。他身负重伤，无力再拼，旋即跳下悬崖，藏在灌木丛中，采摘树叶充饥。两天之后，当地区委和民兵上山掩埋烈士遗体时，才将奄奄一息的鲁风营救出来。

他后来创作的国画《山花烂漫》，就取材战争年代的速写。野营在深山幽谷，他看到悬崖绝壁上生长着的映山红花，冬天冒着三九严寒，夏天顶着酷暑骄阳，从来无人问津，全凭自己奋力拼搏而生存，启迪他更加英勇顽强，不屈不挠。画中那红彤彤的映山红花，因为染上了英雄的鲜血，因而更加灿烂、辉煌。鲁风当时很爱唱那首《黎明曲》，吟唱那激愤而悲壮的歌词：

> 铁蹄踏不碎仇恨的心，海水洗不清祖国的冤愤，按着遍体鳞伤，挺起铁的胸膛，我们要走向大地的黎明。别为惨红的血迹而震惊，别为遍野的横尸而伤心，这是中华民族战斗的史诗，永远映照着

光辉的生命。我们既为反抗来到人间，还怕什么流血牺牲。踏过横尸向着前面看吧，严冬后面笑着祖国的黎明！

在辽沈战役中，他在东北民主联军四纵队任特派员，纵队奉命守备塔山。在战斗前夜，军部开展集体立功夺旗运动，设计了三面红旗，分别是："攻如猛虎""守如泰山""英勇善战"。秋毫无犯，以鼓舞士气。在塔山阻击战中，我阵地寸土未失，敌人尸横遍野，保证了辽沈战役的伟大胜利。我军随即挥师入关，参加平津战役，在张家口、新保安歼傅作义主力35军，攻克天津，迫使北平和平解放。在这些战役中，鲁风作了大量宣传画壮我军威。他笔下的《威震塔山》气势磅礴，场面悲壮，真实地再现了当时激烈的战斗场面。1991年，鲁风将其佳作献给塔山纪念馆，表达自己的深切缅怀之情。

"梅花香自苦寒来。"鲁风的家乡——山东荣成具有深厚的历史文化传统，当地流传着许多扬州八怪的作品。每到过年，家家户户竞呈名画。在潜移默化的影响之中，鲁风6岁学画，如饥似渴地饱览了大量名作，并将其逐一临摹、默写下来，刻苦学习传统笔墨技法。在南征北战中，他一手拿枪一手拿笔，画了大量速写和宣传画，胸贮五岳，搜尽奇峰，为自己今后的创作奠定了坚实的基础。解放后，党和国家先后选派他到中央党校、北大哲学系、人大哲学研究班、北京画院学习美学和国画艺术。他还遍访名家，拜教过齐白石、黄宾虹、徐悲鸿、林风眠、刘海粟、李苦禅、潘天寿、唐云等国画大师，博采众长，推陈出新，自成风格。

从20世纪60年代至今，鲁风先后十五次举办画展，两次出版画集，许多作品被海内外博物馆收藏。他品高志远，淡泊名利，多次将自己的收藏和佳作无私奉献给祖国和人民。

鲁风先生画梅，出神入化，炉火纯青。他把对祖国的深情挚爱尽情倾泻于笔端，作画时热情洋溢，故能随心所欲，激情所至，彩墨生辉。

因为我是军事爱好者，我的先生也是军人。所以，鲁风先生英勇奋战的故事和大气磅礴的国画深深打动了我，我成为他忠实的粉丝。我给他写的这篇后记的简写版《梅骨神韵》，还由鲍风先生发表在《长江日报》的"江花"副刊上，成为我的处女作，也是我文学生涯的起点。后来，我又在鲁风先生介绍的鲍风老师的指导下，在《长江日报》等报刊上发表了十多篇文艺评论。

因为有鲁风先生这位伯乐的鼓励和帮助，使得我在医学教学和科研中，始终不敢忘记自己的文学梦想和艺术追求。正如鲁风先生所说："火红的年代使我偏爱红色。"正因为他曾为祖国浴血奋战，才将祖国山河描绘得壮丽无比。可以想象，一个对祖国毫无感情的画家只可能作出愁云惨淡之画。而我，正因为热爱医学事业，善待患者，才得到鲁风先生这样的贵人相助，一步步地靠近自己的文学梦想。

1999年9月

我的文学老师鲍风先生

前几天，因为武汉义工小静要给武汉一位患再生障碍性贫血的女大学生募捐，我和一年多没联系的文学老师——鲍风先生和他夫人通了电话。后来在网上搜到了他不久前开通的新浪博客，勾起我心中美好的回忆，又开始细细品味良师益友的文章。

鲍风，青年学者，评论家，长江日报报业集团《文化报》副主编，文学硕士。鲍风老师对学术研究几乎有着天然的爱好，业余时间多用于披阅典籍钻研学术。其评论文章不断见诸《上海文学》《光明日报》等报刊。为了保持心境的温润与旷达，兼写散文。出版有《梁启超：改良人生》《逝痕集》《儒家智谋》《我有迷魂招不得》以及《站在文坛的边缘》等，编有《周作人作品精选》。主要研究方向是中国现当代文学（小说与散文）、20世纪中国文学史、晚清文学与晚清社会思潮。

虽然平时少有好运气，但我却幸运地结识了几位良师益友。我常常觉得，偶然的相遇比必然的相识更令人惊喜，我与鲍风先生的结交便是如此。鲍风先生偶然到抗日英雄老画家鲁风先生家做客，而唐老正好是我的病人，我与鲍风先生是由唐老介绍认识的。

记得第一次到鲍老师家时，我在江边绕去绕来，转了一个多小时，才在陋巷筒子楼里找到他的"陋室"，真是"好酒不怕巷子深"啊。

当时鲍老师的夫人杨翠芳老师还在怀孕待产,他们都是华中师范大学中文系毕业,鲍老师主攻现代文学,杨老师主攻古典文学,可谓珠联璧合。

鲍老师属于学院派的良师益友,常常是严厉而客观的。我读硕士的第3年,鲍老师是《长江日报》"江花"文艺副刊的编辑,指点我发表了一些短篇的文学评论稿。写得好的地方他会表扬我,说比他中文系的学弟更有前途;写得不好的地方,他也是直言不讳,批评起来毫不客气。在他的指点下,我还到书店采访读者,写了一篇比较长的文艺评论《文学青年越来越少了吗》,占了半个版面。

可惜后来我攻读医学博士,被实验折磨得焦头烂额,刚刚踏进文学门槛的一只脚又收了回来。当时鲍老师严厉批评我说:"你都27岁了,还不好好写作,长此以往,才华必将荒废掉。"可我当时倘若学不好医学,将来饭碗都没有。以我有限的才华,我不认为自己将来能以写作为生。在医学的旋涡中挣扎了7年,来到澳大利亚做博士后的我,才在寂寞孤独之中,重拾文学之笔,用文字安慰自己的心灵。

鲍老师的两本散文集,我都很喜欢看。他擅长写小说式的散文,文笔和五四时期的作家很相似,充满了对人生终极意义的思索。他写了一个新洲道观河的和尚,是医学大学生出家,20多岁为佛教信仰献出生命的故事,令我印象颇深。

他很喜欢结交有文学艺术品位的朋友,经常和他们一起饮酒喝茶,谈诗论文。所以他的散文集里,也有很多写朋友的文章，我也有幸出现在他的文章里。只不过，我对朋友只是内心牵挂，经常半年不联系。突然想起来，也不管人家有事没事，打个电话后就冲到别人家去拜访了，属于神经兮兮、不请自来型。

而他文章里最感人的，是写他夫人的文字。鲍老师在研究生聚会中，邂逅了美丽善良的杨老师。杨老师仰慕师兄的才华，彼时鲍老师已经有很多有分量的文章见诸报端。鲍老师被杨老师的温柔秀丽、体贴关怀感动，结为爱侣。

当时鲍老师生病住院，杨老师不离不弃，在医院耐心守候数月，用爱的力量让鲍老师恢复健康。婚后，鲍老师用自己的稿费置办的家具都是杨老师自己一个人负责搬运，摆放到位。杨老师还曾放弃在区委的机会，转行做高校教师，这样可以有更多的时间为鲍老师修改、校对文章，操持一切家务，相夫教子。

鲍老师文学功底很深，但生活上却不拘小节。杨老师说，他经常把毛衣反穿着出门。可以说，没有杨老师的照顾，鲍老师的生活不知道会乱成什么样。正如我没有先生的支持，连饭都吃不饱一样。

在我硕士毕业找工作陷入困境时，鲍老师和我一样焦急。至今还记得我徘徊在人才交流会的门口，接到鲍老师询问电话时的感动，那份真心的关怀和深切的同情，已足够安慰一颗疲惫的心灵。后来我厌倦了四处散发简历和在各医院人事处门口傻等，用2个月时间考上博士，鲍老师这才露出欣慰的笑容。

有人说，朋友是要不断淘汰的。但我很珍惜鲍老师和他的夫人这两位偶遇的良师益友，他们使我无论在多么艰难的世俗生活中，都能成为一个精神上的强者。我将永远感谢生活的馈赠。

我给鲍老师打了电话以后，他欣然同意帮助武汉义工联系媒体救助女大学生，还撰写了一篇遥祝我平安的博文，称我为李先生。我喜欢这个称呼，谁说女子不如男？

杨老师给我文章的评论更加温暖我心，她时时提醒鲍老师，对我和他的其他文学弟子说话不要太刻薄，怕伤了我们自尊。其实，我从没生过鲍老师的气，我只恨自己懒惰，如果我像鲍老师那样勤于笔耕，每天写文章到深夜，也就不会成日感慨年华虚度了。

杨老师的儿子鲍语今，可是个小才子，小小年纪就已经接受了父母文学历史的熏陶，耳濡目染之下，1岁就会读唐诗，5岁就能背历史纪年表。杨老师和鲍风先生后继有人。

2007年6月

回到大山的怀抱

2008年1月6日，是公公去世一周年的忌日。去年的今天，我还在澳大利亚工作，惊闻噩耗，却无法回国参加葬礼。今年，先生说天冷，加上他是租师傅的车，第一次开长途不太安全，叫我和女儿不用回乡下去了。但我执意要去，尽一份迟到的孝心。

先生的家在大别山脚下，坐先生的车一路有惊无险地回到家，看到熟悉的老屋和提前回家的婆婆及嫂子忙碌的身影，非常亲切。门前的圆木椅是公公常坐的，如今物是人非，人去椅空。

亲戚好友们纷纷从大别山周边和湖北各地赶来，热热闹闹地放了鞭炮。硝烟散尽，女儿虹虹就和表姐贝贝拣没放完的鞭炮，把火药集中在一个空炮筒里，加上引信，成为自制的烟花，然后表演给我看，一会儿两双小手就玩得黑乎乎的。回家女儿是最高兴的，刚到家就和贝贝在门口水塘玩打水漂儿。

中午，先生和几个本族的兄弟在堂屋公公的遗像前烧纸、磕头。虹虹磕头时，一个婶婶说："虹虹，磕响点。"虹虹说："那不把我磕苔（傻）了。"众人笑翻。

大别山脚下，交通闭塞，民俗古老，礼节很多。婚丧嫁娶、过年过节，都有很多仪式，感觉他们对死比生更加重视。出生的当天无非吃点生子的喜糖，再就是喝点满月酒或百天酒。而对于亲人离去，则有送行的葬礼，有

"三七""五七""七七"的烧香、烧纸、磕头和焰火、酒席，一直把亲人送到西方极乐世界，还有周年忌日和新年的祭拜。可谓生得简洁，死得隆重。

忌日这天的酒菜非常丰盛，如同过年。亲友们似乎忘却了悲伤，只是一个劲地扯酒、劝酒。只听到先生还在遗憾父亲花甲之年去世，没有享到儿女的福，他说隔三岔五总是梦见父亲，只是怕我们害怕才没有提起。

我在这种家族聚会的场合总是不知该说些什么，从小在城里长大，只知道读书，也不懂家事和礼节，更不会喝白酒，只是默默地喂孩子吃菜。等自己和孩子吃得差不多时，就拿出相机，冷不丁拍下他们干杯的照片。似乎只有先生常谓之梦中人的我，才热衷于用图片和文字记载这凡俗琐碎的生活。人生如梦，我也只能将这过眼烟云般的欢聚暂时定格一下、挽留一下，一切终将散去，天下哪有不散的筵席？

其实我喜欢这热闹，并把我当成他们的一员。大家庭的浓浓亲情始终包围着我，只有在这热闹中，我才感觉我不仅活在自己的精神世界里，而且活在现实中。他们也从不觉得我和他们格格不入，也习惯了我的不会做事、不会持家、说孩子话。他们始终用善良宽厚包容着我，容忍我偶尔的任性和可笑。

每次春节回乡下，都是婆婆做饭，嫂子和小姑子们帮忙，小侄女也打打下手。而我这个城里来的媳妇，不会做事，只在一旁看书。为了打发时间，以前我是带自己的医学资料回来看，现在则是带着孩子的书本，在孩子玩的空当念几句课文。邻家嫂子会善意地提醒说，我怎么就不能让孩子好好玩一下呢？

饭后，我带孩子去山上玩。拍了家乡爱心形状的湖，这湖早就有的，堂妹早说过它像爱心。可直到今天，我才用心拍了下来，因为现在我的生活有了公益事业，和爱心息息相关了。

女儿真的是大山的女儿，就是喜欢爬山、捡石子。山上有个被称为"大石王"的石头，它像个将军一样伫立在村口几百年，是湾里人心中的神，似乎有灵气一般。我在这里做了十年的媳妇，每年春节都会来对着它许愿。我曾祈祷先生在部队抗洪或跳伞时平平安安，祈祷自己实验顺利，祈祷孩子健康降生，祈祷公公病情好转。"大石王"无语默认我的心愿，让我得到些许心理安慰。

其实我已经把这里当作我的故乡，我熟悉这里的一山一石、一草一木、一沟一渠，我熟悉这里每一家人的病痛。虽然我并不能解决他们实际的困难，但我乐于倾听他们的诉说，解答他们的疑惑，给予医疗上的指导，给予体恤、同情、劝慰和关怀。他们也信任我，把我当自家的姐妹、子女、媳妇，和我亲切地打招呼、拉家常。

一个老伯说，小李这么高的学问，咋就不装个大（咋就不摆个架子）。如今我从南半球留学回来，请乡亲们品尝了澳大利亚的巧克力后，很快就忘了自己是海归的洋博士，觉得自己还是那个嫁到大别山的土媳妇。乡亲们见我也并无大惊小怪，因为除了在海外的那一年，我几乎每年都回湾里过春节的，大家习惯了那个捧着一卷书在山下徘徊思考着的我。

湾里吃的还是井水，喜欢吃腌菜和腊鱼腊肉，炖汤炖肉，饮食过咸、辣、油腻，这样的饮食习惯导致心脑血管病和胃病、食道癌多发。我只能在自己家里慢慢尝试改变婆婆做菜的习惯，但乡亲们根深蒂固的习俗却很难改变。

十多年前，我刚来湾里时，这里有十几家人，我目睹了湾里的老人一个一个地去世。开始是别人家的老人，后来是自家的老人，瞎爹、四叔、老太、公公，一个个地离去，我也从20岁出头的新媳妇成了湾里十多年的老媳妇了。

湾里的老人都是非常坦然地接受病痛和生命终点的到来。一个得了食道癌的年近花甲的老伯，已经咽不下东西了，还扛着锄头去田间劳动。他知道他的病，他会向我询问自己的病情，但他脸上没有恐惧，只是从容地看待人生的终点，如同看花开花落一样自然。生对他来说已是痛苦多于欢乐，死反倒是一种解脱。翌年回乡，老伯已经不在。他家的伯母也未见多少悲伤神情，也许泪水已经流干，也许是我不能理解的坚强、隐忍，抑或对命运的逆来顺受，她仍然大着嗓门在村口喊她孙女回家吃饭。

每逢有亲人离去，先生常说："人不就那么回事。"这话简单地化解了我对人生终点的恐惧，其实人人都要顺应自然，离去不过是回归自然，回到大山的怀抱中去了。湾里的人，生得热闹，重视亲情；死得从容，祭奠隆重。

这次回湾，邻家伯母高兴地告诉我，现在农村也有医疗保险了，每人交15元，她去年看病花了1000元，政府报销了600元。

晚上出门抬头，不经意地看见满天的繁星，城里的星空被厚厚的污染过的云层蒙蔽，被高楼遮挡，只能看到稀疏的几颗星星。只有在乡村，才能看到这如落英缤纷的繁星。女儿出门找我，也发现了璀璨的星空，执意要我找牛郎星和织女星。初中时我对宇宙非常着迷，认识不少星座，20多年过去了，现在还真找不到牛郎星和织女星了。看了一会儿，女儿说快回家吧，她害怕了。其实我也有点发怵了，乡村的夜晚没有路灯，使满天的繁星显得更加神秘，摄人心魄。

去年公公走时，雪花飞舞。今年的忌日，倒是艳阳高照，我们看到了夕阳西下的美景。感谢上天，体恤我们的孝心。

20多年前我就喜欢歌德的一首诗《浪游者的夜歌》：群峰一片／沉寂，／树梢微风／敛迹。／林中栖鸟／缄默，／稍待你也／安息。我最喜欢最后一句，稍待你也／安息。

其实，人生如白驹过隙，荣华富贵、功名利禄轻如浮云，生不带来，死不带去，留下的，只是一种和命运搏击的生生不息的精神，和对真善美的永恒追求。所以，亲爱的朋友们，珍惜生命，珍惜缘分，爱你身边的人吧！

2008年1月

2

访学散记

2006年3月—2007年8月,我在澳大利亚新南威尔士大学访学,见识了大洋彼岸的精彩世界和医学科研的魅力,也体会到了浓浓的思乡情怀。

悉尼，我来了

一、初来乍到

延误了 2 个小时后，飞机终于起飞了。晚上飞机的轰鸣声很吵，戴耳机也堵不住，没法睡觉，我只打了几个盹儿。飞机到墨尔本又降落下来，停了 40 分钟，我想，延误了这么长时间，老板（导师）一定接不到我了。导师是新南威尔士大学医学院做疼痛研究的 David Tracey（戴维·特蕾西）教授，他下午 2 点又有课，下课后才能到机场接我。飞机到达悉尼，又没有停机位，等了 30 分钟。

出了机场，我在同航的一位福建籍商人帮助下，顺利入境。因为走的是绿色通道，没有检查我的行李，不然，我带的一些药品可能有麻烦。

出机场看见一个外国女子举着牌子，心想是不是老板派哪个女博士后来接我，一看不是我的名字，正失望间，一个穿衬衣的老头喊我名字——原来是老板，他一边啃汉堡包一边等我。还好，老板说在墨尔本接到了我的电话（我找福建商人借硬币打的），12 点过来，等了一个小时。老板是个和国内导师很像的慈祥的老头。第一次到机场接我时，我见他车里有小孩的座位和玩具，就说："我猜你一定有孙子。"结果他说，这是他第二次婚姻。我很不好意思，出国还改不了瞎说话的习惯。还好，他没有生气，讲他在德国做访问学者时如何遇到这位德国妻子，后来他们有了一个5岁的女儿和一个2岁的儿子。他和前妻的两个女儿都20多岁了。

到医学院后，老板的一个女博士后带我买了长途电话卡，我赶紧给家人报了平安。老公的堂妹小燕恰好在一周前来到悉尼工作，我们约了第二天见面。我也买了30澳元的当地手机卡，发现国内手机可以用，幸亏老公坚持让我把国内手机带上。

2006年3月31日

二、悉尼迷路记

刚到悉尼，学校宿舍还没有空出来，我在学校附近的小旅馆住下了。周末的上午，我和小燕夫妇打了好几个电话才碰头。我买了电饭煲、10公斤米、2升油、盐、番茄、包菜和瘦肉等，做了3个菜，共花了112澳元。不会做饭的堂妹夫妇，早就吃腻了西餐，我胡乱做的几个菜，他们还说好吃，都吃完了。

下午他们带我去了一个海滩，请我吃学校附近的中餐，教我买公交车票。这里公交车不报站，自己看准下的地方按铃，他们叮嘱我别坐过站了。晚上在他们的房子里坐到8点，他们送我到车站，说注意安全，别迷路了。

结果晚上很黑，看不清，我真的坐过了站。那是晚上9点多，街上几乎没有行人。这里晚上8点街上就没有什么人了。结果我问了七八个人，都不知道我问的地方。其中，只有两个是女的，男的中一个是穿破衬衣的流浪汉，一个拎着啤酒瓶子，我有些害怕。最后一个老人，虽然不知道路，听说我坐过了站，主动帮我找来时的 400 路车。我们走了一条街，来到一个车站，来了 373 路车，他上去问司机哪有 400 路车，司机说了一通，老头一片茫然。司机说："让她上车吧，我带她去。"司机很好，我问要付钱吗？他说不要。

老人把我送上 373 路车，问我去哪个地方，和司机确认了行车的路线才下车离去。373 路车司机一直把我送到我住的那条街，不用转车。折腾了一番，等我回到旅馆，已经是晚上 10 点了。

筋疲力尽地在旅馆的公共浴室洗完澡后，我想去洗衣服，结果洗衣房 8 点就关了门。回房间一看，糟糕！没带钥匙，旅馆前台又没有管理员值班。我知道澳大利亚人周末休息，不上班，心想，这下可完了，要在走廊站一夜了！旅馆静悄悄的，房客们好像都休息了。正好一个男房客出来，我告诉他我的处境，他说有值班的人，在楼上 33 号房。谢天谢地，我敲门把看门值班的老头叫醒了，给我开了房间的门。

2006 年 4 月 1 日

三、迷宫一样的大学

4 月 3 日，我在新南威尔士大学跑了一整天，办各种手续。这个学校是和华工差不多的综合性大学，文理医工均有，上上下下跟迷宫似的。我问了至少 10 个人才找到我要去的大学人事科、住房管理中心等几个地方。去了这些行政部门以后，又不知道怎么回来，又问了至少5个人，才回到医学院。

我碰到昨天等400路车时向她问路的女子，她说我就在附近问的路。我还和堂妹夫妇一起去看海港大桥、去动物园、看悉尼歌剧院，照了一些相片。

在堂妹夫妇的帮助下，我搭车、认路的水平有所提高。有时我想，要是我有行伍出身的老公那样看地图和认路的本事就好了。堂妹在新加坡留学多年，虽然比我小好几岁，可口语比我好，也很会记路认路。昨天堂妹夫妇陪我去动物园，转两趟车，坐一次船，我要是一个人去，早不知迷路到哪去了，恐怕一天也到不了动物园。

下午我在大学转了转，熟悉环境，晚上6点走回旅馆，还好，没有迷路。我空间记忆有限，以后就老老实实在学校附近转吧。

2006年4月3日

我和老外同事相处的几大秘诀

来新南威尔士大学几个月，本人得到了广大老外同事的一致好评，不是说我友好（friendly），就是说我可爱（lovely），自己好不得意，总结了几点秘诀如下：

自信自强，不卑不亢。澳大利亚毕竟是老外的主场，老板（导师）基本都是老外。来澳大利亚前，我就跟老板表明了我要在国内教学、科研、行政方面齐头并进发展的意向，来到这里后，更以勤奋积极的工作态度赢得了老板的赏识。但在做科研的过程中，难免会就某个科学问题和老板有所争论。这时，我不会曲意逢迎，我会坚持真理，大胆说出自己的想法，拿出数据来支持自己的观点。有时候老板急了，忘了我是中国人，长篇大论连珠带炮似的说出他的想法。那一刻的我一头雾水，只好问他："您是什么意思，请重复一遍吧！"这才发现，以色列师姐正在一旁偷笑。

虚心求教，不懂就问。过度自信的人也比较讨厌，所以和老板争论的时候，如果他是对的，还是要虚心改正自己的实验方案。我们组里的洋帅哥，比较好为人师。我刚来时，一些实验方法都是他教的，我学会以后，各方面做得都比他好。一个简单的手术，他要一个多小时，我 20 分钟就做好了。但是，还是不要小瞧他，他母语是英语，文献看得多。我研究时有问题向他请教，他会有比老板和师姐更好的建议。我实验操作规程有不知道的地方，不仅可以问系里的实验员，还可以问别的研究小组的同行。我的师姐自视甚高，不愿意问人，有些实验的小窍门现在还没我掌握得好。

乐于助人，与人为善。自私自利的人，无论在国内还是国外都不会受欢迎。在澳大利亚，我发扬在国内就养成的热心助人的习惯，对有困难的老外同事倾力相助。有个生物系的教授，带他的学生找我学一项技术，我手把手地教了他们两个下午，他们出错脸红时，我还不断鼓励他们。见我们组的洋帅哥实验做得慢，眼看要做到半夜，我就主动帮他做，让他能吃上他女朋友做的晚餐。自己做实验剩下的动物，不忍心将其处死，就送给其他课题组的学生，给他们练手用。其他组的同事要我支援点儿药品什么的，有求必应，我还把说明书复印好给他们，服务周到。

风趣幽默，轻松愉快。我们系一个老外讲师的手被烤炉烫了一个"V"字形的伤疤，担心难看。我安慰他，真酷，这是超人的标志啊！洋帅哥开始手术做得不顺，我赶紧跑开，说："我知道，有美女在旁边你是会比较紧张。"加上本人老顽童的性格，给老板和师姐描述大鼠的反应时，总是不自觉地学它们连蹦带跳的样子，常让他们忍俊不禁。当然，最后拿出满意的结果，他们才会真的开心。

和"人民群众"打成一片，了解洋人日常生活。我经常是到学校最早的人之一，所以常能碰到清洁工，他们多是东欧、中欧等国家的人。我会主动跟他们打个招呼，拉拉家常，他们就会赞赏中国人友好。

昨天，一位洋人老太太不相信我有小孩，说我看上去只有15岁，把我乐得。她女儿是建筑设计师，她抱怨客户太挑剔，说她女儿要不断重复设计，直到客户满意为止。

我们系的两个实验员也都成了我的好朋友。Linda（琳达）的猫15岁就中风了，她每天给猫按摩，做了7年，养到22岁，真有爱心。她50岁生日时，女儿给她的礼物就是给她在小腿上做了一个猫的文身。Helen（海伦）给我讲她家老猫照顾小狗的故事，也让我高兴了好几天。她们的女儿工作如何难找，如何改变专业的事情也让我了解了她们生活中的不易。

以上几大秘诀，使我无论在国内还是国外，都非常受同事欢迎。各位看官，发现我又吹牛了不是？不过，总的说来，老外同事不喜欢攀比，比较好相处。您要是出了国，可能什么秘诀都不要，就能如鱼得水，游刃有余。

2006年8月

天上的星星不说话，地上的娃娃想妈妈

虽然我现在在澳大利亚，但其实我一直对出国不是很热衷，从来没有考托福、GRE（留学研究生入学考试）、雅思之类的出国考试，只是有一搭没一搭地给国外研究方向相近的教授写写 E-mail（电子邮件）。主要原因有两个，一是先生是军人，没有出国定居的条件，二是怕自己想家，特别是想孩子。

我国内的领导，一位贤妻良母式的教授，一提到她在儿子上幼儿园时出国的那一年的事情，就眼圈发红，声音哽咽。她给我讲了一件感人的事情：她走之前给儿子录了一盘讲故事的磁带，儿子天天听，认为妈妈在里面。后来磁带损坏了，儿子抱着小录音机哭了半天，边哭边喊妈妈。她儿子最喜欢听的一首歌是《鲁冰花》："天上的星星不说话，地上的娃娃想妈妈，天上的眼睛眨呀眨，妈妈的心呀鲁冰花……"她说，出国一年，她儿子以为妈妈不要他了。最后，她充满感慨地说："都说可怜天下父母心，可有谁去体谅一下孩子的心呢？"我出国后，她一再提醒我，要关心女儿。

由于医学领域人才济济，大小"海龟"一大堆，迫于压力，又正好被自己感兴趣的导师看中，就咬咬牙，出国锻炼来了。别人出国前欢天喜地，我出国前天天晚上掉眼泪，主要是心疼孩子。

其实，在家时，我经常嫌她烦。每天在单位忙碌一天，回家虽然有婆婆或先生做晚饭，但孩子铁定是我带的。这孩

子,精力特别旺盛,每天晚上要在部队大院里呼朋唤友地玩到 9 点多。好不容易官兵捉强盗似的把她提溜回来,还要教她认字、学英语,给她洗漱。特别是哄她睡觉这一关最难,故事讲了一箩筐,把我脑海里库存的故事都讲完了,还海阔天空、脚踩西瓜皮地给她现编了一些王子、公主、大野狼、外星人之类的童话故事,她的一双小杏眼还是贼亮贼亮的。

每天晚上,好不容易哄她睡着了,自己已经筋疲力尽了。等在操场散步聊天或加班写材料的先生深夜回来时,就向他抱怨:"我受不了了,这哪是人过的日子呀!"

真要出国了,心里却是一千个不舍得,一万个不放心。我出国前理发时,嫌难看,竟哭起来了。其实是受自己出国前恶劣的心情影响,把发型师吓得,又是道歉,又是安慰。女儿也不断央求着:"妈妈,把我也带出去吧,我会说一点英语了。"她说自己做了一个梦,梦见自己坐滑梯滑进澳大利亚的大海里了,和很多海鱼一起玩,还都是不会咬人的鱼。

刚出国的那阵子,觉得没有女儿的拖累,轻松了很多。但在澳大利亚逛动物园、游电影世界、海洋世界时,看见别人的孩子玩得那么开心,就感叹,要是女儿能一起来玩,多好。

出国满一个月时,日常的工作和生活均走上了正轨,想女儿的情绪就上来了。我有些神经质般地想女儿。有天晚上做梦,梦见女儿躺在我身边,她正要起床上厕所,我没有管她。半梦半醒中,真的觉得有小东西从床上爬下去,又爬上来。我心想,莫非是猫从窗户外面进来了,因为我每天晚上都把窗户打开10厘米透气。结果，我真的感觉有猫舔了几下我的大脚趾，后来又害怕似的跑到墙角，我还听到墙角堆的塑料袋窸窸窣窣地动了几下。于是我起床开灯看，什么也没有，没有猫进来，顿觉毛骨悚然⋯⋯

我国内的一位博士女友安慰我，听旅游资深人士说，离家七八天和一个月分别是两个坎，因为七八天新鲜劲已过，一个月可能碰到了困难，或者有了负面情绪。月黑风高时，孤灯半盏，神经敏锐，想法较多。可是，阳光普照，新的一天又开始了，多么美好！

美好是美好，可那阵子，感觉自己想女儿都要想疯了。我给国内的朋友说，像我这样感性多于理性的人真不适合离家太远和太久。

好在如今网络连接全球，我常和女儿用MSN（MSN Messenger，微软公司的一款即时通讯软件）视频聊天，也记录了女儿想妈妈时说的感人话语。刚出国时工作忙，上网机会少，女儿就说："妈妈，你的头像亮了就漂亮，不亮就不漂亮。"要是我说"天晚了要下线了"，女儿就说："妈妈，别关电脑好吗？我就说一句话，最后一句话，好吗？"要是聊高兴了，女儿便问："妈妈，你可不可以明天回来？你明天晚上偷偷地回来好不好？"

我问："你不是不想我吗？"女儿说："我想，我想抱一下你。"这时我只好在摄像头前做拥抱的动作，可惜抱不着啊。

有一次，先生带女儿在青少年宫玩了一下午，把在那里画的画和用彩色小砖头砌的水井模型给我看。女儿还要我摸摸她的画，我只好用手凑近摄像头做摸的动作。心酸啊！由于摄像头只有上半身，看不见全身，女儿会说："妈妈，我要看看你的腿。"我只好后退，对着摄像头踢腿。幸好办公室没人，不然肯定觉得我很滑稽。昨天她特意站在凳子上，要我看她的全身。

视频使我能及时和孩子交流。她爸爸不会讲故事，女儿有几次要求我讲故事，我就瞎编了几个小袋鼠的故事。她爸爸英语发音不准，我就通过视频一句句地纠正女儿的发音。女儿常要求我发一些澳大利亚的图片给她看。

有一次，我在动物园拍了一张趴在地上的袋鼠传给她看。她说："明明是梅花鹿嘛！"我们都笑了，我只好又到天堂农庄拍袋鼠站着的样子。

有一次，先生让孩子单独跟我聊，自己外出办事去了。中间MSN出了问题，我可以看见孩子并听到她说话，她既看不到我的图像也听不到我的声音，就伤心地哭起来了。"妈妈，我怎么看不到你了呀，也听不到了呀！"8000公里外的网络那一头的我，只有急得掉眼泪了。后来，我坚决要先生陪着女儿和我视频聊天。

昨天，女儿对我说："妈妈，我给你做个鬼脸，一个不吓人的鬼脸，是想妈妈的鬼脸。"她一面顽皮地用手把眼睛和嘴巴扯着，一面嗲声嗲气地说："妈妈——，你怎——么——还——不——回——来——呀……"

不管工作多么累，生活多么单调，只要女儿在网上给我奶声奶气地唱几句儿歌，或者跳一段舞蹈，或者说几句稚气的话，就让我感觉非常地充实和甜蜜。

视频刚连上线时，声音比图像先接通，女儿那未见其人先闻其声的发自内心的呼唤——"妈妈"，那么真切又那么虚幻，我常怀疑那是我过度思念女儿所产生的幻觉。为了这声深情渴盼的呼唤，国外就是条件再好，风景再美，我也还是要回国。我的家在中国，我的爱在中国，为什么不回去呢？

2006年9月

大洋洲华人新移民困惑种种

我所说的大洋洲华人新移民,是指近十到二十年来通过留学或工作移民大洋洲的华人移民,通过与他们的接触,我了解了一些他们的困惑。

困惑之一:子女的中华文化传统问题

中华文化传统博大精深,而中国的语言应该是其中的基本要素。我碰到几个华人新移民的子女,他们六七岁时随父母移民大洋洲,现在到了20多岁了,只能说蹩脚的中文。而阅读能力呢,有的大字不识一个,有的只认识自己的名字,写字就更不会了。但他们英文的听说读写能力却是一流的。我问他们,为什么中文这么差。他们说,小时候父母怕他们学不好英文,没有让他们上中文补习班。

但也有例外的,我的一个中国同事,也是20年前移民大洋洲的,当时她大女儿6岁,小女儿还没有出生。她告诉我,她的两个女儿中文说得很好,还能读中文小说。特别是大女儿,连古文都能读懂。我很惊讶,愿闻其详。

她告诉我,她家里的官方语言是中文,禁止说英语。她每次回国探亲时,就买很多正版的古典名著改编的电视连续剧光盘,如《红楼梦》《三国演义》《水浒传》等。孩子们放假时就让她们在家里看,她们对故事情节很感兴趣,不仅能从中学到一些中华传统的礼仪,而且可以一边练中文听力,一边看着字幕学认字,不认识的字就抄下来问父母。

大女儿看了电视剧以后，还不满足，于是，她母亲就给她买了《红楼梦》原著给她看。这样一来，大女儿中文听说读的能力大大提高。这还不够，她让两个女儿利用周末，上了两年的中文补习班。渐渐地，她们听说读写的能力都得到了提升。

对比国内的孩子，一到周末就上英文补习班，大洋洲华人愿意花钱让自己孩子补习中文的比较少。所以大洋洲华人新移民子女的中华文化底蕴，需要他们的父母来悉心培养和积累，有心人就会有收获。不然，就渐渐丢失了中华文化的根。

困惑之二：父母能适应大洋洲的生活吗？

很多朋友看了我拍的大洋洲风景照片，都认为这里四季温差不大，自然环境和谐，是养老的好地方。

谁知，移民同事却告诉我，他们的父母来过以后，待不了1个月，就天天看日历，计算回国的日期。3个月探亲签证一到期就回国，回国以后，很少愿意再过来了。

原因主要是语言不通。一大把年纪了，再攻英语也不可能了。有个同事刚生了孩子，接国内的父母过来帮忙。老妈每天带孩子倒还充实，老爸整天像没头苍蝇一般在附近的街道海滩转悠。1个月下来，老头对附近的地形非常熟悉，成了活地图。这还算好的。听说有个中国老头硬是转迷路了，又不会英文，看不懂街道指示牌。好歹碰到一个会讲中文的华人帮助他，问他住哪。答：就住附近。问他家里门牌号码、电话号码等均不知道，那好心人只好把他送到警察局，等他家人自己去找。

再就是生活不习惯。在国内老朋友多啊，在国外没几个朋友。碰得着的几个境遇相似的华人老人，也都主动结交了，还认识了子女几年都没打过交道的几个邻居，但还是寂寞啊。白天子女一上班，两个老人在家百无聊赖。看电视吧，都是英文，一份华人报纸一天看几遍。有个香港同事接自己母亲过来带孩子，硬是装了卫星电视，把凤凰卫视请回家，才算是把老人留住。

国外环境再好，老人在国内待了大半辈子，还是不习惯。不去吧，心疼子女，工作那么忙还要带孩子，baby care（托儿所）价格又贵；去澳大利亚吧，自己又不习惯，语言不通，连菜都没办法买，万一有个三病两痛的，医疗费用又昂贵，只有买医疗保险了。

有个同事生的第二个孩子，放在国内让70多岁的老父母带了，平时可想孩子了。还有个同事，刚怀了双胞胎，正发愁把哪个孩子送回国呢。

困惑之三：自己在大洋洲的发展尽如人意吗？

我身边的大洋洲华人新移民，大都是20多岁才来这里，攻读了硕士或博士学位后获得永久居民身份的。他们的英语口语水平，和我这个从国内刚过来的人差不多。一听就带中国口音,不像第二代移民那么流利,比起老外,那更是差远了。

他们和我一样,做做研究,写写论文还行,要上讲台讲课就不行了。不是他们讲不了,而是竞争不过老外。这里的助教、讲师岗位少,我们系40多岁的老外还在等待着被提拔为讲师,教授更是凤毛麟角。华人想当助教,除非这个岗位没有洋人愿意做,才有可能。不过,这是在医学院。听说,社会科学专业的中国人做教师的多,因为社会科学专业的洋人都做生意挣大钱去了,没人愿意教书。

所以,我的中国同事们,40多岁了,在这里还只是研究员,在国内的医学院应该是教授级别了。虽然也在国际刊物上以第一作者身份发了不少文章,但通讯作者永远是洋人老板,自己永远是老板的马前卒。

有个同事和她的supervisor(导师,俗称老板)一起下楼时,连我跟她用中文打招呼也不敢答应一声。后来,她说他们系的一个博士(老板是另外一个导师)平时老说中文,结果答辩时作为评委的老板就说了:"这个人总说中文,可见英文水平不佳,那么他的论文是不是别人捉刀代笔的就值得怀疑了……"结果这个中国博士差点没毕业。没办法,人在屋檐下,不得不低头啊。还好我们系没有中国人,而且我的老板也喜欢中国文化,不然,可不把我别扭死了。

医学院做研究的同事还算幸运的。在澳大利亚有很多有才华的国人,为了生存,不得不放弃自己的专业,"为五斗米折腰"了。我在澳大利亚旅游,碰到一个导游,随口一问,竟然是数学硕士。物理专业的高才生可能做了医学院的技术员,而生物工程专业的高才生可能做了会计。他们都是参加了TAFF(一所职业技术培训学校),经过为期二年的培训后,改变专业的。

  我常想问他们,来这里值得吗?就为了这片蓝色的海洋。到目前为止,从生活环境来看,我是喜欢澳大利亚的,但从个人的发展来看,我还是愿意回国自在地生活。

2006年12月

面朝大海，思念长江

我的家住在长江边，一到周末，先生准会骑着摩托车带我和女儿到武汉江滩逛逛。

一天清晨，起了大雾，长江看起来像大海一样无边无涯，一位诗人，面对长江大声吟诵：长江啊，你像大海一样辽阔啊，你其实就是大海啊……

那时的我，向往蓝色的海洋。长江，水土流失严重，裹挟着大量的泥沙，像黄河一般。下去游泳，不小心喝到水，一口泥浆子，带着土腥味。那时的我，如果想见大海，要有假期，有心情，坐20多个小时的火车才行。

来到悉尼以后，每周都可以到海边散步，坐上公交车，想去哪个海滩去哪个海滩，真是惬意。我对大海非常迷恋，有时游泳，有时钓鱼，有时在海边跑步，有时在岸边拍海鸥，有时什么也不做，只是面对着无边无际的大海，让心胸像大海一样宽广，让梦想豪情像汹涌的浪潮一样激荡。有朋友告诉我，她有大海恐惧症。我没有，我喜欢搏击风浪，我有时真想化作一朵浪花，在大海的怀抱里嬉戏。我想，我是属于大海的。

只是有一次，到干旱的澳大利亚大陆旅行以后，我开始思念长江。那次旅行，我没有带足水。欣赏完夕阳下闪烁着金色光芒的牧场后，我带的水已经喝完了，买几澳元一瓶的水，又觉得太贵，就想着忍忍。在返回悉尼的车上，看到车窗外一片干涸的荒原，更觉干渴。

　　同行的陈姐介绍说，这儿的大陆就是缺水，没有什么大的河流和湖泊。是啊，汽车在内陆疾驰的一路上，我只看到几个小得可怜的水塘。记得儿时坐火车从西安回武汉时，一到湖北境内，一路上都是明镜般的大大小小的湖泊从车窗掠过，那闪烁的银光，那般湿润诱人，真是千湖之省，鱼米之乡啊……

　　汽车快到悉尼，终于看到一条大河，我急急地问陈姐，是淡水河吗？陈姐说，是的。此时，顿觉口舌生津，荡胸生层云，有望梅止渴的效果。在干渴的人面前，大海是咸涩的苦药。只有故乡的河流，淡水的河流，才是我们生命的必需。

　　那一刻的我，在写了很多赞美大海的文字之后，第一次开始思念故乡的小河。那褐色的水土流失严重的长江，对于生命，似乎比蓝色的美丽的海洋有着更重要的意义。

2007 年 1 月

海外游子的中国胃

刚到澳大利亚不久，我就请堂妹夫妇带我到"中国城"去逛，好像不到这里报个到，就有点对不住炎黄子孙这个光荣称号了。

我最喜欢晚上去"中国城"，因为白天太嘈杂喧闹，入夜后，昏黄的灯光映照下的中国店铺，矗立在异国的土地上，如同油画风格的中国画。那熟悉的各种字体的中国字和服务员穿的传统的中式服装，不免勾起我浓浓的思乡情愫。

但是中国城饭馆的菜肴都不好吃，以清淡口味的粤菜为主，我们几个喜欢吃辣的湖北人实在是不习惯。只有家重庆饭馆比较对我们口味，那用香油、香菜、花生、辣椒等凉拌的夫妻肺片，吃起来爽脆可口，回味悠长。我们不仅仅长了一个中国胃，还是湖北胃呢！

记得刚来澳大利亚时，那真是思乡啊。我们系就我一个中国人，从周一到周五，基本说不了一句中国话，都是说英语。到周末呢，和乌克兰女孩住一起，我早睡早起，她晚出晚归，经常碰不了面，英语都说不了一句。为了找人说话，特别是说中国话，只好给国内的亲友打电话和网上聊天了。

现在很好了，和两个天津妹妹住一起，有空就去逛街买蔬菜、水果和打折的生活用品。每月去一趟"中国城"采购肉类，每天变着法子做饭吃，或炒菜或做面食。偶尔做点意大利面或披萨饼，生活过得有滋有味的，基本没空思乡。倒是想着，半年后离开悉尼，没准会想念这里。

和天津妹妹一起住，整天琢磨买什么菜，做什么菜。妹妹做菜我洗碗，我们的生活比蜜甜。在国内，当闺女时妈妈做饭，出嫁后先生或婆婆做饭，我一直都没有在厨房锻炼的机会。来到悉尼，没办法了，只好下厨房为自己服务了，总不能天天吃三明治啊！

和乌克兰女孩伊莲娜一起住时，我做菜就三种佐料，油、盐和胡椒。但相比伊莲娜生黄瓜拌盐的吃法，我还是为自己能把菜炒熟了吃而扬扬得意。和天津妹妹一起住时，才知道，自己白长了10岁，生活能力太差，做菜还要天津妹妹教，洗碗也是刚学会如何洗干净，才学会打匀鸡蛋而且不从碗里洒出来。最近学会了和面、调肉馅、包饺子，更是兴奋异常，好好犒劳了一下海外游子的中国胃。

2007年3月

自己的幽默

一、在实验室淋浴

刚到新南威尔士大学的第二天,导师就让我进实验室做实验了。一次,我的手被弄脏了,我发现实验室里有一个有趣的水龙头,准备洗手。结果一拉把手,淋浴喷头出水了!我大惊,再拉,关不了,急呼管理员救命!管理员过来,没有责备我,把淋浴关掉了。还好,地上只有一小滩水。

做完实验,我还想研究一下那个奇怪的水龙头,看见把手是歪的,想把它扶正,结果一碰,水哗哗地又兜头泄下来了,又不知怎么关,再次急呼管理员……这次是真的"水漫金山"了!两个管理员一边大笑一边"抗洪救灾",还都没责备我,只是怪我导师没给我做岗前培训,还说我这是"Good try"(好的尝试)。

原来这个水龙头,是身上着火或沾染有毒物质时,紧急灭火或冲洗用的,我以为那是洗手的水龙头。

二、防护眼镜

一天,导师的一位教授朋友,带两个学生来学灌流。我发扬乐于助人的精神,同时显示全英文实验教学的功底,边示范边用英文详细解说灌流的要领。我再三强调灌流药物的挥发毒性,要戴口罩和防护眼镜。最后我说:"该你们自己试试了，记得一定要戴这个防护眼镜。"说着，取下了自己戴的眼镜，教授和学生爆笑。原来，我取下的是自己的近视眼镜，我压根就忘了戴防护眼镜。"我们好像看得清楚，不需要近视眼镜啊，哈哈！"他们说。

三、风水轮流转

我妈妈大学时学的俄语，她对我的乌克兰室友比较感兴趣，我和国内家人聊天时就常汇报她的情况给我妈妈听。比如，她拿黄瓜或番茄蘸盐吃，或者，她光爱买超市特价产品，特爱买中国店的方便面，等等。

一次，我听到她用乌克兰语跟她的妈妈聊天，平均五句话就有一句话提到我的名字和中国等字眼，真是，风水轮流转啊。近来发现，我除了熟练掌握中英文，学过一点德语和日语以外，还听得懂点乌克兰语了。她好像是说，这个中国女子天天在网上和家里人聊天，省多少电话费啊。毕竟，电脑和网络这两个词在任何语言里都是外来词，发音一样。

2006 年 10 月

科学的盛会

2007年7月12日至17日，我和以色列师姐及新南威尔士大学的神经科学研究者一起，参加了在墨尔本举行的国际脑研究组织会议。诺贝尔奖获得者，和世界顶尖的神经科学家的讲座很精彩，墨尔本郊外大洋路的景色也很壮观。"花开两朵，各表一枝"，先谈谈我对会议的感受。

会议在墨尔本会议中心举行，附近就是皇冠赌场和水族馆，处于市中心繁华地带。开幕式上，土著艺术家的舞蹈给世界各国的两千多名参会者以深刻印象。他们热情洋溢地表演了土著人狩猎、生活的场景，还模仿各种野生动物。

来自美国的诺贝尔奖获得者Peter Agre（彼得·阿格雷）博士的演讲，赢得了经久不息的掌声，不仅是因为他凭借发现细胞膜水通道，获得了2003年诺贝尔化学奖的杰出成就，也是因为他的幽默和直爽。他说，当接到获奖的电话时，他们实验室的研究生们欣喜若狂，然后学校里突然多出了很多人说是他的好朋友。他家附近的商店，也把他评为最佳顾客。美容广告也把水通道作为使用保湿润肤产品的依据，其实他和这些企业并无瓜葛。他母亲看到广告说："看来你的研究确实有点用处。"实际上水通道和肾脏、肺、泪腺等的水转运关系密切，在脑脊液的形成和维持脑实质的水平衡中起重要作用。但Peter Agre博士的演讲中，借美容广告的自嘲，让我们看到了一个科学家的率真性情。演讲结束后，掌声雷动，持续了几分钟才停息。

在以后的几天中，每天都有分会场的幻灯演讲，主会场的全体讲座。还有一个研究蜜蜂的科学家斯里尼瓦桑（Mandyam Srinivasan），讲座非常有趣。他研究蜜蜂视觉、感觉和认知过程。他的研究，是在一个植物园的温室中进行的。侦察员蜜蜂可以通过各种舞蹈，告诉其他的工蜂食物的远近。他让蜜蜂飞过一个特殊的黑白相间的通道干扰它们的视觉，然后侦察员会把10米的距离误以为是100米，其他的工蜂就真的飞到100米以外去寻找食物。Mandyam的研究发表在《自然》和《科学》杂志上，他的演讲也获得了经久不息的掌声。

中国科学家蒲慕明的讲座也很精彩，把学习记忆中Hebb的神经元信号传递网络研究得更加深入，为中国同胞争光添彩，赢得了国际同行的尊重。还有很多有趣的讲座，都展示了神经科学的奥秘。虽然很多内容非常前沿，和我的疼痛研究无关，但好在神经科学是我们系的专业，主要内容我都讲过课，所以都不陌生，可以理解。

深深感到自己在神经科学研究的大海里只是沧海一粟，觉得自己很渺小，能力和机遇也有限，这辈子也不可能达到我们领域的前沿。但我立志要做神经科学的传播者了，让更多的医学生热爱神经科学，投入到研究脑和神经的队伍中去。谁敢说我的学生中，就出不了世界级的神经科学家？

我们大部分参会者都没有公开演讲的机会，只是做海报展示。我在海报展示的时候讲解了四次。开始我还担心没人看我的海报呢,先是给新南威尔士大学附属医院,一位我认识的中国博士后讲。我问用中文还是英文,他说:"英文吧,英文更流畅。"正中下怀,用中文我还要翻译一次。开张以后又连来了三位,最后一位还是墨尔本大学的老教授,我越讲越流利,简直不知道累,超过了规定的一小时,快讲两小时了。

在会场碰到来自同济的郭教授,我和她一起看别人的海报,她主要在德国留学,英语没有德语好。于是,我向别的海报展示者提问并与他们交流,帮郭教授翻译。

会议的最后一天我运气很好,还中了小奖,把获得的酒和巧克力拿去给十年未见的移民澳大利亚的师兄,他请我吃了海鲜和韩国菜。

2007年7月

大洋路一瞥

周日的大洋路一行，简直太有趣了。

旅游网站上说：墨尔本的中国人旅游都少不了去著名的大洋路（Great Ocean Road）。大洋路位于墨尔本以西，沿着澳大利亚大陆南端的海岸线而筑，蜿蜒400多公里，沿途到处是顶级沙滩、低温雨林、古朴小镇，牧场无垠，美景无数，更有堪称澳大利亚地理标志的十二门徒岩，丰富的景观资源让这条路成为许多游者必拜的胜地。

周日上午一大早，我和郭教授坐上旅行团的车赶往大洋路。一路上牧场的牛羊成群，悠闲地吃着草，可惜导游没有停车，我也懒得在车上拍照，只是欣赏着车窗外丰饶的放牧地。沿途美景连绵不绝，可我和郭教授还是累得睡着了。因为周五听了一天的讲座，晚上师兄一家请我去吃海鲜，11点半才回旅馆，周六听了一上午讲座，自己中午讲了近2小时，下午又去看小企鹅，晚上9点才回来。所以周日出游累得够呛。

导游来自南京，是一个很善良健谈的中国人，一路上给我们解释澳大利亚的风土人情。说墨尔本没有什么高层建筑，平房多。因为早期的移民都喜欢住一层的别墅，他们的后代也沿袭了这个习惯。四周都是一层楼的房子，如果你建个两层楼，必须征得邻居的同意，因为你鹤立鸡群，可能看到别人家院子的隐私，就算邻居同意了，面对邻家院子的墙壁也不能开窗户，或者只能用毛玻璃的窗户。

到高尔夫球场，导游叫醒了我们，说可能有袋鼠。我们真幸运，不一会儿，就发现一群野生的小袋鼠在球场的一角悠闲地吃着草。导游放我们下去拍照，我们迫不及待地下了车，拍了很多照片。那小袋鼠好可爱啊，"嘎吱嘎吱"地啃着地上的嫩草。见我看它，也抬起头和我对视，那眼睫毛很长，忽闪忽闪的，小耳朵还前后摇晃。我马上想起了电影《抢钱袋鼠》里的小袋鼠，还有点害怕它也跳起来用强壮的后腿把我踢倒。不过，和我对视之后，小袋鼠先害怕了，一蹦一跳地又跑远了，我们拍照，录像，忙得不亦乐乎。有一只小袋鼠还站着够树上的叶子吃，真是好聪明。

我们来到一片桉树林，导游说这片可能有考拉（树袋熊）。我眼神不好，但这次第一只考拉是我发现的。它在路的右侧20多米高的桉树上趴着睡觉呢，这么高它还能睡着，也不怕掉下来，导游说，这就是它们的本事了。要我，早就犯恐高症了。

接着，同行的一对马来西亚情侣和郭教授也发现了几只考拉，都在睡觉，有一只被我们吵醒了，伸伸懒腰，接着睡。

导游说："你们真幸运，前几周墨尔本一直下雨，就这几天天晴了，所以游客少，要是往常，桉树下早就停了几辆旅游车了。我们这次只有一辆旅游车，而且只有我们四个游客。"

从墨尔本到大洋路的十二门徒岩，将近6个小时的车程。到APOLLO小镇停留，司机善意地提醒大家赶快去吃午餐。这小镇倒也别致，临海而立，依山傍水，我和郭教授还跑到海边的沙滩上拍了几张照片，吃了15澳元一碗的意大利面条，继续我们的行程。

驱车前往十二门徒岩的路上，导游介绍说，墨尔本是"一天四季"，早上还是晴空万里，下午就可能阴雨绵绵，期待到十二门徒岩不要变天。我想起先生的堂妹夫妇，去年圣诞节约我去墨尔本玩，我因为写论文没去，结果他们到海边后风雨交加，他们穿着夏天的单衣服，只留下了寒冷的记忆。我们终于到了十二门徒岩，天气还是那么晴朗，连一丝风也没有，太阳晒得我们暖洋洋的，竟有发汗的感觉。导游说："你们真幸运，还好是晴天，要是有风，来自南太平洋的海风冰凉刺骨，也还是不能尽兴游玩。"导游说，前不久他带了一个团看十二门徒岩，开始还是晴天，结果到了海边就起了大雾，能见度一米，十二门徒被蒙上了一层厚厚的面纱，硬是没看着。他一直说我们幸运，看来我们是托国际会议的福，因为会议今天也有组织各国科学家游览十二门徒岩。

我和郭教授尽情地欣赏着形状各异的巨石在金色阳光照耀下和在蔚蓝大海反衬中变幻的色彩，从各个角度拍了很多照片。

十二门徒岩矗立在澳大利亚维多利亚州的南部海岸，大约形成于2000万年前，由12块各自独立的岩石群组成。千万年来，大自然的鬼斧神工将这12块岩石逐渐雕刻成形态各异的奇岩，因为其数量和形态酷似耶稣的十二门徒，因此得美名"十二门徒岩"。

这组岩石群是由具有千万年历史的石灰石、沙岩和化石逐渐形成的，在海风和海浪的不断侵蚀下，形成了惟妙惟肖的十二门徒岩。近年来，十二门徒岩中的几块都先后崩塌了，难以想象这些巨大的岩石仅仅在几秒中内就变成了碎块，如今，十二门徒岩只剩下了"八位"。我们也看到了残存的碎石块。

科学研究者说，十二门徒岩总有一天会全部消失，但在那之前，它们还将矗立几百年甚至几千年。

参观完十二门徒岩，我们又来到著名的"阿德湖号"峡谷（Loch Ard Gorge），也叫沉船湾，跟1878年的一次沉船事故有关。这艘船满载着从英国伦敦到大洋洲的移民，快靠岸的前夜开了一天的party。清早有雾，轮船偏离了航线。当船长发现要撞上巨大岩石下令抛锚时，为时已晚。砂土落到船的一侧，船很快下沉。18岁的见习水手汤姆放下救生艇刚准备救人时，一个大浪打来，船就已经沉了，他抱住救生艇奋力往岸边游去。18岁的贵族少女爱娃抓住一个鸡笼也在海上漂浮，她的家人和其他的船员、乘客都已经遇难。爱娃不会游泳，随波逐流，筋疲力尽。汤姆听到爱娃的呼救声，花了一个多小时才救她上岸。

此后的故事，要是小说家就好编了，肯定是英雄救美人，抱得美人归了。实际上，爱娃此后就回伦敦找她家族剩下的大哥团聚了。见习水手汤姆成了新闻人物，整天接受媒体采访。不胜其烦的他也回到英国，不过，他和爱娃再也没有联系过。汤姆还是做了水手直到船长，他的三个儿子也做了水手，先后死于海难，只有汤姆幸存，享尽天年。澳大利亚人说泰坦尼克号杰克和露丝的故事就是改编自这次沉船事故中男女主角汤姆和爱娃的经历。两人都是地位悬殊，不过现实中两人没有共同语言，这其实更加真实。

最后我们去看所谓的伦敦断桥，一个大海崖在海蚀下竟形成犹如伦敦桥般的双孔桥，大自然的神力由此可见一斑。根据导游的讲解，20世纪90年代的一对男女站在伦敦桥的第二个孔上面，结果第一个孔突然坍塌。直升机前来救援，但一直等电视台的记者来拍摄。电视台要绕着大洋路开几个小时的车来。可怜那对男女足足等了好几个小时直到深夜，电视台终于来了，在摄像机前，直升机终于展开了救援。通过现场直播这次救援行动，墨尔本的天然伦敦桥终于闻名于世了。

逛景点时有个小插曲，我和郭教授拍完了岩石拍大海，发现岸边的灌木也很有特色，又拍照，比导游规定的时间迟到了一刻钟，结果等我们赶到集合地点时，马来西亚情侣告诉我们："导游又去找你们了。"马来西亚情侣说，洋人导游是不等游客的，到时间立马走，上次他们就差一点被抛下了，所以不敢迟到。我很着急，因为看企鹅时我们为了拍入口的企鹅广告牌就迟到了，那个导游很凶，问我们是不是想每人再花200澳元找别的车回去。于是我试图给大洋路导游打手机，可能十二门徒岩位置太偏，手机没有信号，我就把包放在地上，一直向来路张望。终于把导游盼来了。

上车后，我惊呼，包不见了。郭教授递给我说："在我这呢，我看见你好像是忘了，就帮你拿了。"马来西亚情侣脾气很好，拍拍胸说，不要吓唬他们了。导游人也很好，丝毫没有责怪我们的意思。我们就又在车上呼呼大睡地回到墨尔本市区。

据说黄昏时分，十二门徒岩美得让人震撼。岩石都呈紫金色，而远处晚霞满天，红的、黄的、紫的、橘色的，五彩斑斓。下次要住在海边小镇上，才有可能看到这良辰美景。

2007 年 7 月

再见，新南威尔士大学医学院

昨天上午在显微镜下拍完最后的切片，把最后的结果交给以色列师姐，有一种如释重负的感觉。然后在办公室转载义卖救小春的帖子到雅虎志愿者论坛，请忆梦妹妹加精。

快到12点了，系里的秘书下来叫我："就等你上去切蛋糕了。"

我赶紧跑到二楼会议室，系里的澳大利亚同事已经翘首以盼了。以前搞讲座，大家都会迟到5分钟。今天为给我送行，竟然都提前到了，弄得我都不好意思了。师姐准备了两个蛋糕，首先说了一句告别的话：

"She is always very kind and works extremely hard. We are sorry to see her return…"（她一直非常好，工作极其努力，我们舍不得她离开……）

我想不到她会用"极其"这个词。不过，一年半时间，我没请一天病假。而她带的那个身强力壮的韩国学生，几乎两周请假一次。不是我身体有多么好，而是有小病小痛的就忍过去了，实验第一。

师姐说完拿出准备好的礼物，是考拉玩具、回旋飞镖、印有悉尼歌剧院的毛巾等。来自法国的女同事示意我上去拿。我接过礼物时，大家报以热烈的掌声。我热情洋溢的话语不假思索地喷薄而出：

"I really enjoy working with all of you. All the best to you all.

Hope you will get a lot of grant and publish a lot of good articles. Thank you."（我真的很享受和大家一起共事。祝愿你们万事如意，希望你们获得很多课题，发表很多文章。谢谢。）

当我提到课题时，他们哄堂大笑，真是说到他们心坎上了，在澳大利亚和中国一样，都是很难拿到课题啊。说完发现自己太激动，忘了说一句"欢迎到中国武汉来玩"了。

接着是一位来自俄罗斯的科学家的讲座，他的俄国口音实在太重，实在很难听懂，归心似箭的我勉强沉下心来听完了讲座。蛋糕旁放着一份漂亮的卡片，我偷偷瞟了一下卡片张开的一角，好像只有两个人写啊，有点失望。

讲座好不容易结束了，师姐把卡片递给我，我惊讶地发现，原来都快写满了留言。那个法国男讲师说他还要写，就拿卡片过去写了几句：

"It has been a pleasure to have you in the labs. Have a good time in China with your family."（很荣幸有你在实验室，祝你在中国和家人欢聚一堂。）

这个法国讲师，开始有点傲慢，自从听过我做的研究报告以后，见我总是热情地打招呼，搞得我都不习惯了。

中午，我一直在品味澳大利亚同事的留言。Cathy（凯西）说：

"It was lovely to have you around the lab. Hope you really enjoy your time in Australia. Don't forget us when you get home."（很高兴在实验室有你在身边，希望你真的喜欢在澳

大利亚的日子，回家后别忘了我们。）

这个 Cathy，非常乐于助人，我但凡遇到什么困难，都会请她帮忙。一次周末做实验，实验室的门锁坏了，她帮我打电话找保卫人员过来开的门。什么试剂不够用了，临时找她，总是给我解围。Angela 说：

"The office will not be the same without you."（没有你，办公室不会和以前一样了。）

是啊，我经常是第一个到办公室的。以前还是最后一个离开的，最近这半年实验没那么紧了，就按时下班了。几乎系里所有的同事和博士后都留言了，真让我感动。

下午四五点，听了医学院的讲座，讲的教授发音比较标准，内容也比较有趣。6点，伊莲娜到我的住处来了。她前几天从乌克兰重返澳大利亚，过来给我送行。我说家里没菜了，请她到外面吃。我问她喜欢吃泰国菜还是越南菜，她说都不喜欢，她最喜欢中国菜。

于是我们来到附近的中国餐馆，点了春卷、海鲜云吞面和牛肉、豆腐、蘑菇之类。她觉得非常好吃，我却觉得味道甜腻腻的，还不如我自己做的好吃呢。她一直说不相信我马上就要离开这里了，极力劝我以后移民过来。她读了一年的翻译专业硕士以后，又来澳大利亚学一年商业的大专文凭，就是为了凑够两年，好申请移民的。

饭后，她又来到我的住处，和我、房东妹妹还有新来的室友妹妹一起聊天，一直聊到晚上10点才依依惜别。她说，她没有澳大利亚本地的朋友，中国朋友倒是不少。我说，我走后，她还是可以找房东妹妹和室友妹妹一起玩的。她说，她的德国朋友、匈牙利朋友、中国朋友，都回国了，朋友越来越少。"你明年还来吧，我们一起租房子住。"

晚上似乎很难睡着，累到极点反而不困了。

今天，上午我给师姐一一交代了试剂和标本存放的地方，把实验记录交给了她。中午我们共进午餐，谈到以后要多加合作。下午，我等师姐过来最后告个别，把自己的桌子整理干净，把画得乱七八糟的日历撕掉，把办公室和实验室的钥匙留下。

我挥一挥衣袖，不带走一片云彩！再见，新南威尔士大学医学院！

2007年8月

别了悉尼

本周六就经广州飞武汉了，但实验一直做到这周四，我争取站好最后一班岗。上周五，同事陈姐和伟星姐，为我和辞职考医生的同事小红姐，安排了告别午餐，医学院里的中国同事，每人带一个菜。

午餐很丰盛，有中国同事做的或买的特色菜，如卤牛肉、咖喱鸡、土耳其面包等等。还给我和小红姐准备了告别的卡片，每一个同事在上面写几句告别的话，留下 E-mail 地址。有几个新来的同事，我看了卡片上的留言才问清楚名字，真不好意思！

在新南威尔士大学医学院一晃已经待了一年半了，一些老同事调到悉尼大学或者回国休假了，这次告别聚会没有见到。算起来，我们已经聚餐四次了。记得去年中秋那次聚会气氛特别好，大家一起吃月饼，谈天说地。而今年中秋，我终于可以和家人团聚了。

同事莹姐说，舍不得我走，叫我不要再说 permanently(永远)离开澳大利亚的话，希望我还能回来。以后别的中外同事问我还回来不，我就说，有可能啊，说不定来开会或旅游什么的，就可以过来看她们了。是的，总是要给别人留点念想的。

上周日房东妹妹和她的男友给我送行，请我去据说是悉尼最好的中餐馆，到 FoxStudio 的霍氏海鲜餐馆吃澳大利亚特有的泥蟹，一只就是一大盘，要澳大利亚大洋 50 刀（Australian Dollar 澳元），味道鲜美。还有带子（贝壳里面的肉，也叫鲜贝）炒荷兰豆，开始我以为那鲜贝是大蒜，还说炒豆子搁这么多大蒜干什么？光吃荷兰豆去了。房东妹妹提醒后，我才开始吃鲜贝。我们自己带的葡萄酒，开瓶费每人 5 刀。一顿饭，花去房东妹妹 150 刀，真不好意思啊！

一般我们在外面吃饭，花 10—15 刀比较正常，今天让他们这样破费，很过意不去。他们说，难得遇到一个好房客，我一直支持他们求学、打工，也见证了他们一年来的奋斗历程。悉尼也没什么好吃的，好像是亚洲的一个大厨房，到处都是泰国菜、日本菜、韩国菜、印度菜，西餐也都不好吃。估计我还没有吃过这泥蟹，就请我来尝尝鲜。

回来的路上，房东妹妹和她的男友还谈了他们在餐馆打工的艰辛，洗碗一干就是几小时，累得连腰都直不起来是常有的事情。他们说给我买了一个小礼物，虽然是中国制造，但很有特色，我一见就会想起在澳大利亚的生活，而且便于携带，我可以把东西塞在里面。我好奇地问，那是什么？赶蝇帽（当地农民戴在头上，有小坠子的那种赶苍蝇的帽子）？他们说不是。那是袋鼠小木偶？也不是。

回到家里，才知道，那是一个超市的小推车模型。室友妹妹说："看见它，你就会想起在悉尼我们一起去超市买米的日子。" 20 公斤的米太重，室友妹妹和她男友常和我一起去买米，用小推车一起把我们的口粮推回家。

记得有天傍晚，快到家门口时，听到有人喊我。暮色苍茫中的两个人影推着个小推车，装着两袋米。室友妹妹说："知道你没米了，今天碰到打折的米，赶紧帮你也买了一袋。"我很是感动，正愁没米下锅了呢。不然，我自己还要拖着做完实验后疲惫的步伐，去超市买米。

看见这小推车，的确让我想起在悉尼虽然艰难但不乏友人相伴的日子。我曾问室友妹妹，为什么她总是喜欢帮我，我以为她会说："因为我人好啊！"结果她说："因为你什么都不会，实在是儿童人格，不帮不行啊！"

本周四以色列师姐会带一个蛋糕过来，在系里每周一次的讲座前举行一个简单的告别仪式。然后，周五师姐会和我共进午餐。导师8月1日已经全家移居英国了，只能在电子邮件里祝我一路顺风了。

我走在悉尼的十字路口，记得一年前刚来时，我曾在这里迷了路，后来从陌生到熟悉。这次离开，不知何时还会重返悉尼。我想象着二十年以后，我女儿可能在悉尼读书，我来看望她，和她一起来到这个十字路口。我会告诉她，二十年前妈妈天天经过这里，还曾经迷过路。

我又想象二百年后，一个少女也是充满迷惘地站在这个十字路口，艰难地辨别着方向。她也许是我们家的一个后代，也许和我们家没有一点关系，不过肯定的是，那时世上早已没有了我，她就算是我们家的后代，也不会知道我曾在这里走过，也不会有半秒钟的时间想到我。

生命都是短暂的，我们都是宇宙匆匆的过客。我可以想象着未来，而未来已经没有我的存在了。所以我们还是把握当下，认真过好生命中的每一天。该爱就爱，该恨就恨，该努力就努力，该放松就放松，何必自己跟自己过不去。

我走在我常去散步的库吉海滩（Coogee），今天是最后一次来这里散步，看着蓝色的大洋，翻滚的浪花，休闲的、自得其乐的人们，心里说：别了 Coogee，别了悉尼。

2007 年 8 月

3 医海泛舟

文学青年在医海里泛舟，行如逆水，不进则退！每天，我都在梦想和现实之间挣扎。让医海泛舟的艰辛化为文字，才不愧对上苍赋予的才华和生命。

实习惊魂

我本科、硕士学的都是中医临床针灸专业，也曾在医院临床实习过两年，实习的经历让我深刻地意识到当一名医生一定要有强健的体魄、顽强的意志、坚毅的情感和一颗"大心脏"。而这一切，恰恰都是我的弱点，从小我就弱不禁风，身体素质差，稍不注意弱小的身体就会"闹鬼"。本科实习时，由于工作忙，学着带教老师天天吃方便面，结果老师吃一箱方便面啥事儿都没有，而我只吃了半箱就崩溃了，喉咙里总像有什么东西堵着，吞之不下，吐之不出。我害怕死了，一度认为自己得了食道癌，后来证实得了梅核气。从此，我再也不敢吃方便面了。我怀疑那时候是方便面里的防腐剂损伤了我脆弱的食道，导致反流性食道炎，戒掉方便面没多久，也没怎么特别地治疗，症状自然消失，身体总算恢复了正常。

谁知，一波未平一波又起，到呼吸内科实习时更夸张，由于那时的我还不习惯也不注意戴口罩，只实习了一周，就被传染上了肺炎，发烧、咳嗽折腾了一个月才好。

1994年春天，我在武汉市中心医院神经内科实习时，遇到一小男孩儿患者，13岁。这个小男孩儿后脑勺长了一个脓包，他做生意的爸爸不懂，就给男孩儿挤这个脓包，结果就这么不经意的一挤惹了大祸，由于脓包还没有成熟时，就将其挤破，脓包里的细菌进入颅内静脉窦，诱发了化脓性脑膜炎。

这个小男孩儿长得特别英俊，很招人稀罕，学习也特别好，所以我也特别尽心地照顾这个孩子。他入院时发烧，头痛，剧烈呕吐时我给他拿盆子接着，结果他吐了我一身，弄得少年也特别地尴尬，一边喘着粗气一边抱歉地说："医生姐姐，太不好意思了！"我边用毛巾擦掉他嘴边的污物边安慰他："不要紧，没事儿。"安抚好男孩儿后我才去换的白大褂。

患病男孩儿的爸爸来照顾他时，还不以为然，一脸不屑地说："不就是挤了个包包嘛，有什么大不了的？怎么还要住院？一天耽误我多少生意呀？真是的！"

我的带教老师严厉地批评了男孩儿的爸爸，并告诉他："后脑勺这个地方血液供应非常丰富，要等脓包成熟后才能切开排脓，没有成熟时硬挤，细菌会直接进入颅内静脉窦，引起颅内感染，危及生命。孩子发烧了3天，都已经抽筋了，你才把他送到医院来，也太不负责任了！"

少年把头扭过去，始终不理他爸爸。孩子的妈妈在一旁伤心无助地抹着眼泪。医生给男孩儿用了大剂量的抗生素，可惜因为送医太晚，顶级抗生素都不起作用了。少年一边抽搐，一边还不忘跟他妈妈说："妈妈，我把姐姐的白大褂吐脏了，你一定要给她洗洗干净。"多么懂事、善良的孩子呀，在生命垂危之际，还在为别人着想。我赶忙安慰他说："没事的，你好好养病，别想那么多，我们一定会把你治好！"

谁知第二天，少年的抽搐变本加厉，头仰眼翻，肚子拱起，四肢僵硬绷直。我感觉情况不妙，这不就是《生理学》上所说的去大脑强直吗？少年的去大脑强直，是因为化脓性脑膜炎，导致大脑功能丧失，脊髓的运动传出功能过度亢奋，引起角弓反张，少年的身体真的绷得像一张弓。带教医生让护士给他注射了抗惊厥药，也无济于事。男孩儿的爸爸拼命地喊他时，他不予理睬，恐怖绝望的目光中充满了对爸爸的怨恨。我喊他时，孩子猛然抓住我的手，仿佛抓住了救命稻草一般，死死地紧扣不肯松开……

晚上，我做了一个噩梦，梦见少年伸开四肢飘浮在夜空中，变成了天上的星。第二天，我来到病房，少年的床上空空如也。带教老师说，少年昨晚抽搐得筋疲力尽后离开了人世。我当时就泪如雨下，瘫坐在那，实在难以接受。带教医生安慰并开导我说，作为医生，一定要有良好的心理素质，不能太感情用事。我们尽力了，就不要太自责了。我们神经内科经常有患者去世，如果医护对每个患者都过度消耗感情而不能保持科学冷静的态度的话，那还怎样去救助其他更多的患者呢？

虽然知道自己不适合做临床，但由于我是保送的硕士生，读的还是针灸临床专业。1996年暑假，作为硕士生的我，又在武汉市第一医院针灸科病房实习。本科时，我也曾经在神经内科实习过，见识过中风患者发病时的惊魂时刻。他们的病情变幻莫测，有时查房，5分钟前还跟我们说话聊天的患者突然就眼神凝固，猝死，那时的抢救已是无济于事了。为这些突然离去的鲜活的生命，我受过惊吓，做过噩梦，伤心落泪，却无力回天。

其实针灸对于中风疗效较好，针灸科每天接诊的也不乏重病患者，比如中风急性期和后遗症患者，当然如果处置不好，随时也可能危及生命。

作为湖北中医学院的硕士生，我的西医基础一般。带教老师带了我3个月，就让我独立管病人，实话说，每天我都如履薄冰，忐忑不安，精神高度紧张。我比较擅长读书和做动物实验研究疾病机理，让我记住那些复杂的疾病和药名，本来就勉为其难。

曾经有一位脑梗塞患者，头一天还好好的，第二天，我刚到病房，护士就跟我说，我的患者已经去世了。我当时大惊失色，他怎么病情突变？虽然昨晚我做了一个噩梦，梦见一道白光从我卧室的墙上飞出，但我没想到我的患者真的出事了。针灸科的患者病情太重，弄得我总是做噩梦，精神恍惚，都快崩溃了。然而经验丰富的护士却非常淡定，这样的事儿人家早已见怪不怪了。护士告诉我，昨晚患者便秘，让他不要长时间使劲解大便，他非要蹲在马桶上使劲解，结果诱发脑出血，抢救无效死亡。

我诚惶诚恐地写着死亡病历，开着死亡证明，不一会儿，死者家属来了，并没有埋怨和责怪我的意思。结账时死者家属发现我没有乱开药，只花了800多块钱，死者家属似乎在暗暗窃喜，那诡异的表情好像是在说，花这么少的钱就把老人打发走了，好幸运啊！这刷新了我的世界观了——世界上怎么会有这样的儿女？无论从伦理道德上，还是从人的本性上，我都不能理解，无法接受。

惊心动魄的实习经历让我彻底打消了当医生的念头，认清了自己不仅在体质上不适合当医生，而且心理上也不够强大，尤其是难以承受患者的生离死别，这一切都促使我改变了职业规划，从临床救死扶伤到走上医学科研的报国之路。幸运的是，硕士毕业后我就考上了同济医科大学基础医学院的博士，毕业后如愿以偿当了一名光荣的人民教师。因为有实习的磨炼，我在教学、科研的工作中，会更加吃苦耐劳。每当实验加班加点，疲惫不堪时，我会安慰自己，再累也没有当医生累；遇到学生不好好学习时，我会更有耐心，静待花开，因为临床患者的病情复杂，缠绵难愈时，也需要等待；在动物实验中，我会特别谨慎，及时关注大鼠的状态，因为在临床工作中，患者的病情瞬息万变，一定要如临深渊、如履薄冰，小心翼翼；在教学、科研中，我会刻意控制自己的情绪，更加理性，因为在临床工作中，我就是因为太感性，对不幸逝去的患者投入了过多的感情，导致情绪不稳，从而影响对其他患者的治疗。总之，两年的实习生涯，我洒下了汗水和泪水，有喜有忧，悲欣交集，这也成为我一生的财富，让我在今后的人生中，一步一个脚印，走得更稳！

2023 年 4 月

生命不能承受之痛

一、非腿痛，非胃痛，是心痛——心绞痛和牵涉痛

2021年7月16日早上6点26分，我在美国的表姐给我转发一条侄儿洋洋的信息说，她的亲哥哥即我的大表哥、我姑妈的大儿子，昨晚突发心脏病，已经去世了，年仅63岁。我如遭雷击！不敢相信！

当时我正在北京和合作的科研专家讨论课题，不想被人看出来，强忍悲痛悄悄给表哥的儿子洋洋打了个电话询问详情。怕影响项目进度和博士后组员申报课题，最终没能赶去帮助料理表哥的身后事，何其遗憾！

怕徒惹家人伤悲，半年过后，大年初一我给表哥烧新年香时，才向表嫂详细了解了表哥发病时的情况：7月15日夜里11点，表哥突然说胃痛，痛得捂住肚子，面色苍白，冷汗淋淋。因为大表哥原本就有胃病，自己和家人都没有多想。表嫂给他倒了杯热水，可是大表哥喝了热水不仅没有缓解疼痛，反而捂住肚子倒在床上。表嫂着了慌，不知如何是好，给在郊县出差的洋洋打电话求助。洋洋叫她赶紧打120急救电话，大表哥却喊，不要打120。

大表哥嫌贵。他一生要强节俭，经历过国企改革下岗分流，创业失败又改卖福利彩票。白天卖彩票，傍晚接孙子放学，先做饭给孙子、儿子、儿媳吃，他自己等到晚上10点表

嫂回来再一起吃。长期劳累和饮食作息不规律，让他得了胃病。这次饭后胃痛，表哥没有当回事。

表哥不让表嫂打120，又折腾了几分钟，捂着肚子，疼得晕了过去。看表哥不省人事，表嫂赶紧拨打了120。等120急救车赶来，表哥被抬上救护车，心电图上显示他的心跳已经越来越微弱，直至成为一条直线，医生赶紧为他电击除颤、胸外按压，以及人工呼吸以恢复心率、保持气道通畅及维持呼吸。到了急救中心，又进行了气管插管、呼吸机辅助通气等抢救措施，最终还是无力回天。

这时候，家人才意识到，大表哥原来不是胃痛，而是胸痛。

心脏是给全身的供血器官，但实际上心脏自己也需要大量血液。冠状动脉是提供营养给心脏的血管，其痉挛会引起心绞痛。高血脂会导致动脉粥样硬化，在血管内形成斑块，使得血管狭窄。如果斑块形成的部位在冠状动脉，就会导致心脏供血不足，出现胸痛、胸闷、心慌、乏力等症状。如果斑块破裂脱落之后随血流运动至冠状动脉造成梗塞，就会导致心肌缺血梗死，出现心绞痛的症状，严重时可危及生命。心绞痛是由于心肌缺氧和供氧之间暂时失去平衡而发生心肌缺血的临床症候群。其特点为阵发性的前胸压榨性疼痛感觉，可伴有其他症状，疼痛主要位于胸骨后部，可放射至心前区与左上肢，常发生于劳动或情绪激动时。有时候心绞痛的疼痛部位并不在心脏的解剖学定位，经常被误认为是上腹痛、胃痛、耳垂痛、脖子痛，甚至牙痛。

表哥平时喜欢吃大油大荤的食物,有高血脂、高尿酸。他每天晚上10点才吃饭,晚上躺下不好消化,代谢过程减慢,血糖血脂持续高水平。他还爱抽烟,抽烟会增加血液黏稠度。加上夏天天热,出汗多,血液黏稠度高。这些都是心梗的危险因素。

但如果只是心脏供血不足而引发的心梗,平时就会有心绞痛的症状,不会这样突然心梗,完全没有抢救的机会。

于是我又问表嫂,表哥发病前有什么征兆吗?表嫂说:"他发病前,走路一跛一跛的。"原来表哥一周前在从幼儿园接孙子回家路上,突然感到腿疼难忍、下肢麻木,走路跛行,休息后就缓解一点。他以为是在彩票站和家里来回奔波,劳累过度造成的,因而没当回事儿,就没有打电话问我。

我推测大表哥是患有动脉粥样硬化性心血管病,实际上这类疾病是全身性的,它可以发生在心脏、脑血管、下肢动脉血管,大表哥应该是发生在下肢动脉血管和心脏血管。

间歇性跛行是典型的下肢动脉血管堵塞的症状。因为肌肉运动耗氧量大,氧气是靠血液中红细胞内的血红蛋白运输的,血管堵塞会导致腿部供血供氧不足,下肢酸痛,但休息一会,肌肉耗氧量减少,供应勉强补足,就又能走了。

我不由得反思,既然下肢动脉堵塞有这样严重的后果,怎样才能尽早发现呢?动脉堵塞是一个逐渐进展的病理过程,从轻度堵塞到严重堵塞,再到急性栓塞,其实都有迹可循。

下肢动脉血管初步堵塞的症状一是腿脚怕冷,二是足部脉搏减弱。脚是人体的末梢，也是心脏最远端，血管有问题，脚最先有感觉。除怕冷外，如果走路路程比较长，患侧的腿更容易疲劳酸痛。在人的足背正中最高点，轻轻摸，能感受到脉搏。平时能摸到这个足部的脉搏，证明我们的动脉血从心脏一直通到了脚。可如果走一段距离之后，再摸时，摸不到这个脉搏，就可能存在轻度的动脉血管堵塞。

当血管堵塞情况加重，就会出现一种奇怪的现象——间歇性跛行，即行走一段时间，出现了相应下肢的疼痛、麻木。有的患者会感到下肢的发胀、发凉、发沉的感觉，继而导致不能继续走，需要坐下来休息一段时间，这些症状就可以缓解，可以继续行走。再走一段时间以后，这些症状又会重新出现，又需要坐下来休息一段时间。

在急性栓塞时，人会感觉到腿突然疼痛难忍。此时，一般可以确定是血栓突然脱落造成的，这样的情况是非常危险的！此外，如果在自己手腕上摸不到脉搏或者脉搏微弱，即无脉症，也是动脉硬化或狭窄、心绞痛甚至心梗等疾病的先兆，需要赶紧到医院治疗。

整天忙工作，没有督促大表哥吃阿司匹林预防心梗，我的内心充满了愧疚。

二、病未至，齿先疼——和心梗高度关联的牙痛

就在大表哥去世的2个月前，我51岁的师兄也因心梗去世。

2021年5月的一天，我的硕士闺密打电话给我说，她的先生，我们的师兄，因为牙疼诱发心梗去世了。

但是牙疼怎么会诱发心梗呢？

作为疼痛领域的专业人员，我明白师兄的牙疼其实是心肌梗塞引发的牵涉痛症状之一。牵涉痛是内脏疾病特有的症状之一，表现为内脏疾病往往引起远离发病部位的体表部位的疼痛，多发于内脏缺血、机械牵拉、痉挛和炎症。例如，心肌梗死的疼痛通常发生在心前区，但可放射至左肩及左上臂。但是，心梗的牵涉痛不仅有上述常见的症状，还可以表现为牙痛、胃痛等等。

师兄去世前几天，忽然觉得牙齿隐隐地疼痛。他平时口味比较重，最近刚吃了周黑鸭，以为是上火了。因为牙疼时而发作，时而缓解，也不剧烈，他就没当回事，随便吃了点消炎药，忽视了身体给他发出的警报信号。

第二天，他的牙痛加剧。在单位赶写材料时候，左胳膊突然开始疼痛，伴有胸闷，他放下电脑键盘，休息了半小时才缓解。劳累之后加重，休息之后缓解，这已经是非常典型的心绞痛了。疼痛从牙痛转而放射到左臂，说明病情正在逐渐发展加重，他依然没有重视。此时他的心肌缺血应当已经非常严重，死亡正在向他招手。当晚回到家，他觉得很累，也没有帮80岁的母亲洗碗，8点就躺下了。他可能开始觉得憋气，牙疼得厉害，胸部开始剧烈疼痛，胸骨后火辣辣的，就像是严重上火的嗓子疼。实际上，当时他的心肌大片死亡，随时都有生命危险，但师兄仍旧没有向外界求救。等到心梗发作，他却已经失去了应对的能力。

第三天早上7点，80岁的老母亲做好了面条，敲门喊儿子吃饭，吃完好去上班。儿子没有开门，老母亲担心儿子睡过了头，拧开了门把手。她看到儿子紧闭双眼，脸色铁青，左手捂着胸口，顿觉不妙。她呼唤儿子却没有得到回应，一摸儿子的额头，早已经凉透了。

她呼天抢地，吓坏了门外的老伴。83岁的老父亲赶紧走进门，摸摸儿子的鼻息，确实没气了。他用颤抖的手拨通了儿媳小华的电话。骤然失去了家中顶梁柱，一家人悲痛难安。小华是我同学，她儿子刚刚大学毕业，准备考研，因为爸爸突然去世，导致心神不宁落榜了。

师兄其实血脂不高，但平时喜欢抽烟，早上起来还没刷牙就在床上抽上一支烟。抽烟会使交感神经兴奋，导致冠状动脉收缩。加上师兄写材料劳累了，交感神经兴奋，冠状动脉收缩变窄了供血不足，心肌就会缺血，于是就会出现心绞痛，由于大脑对心脏的疼痛不太熟悉，就经常错误地识别为牙痛。

这种情况，如果懂一点心梗和心绞痛的常识，其实很容易在早期进行干预，就不会酿成惨痛后果。因为时间就是生命，心肌就是生命。越早发现，越早治疗，恢复越好。

那么，怎么才能辨别是真正的牙痛还是心绞痛伪装的牙痛呢？

真正的牙痛，是因为牙釉质龋坏，牙神经暴露，表现为放电样、尖锐的疼痛，而且持续疼痛不会停歇。心绞痛牵涉引起的牙痛，是时断时续的，疼痛也没有那么剧烈。有经验的牙科医生，遇到这种牙痛患者，会督促他先做一个心电图，确定没有 ST 段上抬或下移和 T 波倒置、异常 Q 波这类心肌缺血甚至心梗的表现，才能进行牙科方面的治疗。

三、心绞痛，汗淋漓，苍白气喘——真心痛

真心痛，是中医病症名，由心脏本身的疼痛引起，其特点为剧烈而持久的胸骨后疼痛伴有心悸、水肿、肢冷、喘促、汗出、面色苍白等症状。可出现在急性心肌梗塞中。我没有想到，我读大学时印象不深的这个名词，却发生在我小表哥身上，让我刻骨铭心，不堪回首。

2010 年 2 月 26 日，农历正月十三的下午，我正忙着改课题，手机响了，是大表哥来的电话，他说："燦，你赶快给玫姐发封邮件！你小表哥走了！""天哪，天哪！"我几乎不敢相信自己的耳朵，小表哥过小年吃团年饭和初二到我父母家拜年时都还好好的，怎么就走了？当时小表嫂还说年后就带他去治心脏病的！我慌了手脚，把桌上乱七八糟的文献一推，先给玫姐发邮件。玫姐是我的表姐，在美国当化学科学家，她收不到中文邮件，我也不管什么拼写、语法了，胡乱打字，边发边担心——玫姐在家排行第三，和小表哥感情深厚，知道这个噩耗会不会受不了？

大表哥说殡仪馆很快来接人，要和小表哥见最后一面必

须得赶紧去，我飞快地关闭电脑就出发了。这时已经5点半了，正是武汉的士交接班的时候，好不容易来了两辆空车都被别人抢了，拦到一辆空车又说不去我那个方向。我只好坐公共汽车去。路上昏昏沉沉，一直在后悔，在自责，我真该早点逼他去医院治疗的啊！同样是心梗，先是姑姑，又是小表哥，在一个家里发生两次，真是不该啊！不该！

到了小表哥家，亲朋好友已经聚了一屋，小表嫂正在给小表哥盖被单。我含泪揭开他脸上的毛巾，他闭着眼睛，仿佛睡着了一样，我用手轻轻抚摸着他冰凉的额头，感受死亡的温度，忍不住痛哭失声。对不起，小表哥，我来得太晚了！对不起，玫姐，我答应过你会关注小表哥的病情，却没有督促他遵嘱吃药，及时看病，我太失职！

小表哥的左手臂弯曲着，护着胸口，已经僵硬了，手指苍白而修长，指甲泛着青白色瓷器一样的冷光，可以想象他临终前有多痛！那是真心痛啊，是心脏的疼痛。

小表嫂哭诉说，她早上9点给家里打电话，小表哥还好好的。下午2点再给家里打电话没人接，又挨个打电话给大表哥、战友、同事，都没有得到表哥的消息，她就知道小表哥可能出事了。回家一看，小表哥已经去了，她仍然叫120来急救，医生检查说已经离去2小时了。速效救心丸还放在枕头下没有动，估计是在睡梦中突发的心肌梗死。

小表哥的病情本来有很多挽救的机会，但是我们不够重视，小表哥也不太听劝。他在家里休息时，曾经发作过一次胸闷，小表嫂带他去家附近的医院检查，医生说要做心脏冠脉CT，需要1000多元钱，表哥不愿意做，因为他的医保不报销门诊费用。我知道后觉得很可能是冠心病，因为姑妈就是心脏病走的，叫外甥女婧婧赶紧去买阿司匹林预防小表哥发作心梗。两个月后的家庭聚会，我见到了小表哥，问吃了阿司匹林没有，表哥说没有，阿司匹林伤胃，他胃不好，胸闷的时候吃点速效救心丸就好了。后来过小年时，小表嫂要我写几样药，我把婆婆找心内科专家开的几种药都给她写了。初二拜年时问她买了药没有，她说小表哥不好好吃药，年后一定要带他去医院看看，该做支架得做支架。初二那天小表哥给我说胸闷的事情，我叮嘱他要吃药，但我没有逼他吃药，也没有说问题的严重性，大过年的也不敢吓唬他。我真该逼着他每天吃药的。我也真该逼着他去三甲医院看看心内科专家的。我没有很积极地去要求带他看病，因为三甲医院看病一等几小时，我也有些抗拒这个看病的过程。

表哥心梗之前发作的心绞痛，是休息时发生的，可能是变异型心绞痛。变异型心绞痛为不稳定型心绞痛的一种特殊类型，以心绞痛在安静时发作，并伴有短暂ST段抬高为特征，可能导致急性心肌梗死、严重心律失常和猝死。与其他类型的心绞痛由冠状动脉固定性狭窄或不稳定性斑块作为病理基础有所不同，变异型心绞痛系由冠状动脉痉挛所致。冠状动脉痉挛是如何产生并持续作用的，目前尚未完全明确，可能与多种作用机制如冠状动脉内皮功能受损、自主神经功能紊乱、镁离子缺乏等因素有关。硝酸酯类、钙拮抗剂及支架植入术可以有效控制心绞痛的发作。变异型心绞痛合并心律失常的比例较高，处理不及时可导致心肌梗死甚至猝死等严重情况。

小表哥因为年前失业心情郁闷，导致自主神经功能紊乱，引起冠状动脉痉挛，心绞痛加重。他去世前一天借酒浇愁，很有可能会刺激到冠状动脉血管，同时还有可能会导致血脂变稠，造成了心肌梗死。

那么如何识别心绞痛，如何区分心绞痛和心梗呢？识别心绞痛牢记16个字："劳力诱发，休息缓解，2分以上，服药缓解。"

劳力诱发：一般在劳累情况下，比如走路、快步走、上天桥、上楼、饱餐等情况下，它的疼痛会诱发，或是加重。

休息缓解：出现疼痛之后马上休息，过一会儿疼痛缓解。

2分以上：疼痛要持续两分钟以上。如果是闪电样疼痛，那就肯定不是了。

服药缓解：这里主要是指硝酸甘油和速效救心丸。

如果服药不能缓解，那就很有可能不是单纯的心绞痛，而可能是心梗了。最终的鉴别诊断是依靠肌钙蛋白结果，心电图动态变化来鉴别的。

时光不能倒流，生命不能重来。好希望小表哥能重走一遍人生的剧本。首先，小表哥经常有胸闷的症状，但在家附近医院做普通心电图没有查出问题，就应该引起警觉，赶紧去更好的医院就诊心内科，医生会让他做长程心电图（抓到24小时中偶然发作的心律不齐）、心脏彩超（观察有没有心房或心室扩大、心肌肥厚、瓣膜闭合不全以及瓣膜狭窄等器质性病变）、心脏冠脉CT（主要是检查冠状动脉血管的病变，了解冠状动脉有没有斑块，有没有管腔的狭窄、钙化）。小表哥确诊冠心病后，就需要常备硝酸甘油作为首选急救药。当他心绞痛急性发作（劳累后出现胸痛或胸口紧缩感），就可以在舌下含服硝酸甘油。

小表哥在正月初二到我家说有胸闷症状时，我就应该督促他去心内科做个冠脉造影，明确判断他冠脉病变血管部位狭窄程度，冠状动脉狭窄程度超过70%以上可以考虑植入支架。我婆婆也是冠心病，经常胸闷胸痛，年近七旬的婆婆曾经突然晕倒在地，失去了意识，也就是发作了心源性晕厥（脑缺血导致的头晕一般不会失去意识）。幸亏我当时就在旁边扶住了她，才没有摔破头。我赶紧送她到急诊，心内科紧急做了造影，给她安装了一个支架，让她每天按时吃氯吡格雷或阿司匹林（抗凝），还有阿托伐他汀钙片（降脂药）、单硝酸异山梨酯片（扩张冠状动脉）。做支架五年后，由于冬天天冷，婆婆吃了一个冷苹果，再次诱发胸痛，又到医院安装了两个支架。婆婆目前带着三个心脏支架，坚持吃药，平时不仅生活自理，还能买菜做饭，刚过了八十大寿。

心绞痛发作的时候，一定要把硝酸甘油药片放到舌下含服，但不要咽下去，可稍微嚼碎。含服2—3分钟即可起效，作用可持续20—30分钟。此外，推荐坐着含服。此药会降低血压，站着服可能会使脑供血不足，而躺着含服可能增加心脏的负担。当含服一片硝酸甘油5分钟后仍不缓解，可再含服一片，15分钟内含服了3片仍不缓解，则要怀疑不是心绞痛，而是心梗了，此时不要再继续使用硝酸甘油，应立即拨打120急救电话送医治疗。

而速效救心丸属于中成药，可起到行气活血、扩张血管的功效，但没有硝酸甘油起效快。所以，同时有两种药时，依然是首选硝酸甘油急救。冠心病的高危人群，如老年人、多年的"三高"（高血压、高血糖、高血脂）患者、多年的老烟民、体态肥胖的人等等，尤其是小表哥这样出现过类似心绞痛的症状但还没确诊冠心病的人，可以常备速效救心丸来应急。当高危人群出现一些心绞痛的先兆症状：如胸闷、心前区（左前胸）不适、左肩感觉又酸又沉时，可含服速效救心丸。不同的人心绞痛发作前的先兆症状会有不同，并不一定是典型的胸骨后疼痛，患者需要自己体会并留意、警惕这些先兆，比如像我大表哥那样的胃痛、我师兄那样的牙痛，其实都是心绞痛的牵涉痛。

心绞痛急性发作时一次性舌下含服10—15粒速效救心丸。如无效，10分钟后可再含服一次，超过15分钟都没有缓解，还是要及时拨打120。尽管速效救心丸降低血压的作用没有硝酸甘油强，也依然推荐坐着含服。

硝酸甘油和速效救心丸也可以作为冠心病患者的日常用

药，每天定时服用，可起到一定的预防发作的功效，但具体该不该每天吃，需要医生来评估和判断。

这两种药主要是缓解心绞痛的，真正心梗时，这两种药效果都不佳！心梗和心绞痛很不一样。心绞痛是因为血管壁长的斑块把血管堵得狭窄或血管痉挛收缩狭窄了。而心梗是因为斑块破裂或脱落，形成了血栓彻底把血管堵死了，更严重，可致命。一旦冠心病患者心绞痛症状超过15分钟没缓解，就要开始怀疑是不是心梗了。此时无论是硝酸甘油还是速效救心丸，对于心梗都起不到太大用处。此时需要备的药是阿司匹林！

将阿司匹林肠溶片300mg（根据规格，如果一片100mg的话就是3片）嚼碎咽下，可能在一定程度上缓解心梗。如果冠心病患者怀疑自己出现了心梗，建议不要擅自服药，应该先打急救电话，询问急救人员是否需要吃。

总之，无论是硝酸甘油还是速效救心丸，都是为冠心病病人暂时缓解症状的药物，并非常规治疗药物，需常备，但不能滥用、乱用。

这些都是冠心病的常见护理和治疗措施，虽然有些麻烦，但是生命重于一切。如果人不在了，就什么都没有了，只留下最亲的人日日夜夜思念自责！

四、不抽烟，不喝酒，也中招——洗澡诱发的心痛

2008年11月4日凌晨，刚进入梦乡的我被一通电话惊醒。夜半铃声，总让我不寒而栗！果然，妹妹传来噩耗，说

姑姑走了。什么？这不是真的！姑姑国庆节前还来我家参加了家庭聚会庆贺我们乔迁之喜，当时看上去精神明明很好。而且以前姑姑有个小病小痛的都会咨询我，这一个多月一点也没问我，怎么会突然就离去了呢？

我赶紧给姑姑家打电话确认情况，是姑姑的孙子洋洋接的，说姑姑夜里12点起来洗澡时，突然就倒在洗澡间里。孙女婧婧还给她做了人工呼吸，120急救车5分钟就到了，但姑姑已经不行了。听到这里，我知道姑姑很可能是心肌梗死发作。

我眼前闪过姑姑生前的音容笑貌，想到她是多么爱笑而且慈爱可亲的一位长辈。

我一向依恋姑姑。

我从3岁起和奶奶一块住在姑姑家里，一直到6岁才回自己家。姑父脾气不好，我一看他那凶神恶煞的样子就吓得直哭，姑姑和玫表姐是我的保护神。小时候我几次高烧抽筋，姑姑连夜把我抱到医院抢救。后来又四处托人找关系把我和大妹转到她家附近的重点小学。

我上小学时写的第一篇作文《记一件好事》，写的就是姑姑。姑姑工作非常积极，对人也是热心快肠。一次，她采购路途中见一个解放军战士迷了路还丢了钱，不仅用三轮车把他载到火车站，还给他买了回家的车票。后来，战士回部队后给姑姑厂里写了一封感谢信。

我和大妹的小学就在姑姑工作的工厂附近，我们每天中午就在姑姑的食堂吃饭，饭后我们就在食堂的休息室做作业。休息室很小，四面墙糊的旧报纸，或者几张当红女明星的画报。姑姑经常在食堂放些炼油淘汰下来准备当柴火用的带壳的熟的小花生，很香。有时我站在炉子边，看小花生被一铲铲扔进炉火，丛丛火苗蹿起，像焰火一样星星点点化成灰烬，散落如同星尘；有时我仰望食堂高高的屋顶上的天窗，看光线向昏暗的食堂中倾泻下来，尘沫在光线中飘舞。我经常沉浸其中，神游天外，一看半天。

姑姑虽然没有文化，但对人热情，能干，疼爱我。她就这么突然走了，我真的接受不了这个事实，她还什么话都没给我说呢。不过，她不说，我也知道她要说什么。每次我到她家，她都说，要我多去看看自己的父母，叫我不要计较父母的恩宠得失。

以前姑父也中过风，我坚持给他扎了十多年针灸。我曾在日记中写道：我在与死神搏斗，与死神拔河，我一定要把姑父拉回来，留住他的生命。

可是这一次，无常无心恋战，直接把姑姑带走了。我连努力的机会也没有。我多想用我的一把银针作刀剑，把它钉在门外。

在美国的玫姐说，她三年前回国时和在电话里，她母亲多次跟她谈过，要走就快点走，不要成为别人的负担，她走时玫姐也不必回来，别影响正常生活。这正是她想要的方式。我也安慰不便回国的表姐：姑姑没有受到疾病的折磨，哥哥们也没有受到拖累。只是，表哥们都很悲痛和愧疚。小表哥在电话里哭诉说，以前母亲晚上咳嗽一声他都要去看看，这次，她连咳嗽都没有咳嗽一下，就走了，让后人没有一个尽孝的机会。在家暂住的他的山东姑姑上厕所时，看到母亲倒了，赶紧喊他去看。他把母亲用被子包着，女儿给她做人工呼吸，还哼了一声，120急救车来就说已经没救了。

姑姑真的以她希望的方式走了。

同样地，我有个老作家朋友，冬天在澡堂洗澡，突发心前区疼痛，伴有意识障碍、恶心、呕吐，一起陪伴洗澡的儿子赶紧拨打120。随着飞驰的救护车驶出医院，医护人员迅速到达现场，启动应急预案、绿色通道，完善心电图等检查，高度怀疑急性心肌梗死。医护人员立即给予患者阿司匹林肠溶片、波立维、普通肝素的负荷量，尿激酶等药物治疗以溶解血栓。老作家到达急诊抢救室后，根据他的症状与心电图、心肌标志物检查结果，诊断为"急性前间壁心肌梗死"，马上做冠脉造影，准备进行支架植入术。造影检查发现，此次发病的罪魁祸首是前面提到的"寡妇动脉"——左侧冠状动脉的前降支，自开口处完全闭塞。在老作家发病一个半小时的时候，一条细微的导丝通过了闭塞的前降支血管，血流立刻得到恢复。随着手术的继续进行，球囊扩张、在"寡妇动脉"植入两枚支架后，术中造影显示他闭塞的心脏左侧冠状动脉前降支血管完全恢复，老作家的生命得到了保障。

建议老人不要在冬天的晚上洗澡，容易诱发心梗。因为冬天气温低，冠状动脉容易痉挛，洗澡的热力又让外周血管舒张，血液流向四肢，会加重心脑缺血，导致心梗，有的还会引起脑梗。

短短几年间，有这么多亲友因心梗去世，时耶？命也！

我们家族之所以这么多人因为各种各样的原因中招，说明我们家有心血管疾病的家族病史。家族病史是心血管疾病的超高危因素，家中曾有人发生过心血管疾病的人日常生活要加倍谨慎小心。

心梗的预防措施包括：多吃蔬菜和水果，少吃高盐高脂高糖饮食，积极预防高血压、高血糖、高血脂。有了心绞痛要及时就医，按时服药，适当锻炼。

但凡出现以下症状，尤其要警惕心梗的发生，早做准备，早就医，早治疗：不明原因的牙痛、胃痛、胳膊痛要引起警惕，如有持续性疼痛不能缓解的情况，要赶紧打车到最近的医院看急诊。急诊科不用排队，很快就能做个心电图，排除一下心脏的问题，起码来说不会有生命危险。如果是持续剧烈的胸痛，很多医院都有专门的胸痛通道，不要犹豫，马上到医院通过绿色通道急诊就医。时间就是生命，生命重于一切。

"世界以痛吻我，要我报之以歌。"逝去的人和事，心痛和遗憾，我们都埋在心里。生命就是这样，你永远不知道明天和意外哪一个会先来，让我们把每一天都当成新生活的起点，好好珍惜吧！

2022 年 12 月

医学教学的感悟

一、课比天大

上周五下午,先生打来电话,说他有应酬,要我送虹虹去作文班。我一下子急了,说:"你以后要记得,我这两个月每周五晚上6点半都有课,孩子的事情你自己想办法。"

先生没办法,只好给我爸爸打电话,叫他坐公共汽车把虹虹从小学接回家,作文课就不上了。因为他老人家也不知道作文班的地点,也不会开车,等他找到地方,恐怕就已经下课了。

先生知道我责任心强,也不敢多说什么。上学期我做了个不大不小的手术,术后只休息了一周就上课了,还是很累的实验课,搞得身体很长时间都没有调整过来。课比天大,迟到是不可能的,更别说缺课。我的课虽然不是没人替,但是关于疼痛的实验,他们都没我专业,我不上就是学生的损失。

2007年9月我从澳大利亚留学回来后,就在华中科技大学面向全体本科生(包括理工农医文科)开设"疼痛和镇痛"公选课,2008年又面向医学院学生增开"疼痛和镇痛"选修课。

第一次在医学院上课时,发现200多人的阶梯教室几乎坐满了,还有一个黑人留学生听课。后来请学院教学管理老师帮我上学校网站一查,发现选课的人数超过了200,比"书法欣赏"这类好通过的课还多好几十人。

教学管理老师说:"怎么这么多人选你的课啊,是你的课讲得很好吗?"我自豪地说,那当然(又忘了低调了)!2007年也有150多人选我的课,今年更是爆满。那个黑人留学生也牛,居然听得懂中文,其他留学生只敢选全英文授课的班级。不过做课堂练习时他就傻眼了,抄写速度太慢,只能坐在那里望洋兴叹。我征求其他同学意见后,同意他回家做练习,下次课交作业。我说,就同情一下国际友人吧,大家没意见的话我就这样办。

我开设的"疼痛和镇痛"课很受欢迎,下课经常有学生询问自己或家人的疼痛病症该如何解除,我只好尽力提出简单处理的方法或就医建议,并根据自己针灸专业出身的专长,告诉他们一些穴位镇痛的方法。

其中,针刺镇痛部分很多是参考韩院士的研究成果,临床部分是参考了十几本国内出版的疼痛临床治疗方面的书籍,如宋文阁、李仲廉等主编的书籍。9月初参加完盛大的疼痛专题会议,正好弥补了我疼痛临床治疗方面知识的欠缺,丰富了我的授课内容。会上听韩院士讲述了疼痛学会20年的发展历程,为老一辈科学家们对疼痛事业的执着追求、无私奉献深深感动!

回来后,又看了会议上发的光盘,看到他在2007年疼痛科成立的新闻发布会上喜极而泣的场景,我也为之动容、流泪。加上我导师关教授是韩院士多年至交,正好在MSN上要我转达对韩院士的问候。我当即给韩院士写了一封电子邮件,表达崇敬之情，并告诉他我开设"疼痛和镇痛"课程的情况。我向他提出继续呼吁在医学院设置疼痛本科的建议，并保证，虽然我人微言轻，但我会在讲课中宣传疼痛科学的重要性，号召医学院本科生投身于疼痛科的建设，以尽自己微薄的力量。

我上午发的邮件，还担心韩院士百忙之中看不到，没想到，中午他就回信了。他热情洋溢地说："看到你的长信，很受感动。有你这样的年青一代加入疼痛医学队伍，是大好事，希望你多为疼痛学会做贡献。"

韩院士的鼓励让我以更大的激情投入疼痛教学中，在下一次讲课就更新了大量关于疼痛科建设的内容，并把会议上学到的一些镇痛治疗新技术介绍给同学们。

上周五讲完课后，一个医院麻醉科的硕士生来拷贝课件，他说是专程来旁听我的这门面向本科生的选修课的。我想起去年，还有几个麻醉科的博士生来旁听这门课呢！

不过，我的讲课也有缺点。虽然知识量比较大，讲解比较深入，但是语速比较快，本科生一开小差可能就跟不上我的思维了。其实更适合有医学基础的研究生听，但没想到还是有这么多本科生选我的课，给了我极大鼓舞。

2009 年 9 月

二、给留学生上课

近两个月一直给留学生上神经生物学课，上周五终于结束了。

第一次上课我还有点紧张，讲得特别快。中间有留学生打断我要我解释，我使出浑身解数在黑板上边画边解释。

第二次上课比较从容了，中间留学生也会打断我，课后还问问题。有个非洲的留学生每次都有自己的思考，一问，是儿科的。我问他们对我讲课有什么建议，他们说讲得还是不错的，就是还要慢一点，留点时间给他们思考。神经生物学比较难学，有时还没回过神来就讲过去了。另外一个黑人学生说，要我把要点详细讲，就像是给他们一颗颗珠子，串在一起，就是一条美丽的项链。

第三次上课，还有督导组的老教授来听课。我这次更加从容，一个概念一个概念地解释，字正腔圆地发音，他们没有一个人打断我。我问他们问题都有回答。我说主管明视觉的视锥细胞比主管暗视觉的视杆细胞更重要时，还幽默了一次："晚上反正你们可以睡觉，看不见也没关系，白天看不见可就成了盲人。"留学生都笑了。老教授看到我和留学生之间良好的互动，也点头微笑起来。

一次课上讲学习和记忆，有个留学生想法很有创意，问我老鼠为什么生来会游泳，而人要学？我只好回答，老鼠进化中主管游泳的蛋白直接在基因中遗传了。这些怪问题，中国学生通常不喜欢问，大多问考试相关内容。后来我们一起下楼，边走边聊了一下。

一个学生说："我是非洲的毛里求斯人。"我说，那是个美丽的岛国。

我问他们那有没有土著人。他说没有，毛里求斯是个多民族聚居的国家，他自己就是印度后裔，他的家族已经移民二百年了。

"怪不得你长得像印度人，不过英语没有印度口音。"

"是的，我们毛里求斯的官方语言是法语，我精通法语和英语。我的学士学位是在印度读的，硕士学位就来中国读。"

我说："虽然移民非洲，你还是心系东方啊。印度人和中国人都比较聪明，勤奋。"

"但我感觉中国人比印度人更勤奋，我在印度读书时，周末商场很早就关门了，而中国的商场周末比平时关门更晚。"

…………

给留学生上课有个体会，中国学生默默接受，留学生有不懂随时打断你要你解释，学习比较主动。但中国学生学习态度更加严谨认真，学得比外国学生扎实，考试成绩更好。我以后也要鼓励中国学生多问问题，特别是一些有创意的问题。其实我们老师也不会感觉被冒犯，我们的思维也会得到启迪。

明天有中国学生的全英课，我根据他们的要求还是换成双语教学，不然他们又说听不懂。现在我明白了，不是我口语不过关，而是搞错了对象，还是要因材施教。其实，我还是很喜欢当老师的，尽管讲课比赛最高也只得三等奖，自以为讲课还是比较有激情的。

2010年5月

幸运之旅

前几天,外出参加了一个国际疼痛会议,真是幸运之旅。演讲比赛得了二等奖,填写问卷得了U盘,连过马路都总赶上是绿灯。

由于导师已经退休,我们系只有我一人继承他的研究方向,我几乎是单刀赴会。好在遇到一些导师的老朋友,和他们打招呼也都有比较热情的回应,不算太落单。孤单地游走在会场和异乡的街道上,如果不是为了学术交流,真不愿意出门受这份罪。

专家们的报告开拓了我的眼界,虽然在主会场的英文讲座上我没有提问,但学到了不少新东西。比如截肢以后由于中枢敏感化,会感觉到已失去的肢体仍在疼痛,也就是幻肢痛。触摸面部会导致上肢幻肢痛,这是由于体感皮层重组,面部感觉区延伸到上肢感觉区所致。一般给肢体残端打麻药局部阻滞,可以预防幻肢痛。

一个美国专家,独辟蹊径,让失去一侧肢体的患者在四面都是镜子的盒子中,对着镜子揉搓健康侧肢体,在镜盒中看到的是按摩两侧肢体,就好像也在对失去的肢体按摩一样,可以明显缓解缺失肢体的幻肢痛。

再如盲人触摸物体时,大脑除了感觉区外,视区也有放电,这就是神经系统的可塑性。还有韩院士用"小题大做"形容痛觉过敏,用"无中生有"形容触摸诱发的疼痛,非常生动形象。

我想这些有趣的研究和生动的描述，可以在我给本科生的课堂中应用，增加他们的学习兴趣。

来开会前，老教授们就曾强调要我们开会时多提问，人家才会注意到你。可惜我不到迫不得已，是不愿意主动提问的。在分会场的报告中，我向一个做英文报告的学者提问了，也是实在没人提问才问的。后面几个中国学者，我很想提问的，但是很多专家都抢着提问，我已经问过一个了，就作罢。不过在台下倒是问了一位中国专家问题，他说问得好。后来得知，他还是我们学校的一位教授在德国的师兄。

另外一位中国专家回答了我台下的问题后，说我英文很好（其实他也只不过听我用英文问了一个问题），要我和他国外的同事也交流了一下。老教授说要在开会时多结识专家，可惜我也只能随缘地认识少数几个。

晚宴遇到一个女博士，竟然是我武汉师兄在瑞士的师妹。真是无巧不成书啊！晚宴头一次见到艺术家现场手握沙子作画，非常漂亮。

开会第二天，据说是个特别吉利的日子，2010年10月10日，可谓十全十美。我填会议赞助商的问卷，别人都只得到小包之类的纪念品，我得到一个4G内存的U盘，也不知是发礼品的妹妹觉得我很顺眼还是怎么的。别人想得到U盘，必须抽奖。我要去听报告，懒得抽，人家直接给我了。

第三天，我参加中青年英文演讲比赛。一个头天认识的日本回来的女博士陪着我,帮我照相。小女孩比我小近10岁,我说:"别指望我得奖啊,我是中西医结合的,这些大部分都是西医的报告,我只是参与一下。"丑话说在前头!

记得在包头参加一个纯西医的会议,也是演讲比赛,不过是中文的,我讲得还不错。会后还有人找我要名片,但专家就是没有给我评奖,因为我是交叉学科,是另类。这次是英文演讲的,估计我语言上比较有优势。

开始听了几个人演讲,口语都不好,内容参差不齐,有的研究做得倒是不错,但讲得太啰唆,让人头昏脑涨。有的讲得还可以,但回答国外评委的问题时又是牛头不对马嘴。我心里基本有底了,估计这次至少能得个三等奖。

轮到我讲时,还是有些紧张。也许因为住得远,中午没休息好,也许是身体不适,反正拿鼠标的手都有些发抖,不听使唤。好在我开会前在家好好准备了几天,已经练得滚瓜烂熟了,幻灯设计得简明扼要,深入浅出,国内外评委一下子就听明白了。尽管紧张,还是发挥不错,回答问题也是对答如流,只口误了一次。

我后面的一个福建女孩,比我沉着多了,英文也说得更流利,最后除了说"Thank you for your attention"(谢谢参与)外,还很大方地问:"Any questions?"(有什么问题吗?)不像我们讲完了就呆呆地站着等人提问,听候发落。我心想,她肯定是超过我的。再后面一个北京女孩,长发披肩,特别漂亮,和我一样有些紧张,口语也很不错。我想她也是超过我的，仪表就能多从老外那多拿几分。

　　结果从屏幕上打出来，我果真是第三名，二等奖。发奖时我只盯着左边礼仪小姐的奖品，没看到右边的国际疼痛学会的主席给我发获奖证书。大家哄堂大笑，我也不好意思地笑了。

　　晚上我给虹虹打电话报喜，奖品是电子书阅读器，等我回去就送给她，她可高兴了。

　　昨天回来一查，阅读器要一千多元一台呢。先生怪我不该给虹虹，虹虹也说："这么贵的东西能给我用吗？"我说："没事，什么东西都没你珍贵。"

2010 年 10 月

秋天的收获

秋天是收获的季节，恭喜勤奋工作的林立雪博士和刘永敏博士各发了一篇影响因子五分以上 SCI 收录论文。而我暑假一共改了五篇论文，每篇论文我都改了四遍以上，最多的改了七八遍。从夏天改到深秋，经常改到晚上八点才回家，八点半吃上晚饭。如今只有两篇纯神经生物的文章发了，三篇针灸文章还在路上，其中一篇在修回，两篇在审稿中。虽然这三篇针灸文章的影响因子还在五分左右转悠，有一篇冲十分的文章，第二天就被要求转投到十分以下，但我还是感谢同学们的辛勤工作。冲十分的针灸文章，还在补实验、补实验……永不言弃，生命不息，冲刺不止！

除了改论文，其余时间我都在充电、充电、充电！南昌疼痛会，武汉神经科学会，网上马秋富老师讲座、针灸所讲座，我都在反复学习感悟，汲取中西医结合的各种养分，才能更好地指导学生们。别人瞧不起自己没关系的，自己一定不能瞧不起自己。永远不要长他人志气，灭自己威风。

可能是经常伏案工作的原因，初秋的清晨，我一觉起来觉得头晕。因为没有旋转感，博士生彩花医生和校医院李中医说我是椎动脉型颈性眩晕，不是内耳性眩晕。那时候好烦，走路都像踩了棉花。到南昌开疼痛会议，和疼痛科主任讨论不敢扭头，只敢转身带动脖子改变方向。好佩服我自己"身残志坚"，一边吃"步长脑心通"扩张脑血管，一边还在改论文加写一个镇痛小分子研发课题。我是往左扭头会晕，半夜起来，一摸左手没脉了，赶紧呼喊虹虹爸，快快起来，我中风了，中风了！

我让他给我拿血压表，一量血压 130/80 毫米汞柱，还好，我就吃了一把丹参滴丸。后来校医院李中医又给我开了一些"步长脑心通"，说过一阵就好了。果然，半个月后，头不晕了，状态好多了。

我又偶遇另外一位家传的中医，一拿脉，说我气血不足，气滞血瘀，左边脉是弱些，担心会有心脑血管疾病发生。我家似乎确实有心梗的遗传，便乖乖地让医生开了中药。特别苦，比治哮喘的中药苦多了。但吃了一周后，我一摸左手，能摸到脉搏了。

这时候我才感悟到，人到中年压力大，还是要注意身体健康，"留得青山在，不愁没柴烧"，有好身体才能培养更多好学生啊！

最近清理了1998年至今，我在同济医学院二十三年里攒的文献，扔了一米高的资料。因为不断打印新的文献，办公室书柜快被压垮了，陈旧的文献是应该淘汰。扔着扔着，还是发现有些旧文献非常经典，发现十年前读的文献，现在还有没弄懂的地方，又拿出来放在桌上准备复习。原来那时候就已经读了马秋富、董新中教授的文章，后来才知道他们是大牛。

看着这些文献，仿佛看到逝去的芳华，从电针镇痛到电针止痒，从关注内源性阿片肽到大麻素，从分子机制到神经环路，现在又对电针抗焦虑和治疗小儿抽动症（和武汉市第一医院苏文主任合作）有所涉及。

从25岁到年近半百，就攒了这么些文献，发了几十篇文章。不过，我感觉我的学术生涯仿佛刚刚开始，刚刚摸出点门道，期待自己50岁以后会有突破。我相信自己是大器晚成型——16岁时高中同学给我算过命，得出这四个字，我当时不信，现在有点信了。继续加油！与君共勉！

2021年12月

神奇的针灸

婆婆咳嗽 5 天了，吃了 3 天阿莫西林无效。又吃了 2 天头孢克肟、中药和 1 天的中联强效，虽有好转，但嗓子和心脏咳痛了。

2022 年 7 月 6 日，婆婆又咳一晚上，虹爸说，用消炎药输几天液就好了。婆婆也相信输液，我说之前带婆婆在校医院输液别人不敢输，因为婆婆有冠心病，明天只能试试，不行的话只能住院。早上 8 点多校医院刚开门，我就带她求内科医生给婆婆输液，医生说先检查一下再说。我们东奔西跑拍了胸片，做了心电图，查了血常规。结果发现婆婆轻度肺炎、心肌缺血，血常规虽正常但白细胞和炎症指标 C 反应蛋白都是上限。校医院熊医生是同济医院硕士毕业的，非常负责，说不敢在校医院给婆婆输液，一定要我带婆婆住院，后来我拿药时，熊医生又追到药剂科强调婆婆疾病的严重性，一再叮嘱我们去住院治疗。

我说我爸刚好也在武汉市第一医院针灸科住院，婆婆明天也可以住一医院呼吸内科，并给为虹虹爸治好肺炎的叶医生打电话联系床位。

听说呼吸内科和针灸科在不同的楼，我正想着如何同时给二老送饭。和彩花一商量，彩花看了婆婆胸片结果，说肺炎不重，她医治过比婆婆重很多的肺炎，都以针灸、中药为主，西药为辅治好了，建议婆婆也住针灸科。我赶紧联系已留好床位的叶医生，问能否让婆婆住针灸科。叶医生很理解，说没关系，这样方便照顾老人。晚上回家，婆婆又说吃了中药和中联强效后不流鼻涕了，闹着不住院。我对她说："彩花医生可厉害了，您儿子的颈椎间盘突出，还有一位军嫂的腰椎间盘突出，彩花用针灸和理疗方法都治得好转，不用做手术了。您不是膝关节炎、腰疼吗？我忙得只能偶尔给您扎个电针，拔个火罐，彩花可以给您连续治疗一两周，肯定会好转。而且您的肺炎、便秘都可以顺便治了，小腹痛也可以顺便查一下原因。今天又忙着给您联系住院和安排送饭，又忙工作，忙到晚上8点才回来吃饭，您儿子也是加班到晚上8点。等7月12日开始，我连续在外面疗养，出差参加两个必须参加的会议（实验针灸委员会和神经科学感觉和运动分会委员会换届），直到7月月底。我不在家，虹虹爸又不着家，您要是病了，那真是'叫天天不应，叫地地不灵'。您住院有医护人员管着，我好不容易都联系好了，我小妹送饭时给您也送一份，嫂子和您儿子给您送饭时给我爸也送一份，都兼顾了。"婆婆说天太热，送饭麻烦。我说："万一儿女都没时间送饭，您和我爸也可以在医院订饭。今晚不管您咳嗽减轻没有，明天都得去住院。"7日晚上我侧耳倾听隔壁房间的动静，发现婆婆咳嗽是减轻了些，不像前两天连续咳了。中药有效！

8日上午，我请假送婆婆住院。到医院时，我爸爸已经做上经皮电刺激睡着了。询问病史后，彩花给婆婆腰部和膝关节做了温针灸。她刚从浙江中医药大学附属第三医院针灸科进修回来，学到不少针灸绝技，比如针灸治疗耳鸣、视神经萎缩等等，并活学活用，为武汉患者解忧。膝关节周围扎的毫针针头插上艾柱后，由于重力往下垂，她从浙江学的，用胶布把针体往膝盖上固定一下，下面插一张剪了一道缝的书签一样的卡片接艾灰就好了。彩花说，浙江的艾条都是一段一段的有切痕，温针用的2厘米左右的艾段一掰就能掰下来，武汉的艾条还要自己剪。婆婆说，点燃膝盖上扎的艾柱后，热力从膝盖直达脚心，膝关节疼痛缓解了。但是婆婆还是关心啥时候给她输液？彩花说，奶奶（我婆婆）的肺炎较轻，吃中药就可以啦。我问："你怎么组方的？"彩花说："按您刚才说的，肺和大肠相表里，我准备宣肺解表，润肠通便。"我看了她的方子，用了当归、桃仁、火麻仁等，我觉得挺好，顺便活血化瘀，把冠心病也治了。婆婆以前只是吃三黄片清热解毒，便秘没有缓解，大便仍然像算盘珠子一粒一粒的，只能用开塞露掏大便。所以老人便秘不能光泻火，还是要活血润肠通便。

彩花说："中药挺好的，爷爷（我爸）7月7日入院时感冒发烧38.5摄氏度（核酸阴性）住隔离区，吃了一天中药后，已经退烧也不咳嗽流鼻涕了。"彩花给婆婆解释了半天，她也不太信不输液肺炎能好。后来彩花又给她在双侧肺俞和足三里穴位注射当归注射液，我说这就是给您治咳嗽的针（肺俞清肺和足三里补中益气），顺便把便秘也治了（足三里促进肠运动），婆婆才勉强信了。

经过彩花半个月的针灸治疗，婆婆出院了。她的膝关节痛和腰痛好多了，可以在楼下散步和去街上买菜了，行动自如，再没有抱怨腰腿疼。还是有些咳嗽、便秘和腹痛（住院查妇科 B 超没问题）。我看了克拉霉素的说明书，肺部感染和胃肠感染都能治，就让她吃了四盒一个疗程的克拉霉素，咳嗽和便秘、腹痛都好多了，说明之前也有炎症。总之家里有个学医的还是挺好，虽然我也不是正规医生，但也总在思考一些疾病的机理，给家人的健康护航。

2022 年 7 月

学医救自己

2023年，我只祈祷一个词——健康，希望我自己健康，家人健康，婆婆早日康复。人到中年，五十知天命，我也知道自己的身体确实不是铁打的，用了五十年的身体机器，又不注意保养，肯定会出各种各样的问题。我是腹泻、心慌、头晕，肠、心、脑全面报警。不过，幸亏我是学中医出身的，我用中西医结合的方法来自救。

前几天遇见我的同事、武汉六中校友、宝丰小区邻居萍女士，她叮嘱我一定要注意身体，别的都是浮云。她说："以前看你的朋友圈也还好，就最近半年，就发现你身体出了各种状况，又是心慌，又是便血的。你还是要好好调理一下。"

一翻朋友圈，2022年从5月开始，因为婆婆回红安休息时间有点久，自己吃亲戚婚礼的剩菜，放在冰箱冷冻室拿出来就微波炉热一下，也没有热透，结果就开始拉肚子。

我爸爸就是长期腹泻，艾灸或吃百令胶囊有所好转，我想我总算是遗传了爸爸的又一样东西了。爸爸善良老实，勤俭节约，我遗传了；爸爸热情单纯，能在公共汽车上和陌生的老头聊得火热，我遗传了。但是，爸爸那么聪明，初高中买不起参考书，瞄一眼别人的参考书，再难的数学题也能迎刃而解，我就没有遗传；爸爸那么清秀，年轻时像宋仲基，老了像陈道明，我也没有遗传。怨就怨我小时候总是发烧惊厥，把脑子烧坏了，神经元不可逆地损失，神经微环路建立得少，所以不聪明，反应慢。而我因为耽误了治疗，腹泻拖成了慢性肠炎伴焦虑抑郁，真是不值得啊！

5月中旬婆婆还在红安小姑子家休息，通电话时，我和婆婆说，拉了1个月肚子。这还了得？我竟然委屈地哭了起来。6月端午节去红安接婆婆，孝感的大姑子说："要不让虹虹奶奶到我家住几天。"我说，我想让婆婆回武汉照顾我一下，然后又哭了一场。后来虹虹说，其实婆婆也想回武汉，只是"五一"，爸爸因疫情不便出武汉，平时也没时间去接。婆婆在同济宝丰小区住了近二十年，熟人朋友多，回红安和周围的老人谈不到一起去。奶奶说，还是同济的老人们有素质有见识，要不就自己是教授、主任，要么孩子是老师、医生，平时相处很愉快。在红安白天没人聊天，不好过。

婆婆回家后化身田螺奶奶般的存在，一回家就洗洗涮涮，把厨房的灶台、地面、锅碗清理得干干净净、利利索索。

因为拉肚子，我再也不敢吃剩菜了。从1998年在同济读博士至今24年，我很少在食堂吃饭，总是热剩饭吃。总觉得在食堂吃饭走来走去，排队打菜，要多浪费半个多小时甚至1个小时，不如热剩饭方便，还节约了饭菜。

端午节后，我给婆婆说，晚上吃多少做多少，不多做菜了，次日中午我在食堂吃饭。其实婆婆很聪明，我一说，每天晚上的菜都做得很合适，基本上吃光了。我跟虹虹爸说，不赖婆婆喜欢多做菜，主要是她怕我明天中午没菜带。

其实中午去食堂挺好的，无非是11点半得上个闹钟，强迫自己放下正在改的课件或论文或课题，打断正在活跃的思路，奔向食堂。以往我都是忙到12点过了再去热饭，边吃饭还边看电脑。有一次边吃鱼边改论文，差点被鱼刺卡死了，后来中午带饭就杜绝带鱼。忙了20多年，虽然只出了30多篇3—5分SCI文章，但这也是燕子衔泥、呕心沥血一点一点垒起来的研究基础。

现在好了，往返食堂，强迫自己多走路多运动，预防中风。2022年11月，我颈性眩晕了1个多月，左手无脉，吃了七服老中医开的特别特别苦的活血化瘀的中药，左手的脉才恢复搏动。又吃了1个月的"步长脑心通"，眩晕才好。那段时间，晚上闭上眼睛，我可以看到头顶上深渊般的黑洞，和恐怖的幽灵盯视着我，以前从来没有过的感觉。吃了1个月中药总算好了，闭上眼睛可以想象大海沙滩了。所以，中午去食堂跑跑，挺好的。

而且我现在喜欢去自选食堂，每次拿一个黄嫩嫩的蒸水蛋，小时候看见邻居孩子吃蒸水蛋，非常羡慕，我们三姐妹只有1岁的小妹能吃上，过了1岁就只能自己吃白菜豆腐了。那时候父母才几十元的工资还攒钱，攒了十多万到后面都不值钱了，把三个孩子养得面黄肌瘦的。食堂的土豆丝，切得细细的，炒得酸酸的，像是我妈妈生前的手艺。还有花生米，和我妈炒的味道一样。面食、粽子也都有，反正每次花10元左右我都吃得很好了。加上端午节在红安见到内科医生妹夫小吴，在他的推荐下吃了痢特灵，又吃了同济医院中医胃肠专家陈广主任开的中药，拉肚子也减轻了许多。7月月初到江西进行招生宣传，也不知是江西的水土养人还是怎么样，吃了他们的微辣的菜肴，拉肚子完全好了。

但是，8月月初去西安帮忙照顾昏迷的姨妈十天，又开始心慌，这一慌就慌了4个多月。12月11日我得新冠以后，心慌早搏奇迹般地好了。此前我每天吃辅酶Q10，想起来就吃一点稳心颗粒，用按摩仪按摩背上穴位。我连长程心电图都没时间去做，但现在都好了。

12月12日，因为拉肚子，我又开始吃新疆表姐宫红推荐的益生菌，也就吃了20天益生菌吧，折磨了我近三个月的黏液便和便血竟然也好了。我推测是我糖耐量异常，多年不喝酸奶，导致肠道菌群失调。痢特灵尽管可以暂时杀掉痢疾杆菌，但是因为肠道里没有正常的菌群，痢疾杆菌等导致腹泻坏细菌很快死灰复燃，导致吃药时腹泻减轻，停药后又加重。而且吃了益生菌以后，心情也变好了。从神经免疫的角度，这可能是由于肠炎时，细胞因子通过血液循环进入大脑，会导致焦虑和抑郁。吃益生菌让肠道菌群恢复正常以后，肠道炎症减轻，产生的细胞因子减少，就不会刺激大脑，从而减轻焦虑和抑郁。

2023年元旦，我就只剩下轻微的哮喘症状，相信把校医院李应余主任开的21包中药喝完，我就是一个全新的我。学医不仅能救别人，更能救自己！

2023年1月

冬日暖阳

4

一路为你送上 冬日暖阳

抚平你心中的点点忧伤

一路为你擦亮 满天星光

如果你在黑夜迷失方向

让爱为你导航

陈明的这首《为你》虽然是一首爱情歌曲，但唱出了人间大写的爱，我们也把它当作一首公益歌曲，面对别人的苦难，我们该怎么办？是冷眼旁观、讽刺挖苦，还是热情帮助、慷慨解囊？"爱出者爱返，福往者福来。"今天你帮的人，就是明天帮你的人。

2007 年 12 月 圣诺亚助学组长小飞（右一）生前走访山区儿童

2019年6月1日 中华社会救助基金会爱心衣橱湖北站和同济医学院基础医学院的研究生志愿者向湖北阳新郭家垅小学赠送儿童节礼物

2023年2月13日 中华社会救助基金会爱心衣橱湖北志愿者站副站长佘斌（陈雪琴的接班人）团队给利川孩子送新冬衣

蓉蓉

2006年春天,我在澳大利亚做博士后时,一个偶然的机会,在空降老兵(人称"空队")的博客中看到一则令人感动的故事:关云,一位两袖清风的副镇长,为了抚养一个叫蓉蓉的弃婴,自己放弃了生育,含辛茹苦地把孩子抚养成人。后来孩子患了白血病,为了给她治病,关大哥倾尽家产,债台高筑,走投无路,几近绝望。他把蓉蓉带到北京儿童医院医治时遇到一位好心人——博友空队。空队非常同情他的遭遇,敬佩他的人品,自己率先捐款2000元,还在网上发表了题为《拿什么拯救你,我的女儿》的系列博文,号召广大网友伸出援助之手。

博文发表后,引起了网民的广泛关注,但在当时那个网络空间里,大家反应不尽相同。一开始,有的网友抱着怀疑的态度、求证的心理到医院去实地察看。有的网友漠不关心,觉得这种事在中国太多了。甚至还有个别网友,在空队的博客中,匿名发帖攻击,说空队是骗人的、傻子才捐钱等等。为此,空队顶着巨大的压力,一方面,继续组织博友在网上呼吁;另一方面,动员自己在北京的朋友到医院捐款慰问,把全国各地朋友、网友和关云见面、捐款的感人场面记录下来在博客上做连续报道。尤其当他了解到关云默默资助大学生上学,以及建立东北地区最大的畜牧交易中心,带领全镇人民致富的感人事迹之后,更第一时间在博客上发表。全国各地和远在海外的爱心网友反响更加强烈，他们以各种各样的行动方式表达支持——一些博友在自己的博客上转帖空队的文章、有的博友在多个论坛呼吁、有在北京的网友纷纷上门慰问捐款、有外地的网友给关云致电慰问汇款、有网友大力顶帖……匿名者的谣言不攻自破。

空队的博文刚被我转发时，有博友向新浪推荐，可惜几周过去均石沉大海。为救助小蓉蓉，我不得已到很多名人的博客上留了言，但无一回复。无奈中，我继续在博客里转发空队的文章并呼吁，空队的这些文章就是想给当今社会不太多见的好干部、好党员、好男人一点关注和帮助。试想，一个两袖清风的副镇长，为了抚养一个弃婴，自己没要孩子，为了给她治病，穷困潦倒，债台高筑，走投无路，这样的好人多吗？面对别人的苦难，我们该怎么办？是冷眼旁观、讽刺挖苦，还是热情帮助、慷慨解囊？

令我感动的是，我的博友对我转发空队的文章非常关注、支持。梅雪、筱然、空军、了子了、海阔天空、老山老兵、风妖精小诺、沙场点兵等博友已经在自己博客上帮助呼吁救助蓉蓉；飞扬姐、巴俊宇教授等博友多次献计献策；小小叶子博友更是在自己博客、QQ群中广泛呼吁、捐款。远在法国的海棠、武汉的绿岛星空博友都积极捐款，令人感动。世间自有真情在，自我把空队的文章发表开始，就不断有人打电话、亲自前去慰问、捐款，说明大部分博友都很有爱心，我祝这些好人一生平安！巴俊宇教授和沁怡两位"圈主"更在自己的圈中帮助呼吁救助蓉蓉，太令人感动了！这是爱心的接力，这是人性的闪光！我们努力为小蓉蓉争取了更多生存的希望。

学校的一位研究生小裴留言说得好：我们无法体会到一个身患绝症的小孩此刻的内心，也无法感受她的家人此时的无奈与痛苦，因为我们不是他们。当我前几日看了《南方周末》上的唐山30年后，感觉其实"他们"就是我们自己。我们不去关心，同样没有人会关心我们，生命将没有任何价值与意义。我们现在应该庆幸自己有个幸福的家庭，庆幸自己拥有健康的体魄，所以更应该好好珍惜自己的生命，好好关心周围的生命，让我们的生命更有价值，因为，蓉蓉就是我们自己。这次网上救助是一次良心的洗礼、人格的检验，我们感受到了广大网友的爱心和信任。

我在博客上回复大家说：谢谢各位博友的爱心留言，我们也向新浪编辑推荐过此文，也联系过记者，但没有回音。就像一些博友所说的，这种事太多了。我们也知道，仅仅依靠博友捐款是远远不够的，还是要引起媒体的重视，动员社会的力量，只希望大家到空队的博客原文下面顶一下，最好在自己博客里呼吁或者转帖，把人气顶起来。在国家医疗保险制度尚不健全的时代，大家手拉手帮助一下无助的好心人吧。只要人人都献出一点爱，蓉蓉会有更加美好的明天。后来，空队带领爱心朋友们到北京儿童医院上门捐款和慰问，把大家的关爱带给可爱的小蓉蓉。在博友空队的努力和广大网友的支持下，新华社黑龙江分社、牡丹江和北京的平面媒体开始对关大哥的事件进行了跟踪报道，发动了一部分社会爱心人士参与捐款救助。

在大家发动网络援助的同时，关云夫妇为医治蓉蓉卖掉唯一住房，继续四处泣血筹款，百般周折寻找到蓉蓉生母，费尽心力劝她配合干细胞移植。经过努力，线上和线下爱心朋友共募集了 30 多万元给蓉蓉进行了骨髓移植，大家高兴异常，期待蓉蓉恢复健康。

半年后，在 2007 年那个炎热的夏季，蓉蓉由于排异反应严重和免疫力低下，还是在关云夫妇的泪眼中离去。

时隔两年，2009 年 4 月，我们圣诺亚武汉站正在募捐救助博友梦雪患血液病的孩子小雪，一天中午，我意外地收到了一张特殊的汇款单，金额 500 元，让我转梦雪，一看这汇款单，我百感交集，热泪盈眶……

这张汇款单是蓉蓉的爸爸关云从遥远的黑龙江邮来的。虽然我在自己博客中为救助蓉蓉宣传呼吁过，但并没有见过关大哥，当提起蓉蓉时，这位刚强的东北大汉在电话中泣不成声，令人心酸。蓉蓉走后一年半，当看到梦雪家庭的窘况，自己当年救养女的债务还没有还清的关云，又慷慨捐款，把自己对爱女的刻骨思念化作帮助他人的动力，让这份爱延续下去。

2019 年暑假，我带刚考上大学的女儿去大连旅游，联系了关大哥。他们一家人热情地接待了我。关大哥后来辞职做移动门生意，成了一位企业家。他和妻子又领养了一个可爱的小女孩，对她疼爱有加，培养她弹钢琴、画画等各种才艺。

女儿健康又活泼，聪明又贴心，一家三口其乐融融。真是好人好运！

蓉蓉走了，因蓉蓉而凝聚的爱心力量还绵延至今。

2006年，我们大家因为联手救助蓉蓉而结下了深厚的友谊，梦冰姐（乔颖）、空降老兵（谭玉平）、忆梦（刘飞鹭）等自发筹建圣诺亚爱心公益社团。圣诺亚，意为圣洁的诺亚方舟。大家团结在一起，从大病救助到助学助残，为患病的孩子和贫寒的学子贡献我们的爱心。在众多媒体人和爱心企业家的努力下，这个团队越来越壮大，影响力也越来越大。我们资助过甘肃贫困地区古浪县、天祝藏族自治县、碌曲县160多名中小学生，为地震灾区义卖募集捐助，为甘肃和四川灾区资助课桌椅和文化用品等。

2011年6月，梦冰与多位友人又共同发起"爱心衣橱"公益行动，在中国青少年发展基金会下设立"爱心衣橱专项基金"。在"爱心衣橱"项目运行期间，我们根据各地学校需求，又相继设立了鲲鹏助学、传爱计划、圆梦计划、益童计划等公益项目，从实际需求入手为乡村学校、学生、老师们解决了诸多问题和困难。我们资助的一些孩子考上了大学、研究生，有些孩子还专门选择了医学专业，救助更多患者。

未来我们将继续把目光聚焦在乡村教育、留守儿童、流动儿童上，为国家乡村振兴、儿童青少年教育继续贡献我们的力量。

2023年4月

小春

2008年2月25日，我收到圣诺亚爱心公益社团救助过的患再生障碍性贫血的武汉理工大学学生小春的短信，她2月23日回武汉上学了，并告诉了我她的新手机号。

我很高兴，给参与过救小春活动的圣诺亚爱心朋友和武汉"点滴公益"的朋友发布了这一好消息。3月2日上午，我带着圣诺亚心香姐、梦冰、空队、开心等爱心人士的嘱托，捧着鲜花和营养品乘车来到小春的学校。在车站，我一眼就认出了远处走来的小春，我们虽素未谋面，但一见如故。

小春浓眉大眼，比我想象中要瘦小，但精神不错，脸上由于吃激素长了很多痘痘。小春告诉我，她现在恢复得很好，每天坚持吃药，上学没问题，就是血小板还只有每立方毫米4万—5万（正常10万—30万），容易疲劳。我问她学习紧张吗？告诉她心香姐嘱咐她学习不要太累，先把身体养好。

小春说她大一上学期结束后休学了一年，然后直接上大一下学期的课，感觉自己学的建筑学比较简单，细心一点就能学好。我想起在"留住春天"义卖活动中制作的宣传单介绍说，小春大一上学期建筑学专业课的成绩是全班第一。我鼓励她说，难者不会，会者不难，说明她有学建筑的天赋。

来到小春的寝室，只见桌上摆满了各类书籍，一看就知道她是个好学上进的好学生。这间寝室，是她大一时原来的辅导员住过的。我说："上次义卖见过你的辅导员，听赵主任说她刚参加工作就给你捐款 1000 元。"小春说真舍不得原来的辅导员，当然现在的辅导员对她也很好，过段时间还会给她换个条件更好的寝室。

在等武汉"点滴公益"朋友的时间，我向小春如数家珍般介绍了我们在理工大鉴湖广场举办的第一次义卖活动的情况。我介绍了心香姐和她的天津朋友王女士等如何慷慨捐物；梦冰姐如何组织带领圣诺亚爱心公益社团的成员们积极义买"心香义卖"的书籍；空队如何千里驰援带头捐款；圣诺亚爱心朋友忆梦、一帘幽梦、玫玫、心晴、雨轩、晚秋和湘妃姐如何支持义卖、捐款捐物；土木工程与建筑学院张书记和赵主任如何积极策划组织了义卖活动。同时我还介绍了武汉热线开心和武汉"点滴公益"小静此前组织的花草义卖的情况。小春感动地说："等我好了以后，我也要加入你们的爱心组织。"

我又询问了一下小春治疗的情况，一一看过了她吃的各种中西药。小春说，天津血液病研究所治疗再生障碍性贫血很有经验，医生说她再坚持吃两三年的药，每三个月复查一次，就可能完全康复了。她说："没有大家的支持，我的治疗不会有这么好的效果。"

随后，武汉"点滴公益"的小静、绚烂、纳索西斯也带着水果和牛奶赶到了。绚烂参加过上次的义卖，还捐赠了 14 件小饰品。我们一起高兴地合影，又一起共进午餐。小静和小春同岁，两人比较有共同语言。席间大家谈笑风生，谈公益、谈学习、谈生活。大家都鼓励小春好好学习，好好养病，康复后早日加入爱心志愿者的行列。

2009年,小春到我家做客,和我8岁的女儿虹虹成了好朋友,把虹虹当成自己的亲妹妹一样疼爱。

2012年,小春顺利从大学毕业,获得学士学位,分配到北京,当了一名建筑设计师。

2019年年初,我女儿到北京学音乐时,小春还热情地接待了我女儿虹虹。虹虹考上了中央音乐学院后,小春也和我们及北京的志愿者们多次聚会。

2023年,小春成为建筑公司的骨干,正在实现自己的梦想,为人民绘制"广厦千万间"的宏图。

2023年4月

小雪

一、初探小雪

四岁的女孩小雪患再生障碍性贫血,她的父母——从河南邓州农村来武汉打工的小单夫妇为了给女儿看病,花光了家里的积蓄,女儿也面临停药的困境。2009年4月12日,摇篮网武汉妈妈群,联合圣诺亚爱心公益社团在江汉区青少年宫举办义卖活动救助小雪,一百多名市民奉献了爱心。

义卖那天,武汉下起了滂沱大雨,我还担心天气会影响来的志愿者人数。但是很感谢圣诺亚武汉站的志愿者们,冒着这么大的雨前来参加活动,许多志愿者,如寇垠、青春万岁等人的衣服都被打湿了,来不及擦一下就开始工作。还有的志愿者搭了两三个小时的车,转了几道车赶来。

志愿者们热情周到的服务,赢得了主办方一致喝彩。义卖进行到中途,我们选取了一些物品进行拍卖,效果不错。最先是一套由敏提供的情侣笔,一蓝一红,紧紧相吸,是送给情侣最好的礼物,由一位爱心人士拍得。三件幽梦的扇面由不同的爱心人士拍得。圣诺亚武汉站站长开心不光捐了儿童书,还委托朋友义买了200元钱的书送给了小雪。我也拿出了姨妈李纪青的书画作品和诗人谢炳军的书法作品进行了拍卖。

4月15日,我和义卖组织者鹦鹉把义卖款12653.40元和剩余物资214件送到小雪家里。小雪是4月14日搬家的,住在汉阳公园对面，从窗户外可以看见葱绿的公园树木。小单和小雪一起下来接我们，穿一套连衣裙，精神很好，眼神活泼了许多。

我说："小雪，你今天真漂亮啊！你还记得有个叫敏的阿姨吗？"她说记得。"她很想来看你，这次没时间。"我说，"你喜欢吃什么啊？敏阿姨说下次给你带。"她说了一大串，唯独饼干不能吃。

鹦鹉带去了一套一位台湾妈妈专门为小雪买的公主裙，小雪穿上可高兴了，转来转去让鹦鹉的朋友拍照。鹦鹉说："小女孩都一样，都有公主梦，喜欢新衣服。"我绘声绘色、添油加醋地给她讲了白雪公主的故事，她听得可认真了。故事刚讲完，武汉教育电视台的程记者和李记者就来了。

我介绍了圣诺亚救助站帮助小雪的前期工作和这次以摇篮妈妈为主的义卖，他们对圣诺亚爱心公益社团的情况感兴趣，拍摄完后我介绍了圣诺亚名称的含义和社团组织的助学、关爱儿童村、慰问养老院等工作。记者说，拍个给孩子讲故事的画面吧。小雪撒娇说："我要看小电脑。"小雪看着爱心朋友捐赠的DVD播放器中的芭比娃娃碟片，不知不觉睡着了。

房东大嫂很好，帮我们接物资上楼，边走边说："多亏你们这些好心人啊！让小雪从油漆市场搬到公园对面，这里空气好，小雪更容易康复。"房租是每月450元，简单的装修已经旧了，但有阳光洒进朝街的卧室。小单说，小雪搬家后可高兴了，感谢摇篮妈妈和圣诺亚爱心朋友们的大力支持。

二、爱的延续

4月23日傍晚,圣诺亚爱心公益社团武汉站的朋友再次来到小雪的新家探望。

这次探望是由敏发起的,她给小雪买了一个非常漂亮的芭比娃娃。我刚从青岛出差回来,给小雪带了些海边的小螺号、海星、山东酸枣等小玩意。敏担心我旅途劳顿,想让我休息一下。但23日中午,我意外收到了一张特殊的500元汇款单,让我转给小雪。这张汇款单是蓉蓉的爸爸关云从遥远的黑龙江邮来的,一看这汇款单,我百感交集,热泪盈眶。再累也要去看望小雪,把爱心朋友的捐款及时带到。

傍晚敏开车来把鞋袜全湿的我接去看小雪。王贝贝、露露已经在车里了。在汉阳公园门口,又与等候已久的青春万岁会合——他还是一个刚毕业的大学生。贝贝买了一袋面包,青春万岁买了小雪爱吃的苹果、香蕉和菠萝。

武汉教育电视台记者为了补镜头,已经在小雪家里等候了。刚睡醒的孩子一看到志愿者们,很快精神了。小雪看到敏送的可爱的芭比娃娃,简直爱不释手。贝贝、露露和青春耐心地教她给娃娃穿衣服,敏在记者的再三邀请下终于接受了采访。她说话总是那么风趣,一边说自己加入圣诺亚的感受,一边一本正经地把我们圣诺亚的口号"传递温暖,一路同行"说成了"温暖同行,一路传递",我在旁边只想笑,也不敢插嘴。

敏的同事露露也接受了采访,谈了自己参与公益活动的感受，最后很可爱地露出清纯的微笑说"欢迎加入圣诺亚"，且看美女的号召力如何。后来记者又叫敏采访小雪，敏几句话把孩子逗得乐呵呵，我也终于抓拍到小雪灿烂的笑容。小雪开心地对敏说："下次给我买芭比娃娃的房子。"

记者见敏的采访实在是东扯西拉太搞笑了，只好自己上阵，问小雪喜欢看望她的叔叔阿姨吗？小雪连连点头。青春陪了小雪一晚上，把小雪逗得呵呵直笑。我们离开时，青春问小雪最喜欢谁，孩子指指敏，青春佯装生气扭头就走了。

离开前，小单执意要我把关大哥的短信转发给他，记者也拍摄了这条短信，实在是太感人了。短信中说："在我们最绝望时，大家帮助了我们，我所能报答的，就是不能忘记这样的恩情，做些我力所能及的事情。我最能体会到此刻小雪家人的心情。"

晚上8点，大家肚子已经饿得咕咕叫了，青春小弟非要请我们几个大小姐姐吃饭。找了汉阳一家很火的川菜馆子，美美地吃了一顿。到9点，雨还没停，敏又不辞辛苦地开车把我们一一送回家。

我把看小雪的情况短信告诉关大哥，他回短信："千万不要说谢，要说谢的应该是我。在我们最绝望的时候，你们给了我经济上和精神上的帮助。孩子走了以后，我真的没有了生活的勇气。想起孩子的坚强可爱，想到你们这么多的好人相助，我必须选择坚强！我最能体会小雪父母及家人那种惴惴不安的心情——担心孩子的病情发展，害怕治疗费用接济不上……太艰难，太痛苦。虽然我遭遇了世间最痛苦的事情，但我也遇到了天下最好的人。"

也许我们真的体会不到关大哥那份痛彻心扉的感受，但我接到这个短信后非常震惊，这才知道原来刚强的东北大汉关大哥在养女走后，还承受了这么大的心理压力，很后悔没有及时去安慰他。其实孩子走后，大人选择坚强活下去，比陪孩子抗击病魔的时候，更需要勇气和精神支柱。

三、小雪上小学了

昨天，我和敏去看了小雪，原因是中秋节，小单给我打了个电话报喜，说小雪终于上学了！小雪也在一旁嘎声嘎气地祝我们节日快乐。之前就听说小雪很想上学，但怕感染，一直在家或者医院待着，今年终于上学了，我很高兴！

在武汉站交流群里一说想去看看小雪，站长敏很快响应。前1分钟敏还跟我说最近工作太忙，自己也查出轻度贫血，听说小雪上学了，敏毫不犹豫地答应周五就去看望她。我都不好意思，怕给她忙中添乱。昨天，她就吃了一个面包当晚饭，6点就开车到我学校接我，看完小雪又把我送回家，继续到单位加班。

小单搬家了，我们在普爱医院附近的小巷子转了半天，好不容易才找到出来接应的小单。敏说小单每次还挺会找地方住的，闹市中的小巷，既方便，又便宜。路上小单告诉我们，自己在做销售保险工作，比较难做，考虑换工作。小雪停了激素和免疫抑制剂，只吃中药，中药还是广州的好心中医捐赠的。

走进一个乱糟糟的小单间，看到小雪正在专心吃饭，吃的烧豆角，都没点肉星。我问："平时吃肉吗？"小单说："有时掺点肉。"敏送来了各种水果、乒乓球拍，我带的牛奶和我女儿送小雪的棋类、文具等。心愿活动有一个小朋友始终没联系上，剩下的一本书、蜡笔等，捐给小雪了。小单总是一脸乐观热情的笑容。小雪开始有点认生，不笑。后来门口来了个两三岁的邻居小妹妹，她领着妹妹进门，才开心地笑了。

其实跟邻居小妹妹比起来，小雪还是比较虚弱，脸色有点黄，贫血貌。小雪血小板每立方毫米4万—5万的样子，平时还能在学校坚持上5天的课，到周末就会扁桃体发炎，需要去输液。昨天是周五，去时还好，小雪没有生病。小单说，邻居都很好，有什么好吃的就送过来，小朋友们也都和小雪玩得很好。

小雪快7岁了，之前没有上幼儿园，一直治病、住院，要上学前很高兴。昨天拿出课本读拼音给我们听，她读书时面带微笑，很开心。因为没有上过幼儿园，所以拼音有点跟不上，别的同学都在幼儿园学过拼音，老师要小单在家里多教教。我和敏告诉他，没关系，在家教1个月，就过关了，拼音好学。看到小雪专注学习的样子，小单欣慰地笑了。

我和敏都觉得小雪长高、长白、长漂亮了。小单说，由于治疗再生障碍性贫血吃了很多雄激素，所以个子比较高。

现在停了激素，脸上没有胡子了，所以显得白。

小单对小雪的康复很满意，说多亏我们圣诺亚爱心公益社团组织义卖筹集药费，又督促他们换了环境好的住处，离开终日弥散着浓厚油漆味道的房子，不然孩子恢复得没有这么好。

想起第一次去偌大的油漆市场寻访他们，看望小雪并了解病情后，小单送我出来，我坐他那个破电动车，差点没把我摔下来。还有那天小雪病情加重，我一时着急，在圣诺亚公益群里发起激情募捐，北京的朋友向灵、忆梦等很快响应，纷纷捐款。在大雨中举行义卖时，我在武昌上课，敏在汉口张罗，寇子赶去义卖现场时被雨淋成了落汤鸡……

后来，我在武汉站交流群里说小雪的爸爸想换工作。志愿者妮子很快响应，推荐岗位。谢谢她的热心帮助。

四、小雪读高中了

2019年，我又联系上了小雪的爸爸，听说小雪在南阳市某镇中上七年级，考试总是前几名。小雪爸爸也终于再婚了。我侄女的闺密——爱心企业家周均萍听说了小雪的故事，资助她数千元助学金。2022年，小雪以优异成绩考上了高中，而且，她的理想就是考医学院，以后当一名医生，救死扶伤。鹦鹉说，小雪真是争气，知道珍惜自己来之不易的幸福生活，努力学习改变命运。

2022年12月

云秀

一、和云秀的第一次通话

最近一直忙,终于有时间给我资助的甘肃省古浪县的初中生云秀打电话了,接电话的是云秀的叔叔,云秀的父母在她幼时出走,是叔叔和奶奶抚养她长大。

云秀有些担心,她的叔叔可能听不懂普通话,我也可能听不懂她和叔叔的方言口音。信中说:"如果您给叔叔打电话我想会有一定困难,因为叔叔也许会听不懂您讲话,我不给您打电话也是这个原因。"

我还是拨通了她叔叔的手机。刚接通,我问:"您是云秀的叔叔吗?"对方支吾了一声,把电话挂了。果然听不懂我的讲话,大概以为我打错了。我又拨了一遍,说是空号。我再拨号,终于通了,我赶紧一字一句地说:"我是从武汉打的长途电话,是资助云秀的楼兰。"

对方如梦方醒,激动地说:"噢,噢,噢!对不起……"后面说的我一句话都没听懂。

我说:"前天给助学组兰州的朋友汇去了云秀下学年的助学款。"

他说:"谢谢你楼老师,一直关心云秀。"适应了几分钟,我已经能听得懂甘肃古浪的方言了。

从电话里,听得出云秀的叔叔是一个憨厚朴实的庄稼汉,很懂礼貌。我说："其实我对云秀的帮助很少，主要是您打工供她读书，您真不容易啊。"我的博客网名叫梦里楼兰，他一会儿"楼老师"，一会儿"李老师"地叫，真有意思！

后来她叔叔又把电话递给别人，一个中气很足的浑厚女声传来，是带着西部口音的普通话："李老师，你好。"我猜她是云秀，果然。

我喜出望外，对云秀说："原以为你叔叔在工地上，没想到你能接到电话。"

云秀说："农忙，叔叔在家干活，我也在家。"

我有点不好意思，我的声音还是又甜又细的童音，还没云秀的声音成熟。我问："你们那发洪水了吗？"

她说："没有，今年干旱，一直没有下雨，收成都减少了。"

"你们那热吗？"我关切地问。

"很热啊。"

"有电扇吗？"

"没有。"

"啊，连电扇也没有？"我大吃一惊。

"我们没有时间吹电扇。"云秀的答话让我更加吃惊，本来我准备让我的学生彩花带一台电扇给他们的。

"我们都在地里忙着收庄稼，土豆啊，玉米啊，一直忙到很晚，都没有时间开电扇。"云秀一五一十地说。我心里很惭愧，想到我们在家里，空调是敞开用，连电扇都不愿意吹，觉得电扇吹的是热风。

"那你也在地里忙？有时间学习吗？"

"我也在帮忙干活，抽空学习。"

云秀的懂事、吃苦耐劳让我非常感动。"我的学生彩花去看你了吧？她很喜欢你，说你很坚强。"

云秀真诚地说："是的，我也很喜欢彩花姐，我也很佩服她的刻苦精神。"

"你学习上有什么困难，可以请教彩花姐姐。以后报考学校，也可以请教她。你其实也可以报她上的医学院。"

"圣诺亚助学组的叔叔、阿姨们都很关心你。"

云秀感激地说："我很幸运，有李老师和圣诺亚的叔叔阿姨们一直鼓励我。其实，我觉得，精神上的支持比物质上的资助更重要。"

"我还觉得我自己幸运呢！别的志愿者助学，有的还没有收到过学生的来信，就是写了信也是很短。每次收到你的长信我都很高兴，好像在和我谈心一样。你的情商很高，以后做任何事都会成功的，至少你善于和人交流。我也跟你叔叔说了，主要还是他努力干活支持你的学习，我的帮助只不过是杯水车薪。你还有什么困难就跟彩花姐姐说，放假我可以让她捎点学习用品给你。

"你还担心我听不懂你叔叔的话，你忘了我告诉过你的，我是西安出生的，我妈妈是兰州铁道学院毕业的，我姨妈的后代都在西安。我叫梦里楼兰，也是向往西部的意思。所以，我适应了两句话，就能听懂你叔叔的方言了。"

"是啊,梦里楼兰,好有诗意的名字。"云秀已经和我消除了生疏感,开始准备吟诗了。

"已经晚了,要不你休息吧!"本来我想挂电话的。

云秀急忙抢着问:"李老师,你自己还好吧?"

"我还好着呢,放暑假,在家带女儿学习呢,你放心吧!"

"您也多保重身体,祝您合家欢乐!"

"也祝你们合家欢乐,祝你学习进步!"

电话打了半个多小时,我和云秀都意犹未尽。我深切感到,施比受有福。助人真的能让人快乐,至少现在,我已经一扫近日课题失败的困扰。如果整天想着自己的琐事是难得快乐起来。

我跟虹虹说:"这么热的天,云秀姐姐连个电扇都没有。"虹虹执意要把她的玩具小电扇寄给云秀姐。

我说:"那人家还要用电池,我再寄几对电池。"

懂得帮助别人,虹虹真的长大了,我又增添一份新的快乐。

2010年8月

二、云秀的幸福人生

2011年,云秀高考失利,只能上大专。我支持她复读,继续给她助学金,并一直鼓励她再接再厉,考上本科。

2012年,云秀复读终于考上医学院,学的是临床医学专业。大学毕业后,她被分到家乡武威的一家三甲医院,当了一名神经内科医生。

2022年1月，云秀结婚了，我给她寄了姨妈李纪青的一幅题为"厚德载物"的国画作为贺礼，她非常高兴。

2023年3月，云秀生了一个可爱的女儿，一家三口幸福如意。云秀平时总在网络上资助一些病患，她说，现在自己也当妈妈了，今后也要和我们一样认领、资助贫困的孩子，"让爱心延续下去，不能在我这断了"！

我发现，云秀平时也在默默地转发我的朋友圈，帮我进行公益和学术宣传。谢谢云秀！

2023年4月

关爱老人

一、圣诺亚武汉站走进康怡老年公寓

圣诺亚武汉站 2009 年开展的主要活动，就是养老院的义工活动，该活动由开心委托华华来组织。

康怡老年公寓位于汉口江岸区三眼桥路 134 号，是由民政部门支持的民办养老院。华华是这个养老院的开办人之一。为了组织这个活动，他已经在圣诺亚武汉站群和武汉志愿者联盟群宣传了两个星期。由于那是我们的第一次活动，还没有什么人气，报名的人包括组织者只有 6 个。

周日一早，我带着女儿，转了两趟车，上午 9 时许顺利抵达养老院。华华 8 点半就已经在那里等候了。尽管初次见面，我还是凭直觉一眼认出了孩子气的志愿者华华，女儿虹虹也一下子就和这个大哥哥一样的华华熟稔了。

华华给我介绍了养老院的基本情况，有些不好意思地说："可能今天来的人很少。"我说："没关系，快过年了，大家都很忙。"然后直截了当地说了自己的特长：学过中医，擅长望闻问切，可以给老人们提供医疗咨询。

我先来到老年公寓的活动室，几个老人在看电视剧，墙壁上还挂着武汉市育才小学爱心妈妈联盟和老人们欢度中秋的横幅。华华介绍说："康怡老年公寓是育才小学的定点支援养老院，那次的活动还上了武汉各大报纸。"虹虹骄傲地说：

"我也是育才小学的。"

开始老人们和我还有些生疏，我就自我介绍说是圣诺亚爱心志愿者，主动给他们拿脉。我提出给他们量血压，但是老人们怕脱袖子感冒，不愿意，我就给他们拿脉，不用量血压。我一摸他们手腕处的桡动脉，就知道他们血压高不高，比如脉弦而有力，多半血压高。一看舌苔，就知道他们的消化情况，体内有没有痰饮。

护理员们见我说得在理，就叫我给好几个老人拿脉看病。看病过程中我发现，养老院的条件还是不错的，房间干净整洁，也经常有家属来看望老人。但一些长期卧床的老人身体状况不太乐观，床单散发出刺鼻的尿味。尽管护理员很尽心，但有些家属不给老人及时治病。

一位护理员告诉我，一个老太太尿血几天了，她女儿也不带她去看病，只是自己拿了些药，叫我看看。我一看，都是降压药，没有治疗尿血的基本药物，如消炎止血的西药或利尿通淋的中药等。我叫护理员告诉家属，再不抓紧治疗，发展成慢性肾炎、尿毒症就麻烦了。

华华对这里的老人很熟悉，一直在一旁给我介绍。一位老人床前挂着年轻时穿军装的照片，原来他是抗美援朝的老兵。我一看就来了精神，说我先生也是空军。华华说，他在部队是调皮捣蛋兵。老人开心地笑了。我给他一拿脉，感到脉象仿佛绷紧的琴弦一样一弹一弹的，肯定血压高。

护理员说，他特别喜欢喝酒，也不好好吃降压药。家人给他拍的照片上有对联,上联:天不管地不管酒管;下联:醒也罢醉也罢喝吧;横批:酒仙过海。看了让人忍俊不禁。我嘱咐老人,以后要好好吃降压药,少喝酒。老人高高兴兴地答应了。

另一位老人,据养老院胡院长介绍说,原是武汉六中的校长,已80多岁了,得了老年痴呆症,神志不太清醒。我给老人拿完脉,告诉老人,我也是六中毕业的,跟他聊起了昔日往事。老人自豪地说,他当年管六百多人的招生。胡院长说,老人原来是华工毕业的。当我告知老人,我们同济医科大学现在和华工合并为华中科技大学时,老人一下子激动得哭了起来。10点钟左右,志愿者莲花来了,我们和老人合影留念。

胡院长给我们介绍了养老院最高寿的老人,一位98岁的老奶奶。虹虹第一次看到这么瘦削的老人,开始有些害怕,但老奶奶很喜欢她,握住她的手不放。我鼓励虹虹不要怕,她很快和老奶奶亲近了。

胡院长说老奶奶戴着老花镜。虹虹指着自己的远视眼镜说:"我戴的也是老花镜。"因为我以前告诉虹虹,远视眼镜和老花镜的原理一样,都是放大镜。华华让奶奶戴上虹虹的远视眼镜,还挺合适。看到老奶奶那可爱的样子,大家都被逗笑了。

老人和华华很熟悉。华华说,老人的子女除了一个在北京的女儿还健在以外,另外几个都先她而去了,是她孙子送她来的。别看她年事已高，记忆力却很好，到了什么季节该吃什么水果，都记得差遣她孙子去买。我一拿脉，不徐不疾，和缓有力，一摸就知道血气平和，血压不高，长寿之相啊！老奶奶很使我想起自己90岁过世的奶奶，很亲切，我答应拍的照片以后给她送过去。

10点半左右，志愿者蓬蓬又来了，她和莲花本来都带了手套，准备给老人洗衣服的。华华说今天来的人不多，年后的活动中再给老人洗衣服吧。她们遗憾之余，还是热情地陪老人聊天。虹虹也给老人唱了一首祝福新年的歌曲。

11点半活动结束前，我给大家简要介绍了圣诺亚公益社团从发起到成长壮大的历程，也和华华一起介绍了武汉站站长开心在武汉组织公益活动的情况。万事开头难，我们相信圣诺亚武汉站在养老院举办的义工活动会越来越成功。

2009年1月

二、乐活俱乐部携手圣诺亚武汉站慰问养老院

2009年2月15日，乐活俱乐部携手圣诺亚武汉站和武汉热线家园公益群的21位爱心朋友，再次来到康怡老年公寓进行义工活动。乐活俱乐部发起人于姐看到圣诺亚武汉站第一次养老院活动的帖子非常感动，主动找到圣诺亚武汉站站长开心，组织了这次养老院义工活动。

早上9点半，乐活俱乐部的朋友就准时赶到了汉口花桥街康怡老年公寓，最早到的汪天任和Mary夫妇是从沌口开发

区赶来的一对台湾同胞。

大二学生赖双青是头天晚上看到群消息后，第二天一大早从很远的学校赶过来的。大学生胡雯君为了参加这次活动，将旧杂志卖了20元钱用来坐车参加义工。他打扫卫生、与老人聊天、为老人表演节目，把六中原老校长逗得乐呵呵。

孙悦老师和重庆妹子柏玉寒带病参加义工，孙悦老师约了三个朋友参加：活泼的胡雯君、魁梧的盛志伟、可爱的徐道莉。

我带着闺密王蓓和女儿虹虹也来参加活动。小王本来周末是来找我聊天的，到了养老院，捋起袖子就去擦玻璃。晶晶和刘琴等义工都围着老奶奶聊天，帮她做卫生。虹虹把上次的照片交给98岁老寿星奶奶，晶晶执意要和虹虹合影。我还是做回本职工作，量血压、拍合照。

10点半左右，爱心朋友们做完清洁，于姐组织全体爱心朋友们和老人们一起开了一个别开生面的小型联欢会，将王青青捐的一袋饼干分发给老人们。俱乐部的朋友们载歌载舞，老人们看得津津有味。胡雯君的舞蹈、琴娃娃和孙悦老师等朋友的歌曲、小虹虹的儿歌，给老人带来春天般的温暖。

我向俱乐部朋友们介绍了圣诺亚爱心公益社团的发展，和武汉热线家园公益群在武昌为养老院老人义卖花草的情况，乐活俱乐部发起人于姐和琴娃娃等爱心朋友都表示，会长期支持圣诺亚武汉站的养老院义工活动。

2009年2月

情暖贵州

一、圣诺亚武汉站第一批书籍已运抵贵州兴义

经过一个多月的收集工作，圣诺亚武汉站收集的三大包书籍、文具等物资已经运抵贵州兴义。

在敏的组织下，圣诺亚武汉站在汉口区、武昌区、汉阳区、青山区、东湖新技术开发区及关山街道各联系一个捐赠点和联系人，各区爱心朋友积极报名、捐赠。

汉阳区的青春说，开始给他打电话表示有捐赠意愿的人不少，但真正付诸行动的很少。璐璐和他自己花了200多元买了新书捐赠，还捐了10元运费。

武昌区的敏，在武汉的各公益群宣传，还让自己的女儿动员了班上的好朋友，捐了不少好书。

汉口伽兰学堂的宁艺，不辞辛苦帮我收集汉口的书籍，伽兰学堂的朋友也捐了书。

武汉摇篮妈妈群的美美妈妈，捐出了几套新书，有她公公的新作《百年现代奥运》一套，还有法布尔的《昆虫记》一套，《神奇校车》，等等，都是很好的新书。

关山的寇垠，毕业刚工作就忙着收集书籍。

武汉乐活俱乐部的于姐，组织俱乐部捐了书籍、文具，还捐了50元运费。

蕲春县的小亮，自己还是个学生，捐了20元运费。

无尘、青莲等朋友，还有武昌区实验小学的小朋友们，感谢你们的捐赠。青莲的书是我收到的第一批捐赠，我们电话接头特好玩，我说我穿灰色T恤、蓝色牛仔裤，她说她穿白色T恤、蓝色牛仔裤。电话里我们都笑了——快穿成双胞胎了。见面后，我发现青莲是一位很美丽的英语老师，有一双闪亮的大眼睛，比我还小1岁，一见如故，难得！

那天天气很炎热，敏刚从外地旅游回来，本来准备休息两天的。热情的费尔南多给我们每个联系人发信息，问我们是否需要帮忙搬运物资。敏当即决定不休息了，马上开工。

本来我要带女儿虹虹游泳的，接到敏的电话，赶紧和虹虹带着收集的书籍出发了。

敏开车依次在寇垠、宁艺、青春那收拢了所有书籍、文具，来到位于汉阳郊区的忠民物流服务有限公司。

那么热的天，费尔南多还穿着长衬衣，敏开玩笑说他穿太多了。看到费尔南多的衣服领口都被磨破了，也没买件新衬衣，却是公益狂人，一到周末就四处做好事，我心中不免有些心酸。

听说我们是给贵州的小学捐赠书籍，物流公司的师傅们汗流浃背地主动帮我们装包。要知道，我们是几本、十几本收集起来的书籍，比较零散，只有集中在一起才能打包。青春、费尔南多、敏也在一旁帮师傅的忙。开票的谢小姐，给我们优惠了20元，三大包物资总共花费80元，于姐、小亮加上青春的捐赠刚好够。

2009 年 7 月

二、圣诺亚捐助冬衣已向贵州运输

自从在"家长 100"论坛发起"圣诺亚爱心公益社团联手家长 100 论坛为贵州贫困学生捐冬衣"的活动以来，我们得到了很多家长们的支持。短短几天，捐物统计表下载了 200 多次，有几十位家长回帖表示支持此活动，纷纷前往各接收点捐物或者自行邮寄物资。

9 月 29 日，汉口接收点伽兰学堂的接收人杨娟和净联系我，说学堂的衣服已经堆积了一个面包车的量了，学堂国庆节期间上课都要没位置了。当时还有 1 天就要放假，情况紧急，我赶紧联系"家长 100"论坛的活动发起人戴妮和圣诺亚武汉站站长彭敏等人商量办法。我发现我有一心三用的本事，开了 3 个 QQ 窗口分别和戴妮、敏、净商量对策，等回复的间隙又去跟忠民通达物流公司的丁经理、答应出车的圣诺亚武汉站志愿者李欣达、伽兰学堂的杨娟电话联系。从下午 4 点半忙到 6 点半，才匆忙回家做饭。

"家长 100"论坛的领导山顶很快答应由论坛出 300 元物流费，圣诺亚武汉站站长彭敏和"家长 100"论坛版主山顶洞人负责为汉阳和武昌接收点物流出车，圣诺亚武汉站的志愿者李欣达答应陪我紧急出车，把伽兰学堂的物资先运输出去一部分。剩下一部分，国庆节以后我带"家长 100"论坛版主夭夭女出车运输。

活动当天中午1点多，李欣达就开着他的切诺基来到伽兰学堂。接收人杨娟事先已经把不合适的衣物淘汰，筛选了好的衣物打包装好，感谢她的辛苦付出。然后我陪李欣达一起到汉阳货运中心武汉忠民通达物流服务有限公司找丁经理发物流。

路上和李欣达谈了一下做公益的体会。原来他是圣诺亚武汉站志愿者绚烂的朋友，绚烂也参加过两次救助血液病的大学生小春和小女孩小雪的义卖活动，去过养老院，参加过为20名同济医院儿科患儿送礼物活动。李欣达自己也正在救助血液病大学生。尽管下雨、堵车，还是没有阻挡他协助运输的热情。

在武汉忠民通达物流服务有限公司，丁经理热情地接待了我们，一小车五包东西，一般情况下需要200多元物流费，丁经理只收了60元，感谢忠民通达物流的爱心支持。我们原本担心还有几车物资，"家长100"论坛捐助的物流费不够，后来放心了。

感谢所有爱心朋友们的支持，好人一生平安！

下午3点，欣达刚把我送回学校，又接到行政秘书电话，要我帮他领卡、发卡，又忙了半天，累得眼皮子打架。不过，因为物流运输得到很多爱心朋友支持，我还是非常开心。

2011年9月

为血液病孩子圆梦

一、策划圆梦活动

开学的第一天,听说湖北爱心联盟的刘老师要到同济医院儿科组织爱心学校的活动,下午我抽空见了她。

我原本对爱心学校的兴趣不大,感觉社会上患病求助的人太多了,还要到医院找因病休学的患儿建爱心学校(志愿者业余时间陪孩子们学知识、做游戏),岂不是自找苦吃?

圣诺亚宣传组的一位成员,自2010年春节以来,一直在湖北爱心联盟刘老师组建的爱心学校里积极参加教学活动。她经常发短信邀我去爱心学校看看,迫于情面,我去支持过两次,捐了点书和玩具,并没有深入了解。

见到刘老师后,刘老师说,听我电话里的声音,以为我是个小孩。我说:"您看见了吧,'奔四'的人了。"我向她介绍了圣诺亚爱心公益网"一个心愿一个梦想"第三期活动,希望能和他们爱心学校合作,实现患儿的一些心愿。

刘老师是一位退休的女老师,气质高雅。半个多小时的谈话,让我感受到她思维缜密,有很强的组织能力。我本来想等雅虎的方案出来后再收集孩子们的心愿,刘老师要我们把资料给她,准备自己写一个策划,内容是:湖北爱心联盟响应中国雅虎爱心频道号召,携手圣诺亚公益组织,策划"一个心愿一个梦想"第三期活动。

我向她介绍了圣诺亚武汉站之前去养老院,为两个再生障碍性贫血孩子义卖,响应圣诺亚发起的西部助学和捐衣物等活动,并检讨了自己平时工作忙,武汉站前一年没有做什么工作。我说:"合作方面您不用担心,我们不图名利,纯属快乐公益,做得了多少算多少,我们就缺一个领队的人。不过,今年武汉站站长已经有一个研究生接班人了。"

刘老师随口而出的策划让我非常佩服,比如从当时到9月20日,由爱心学校志愿者收集同济医院儿科患儿心愿,在不打扰孩子的情况下,摸清孩子需要什么礼物。然后从9月20日到10月15日发起募捐,10月20日以后安排发放。

我说:"武汉站志愿者可以协助收集和发放,我负责宣传,外地邮寄的礼物可以给我发放。"

刘老师说:"可能大多数家长不愿意给孩子拍照,愿意拍照的就拍几张。还有就是,可能心愿收集到后,孩子已经出院了,那么志愿者在收集资料时,应该把对方的邮寄地址、电话都记下来。根据实施的情况,可以把时间推迟或提前。"

我说:"刘老师,您考虑得太周到了。志愿者提前收集心愿,可以避免临时收集造成的走过场。"

我们相谈甚欢,我差点都忘了还要上班,赶紧和她告别。

第二天,我再次走进同济医院儿科的爱心病房。看到一位血液病患儿和圣诺亚武汉站志愿者下棋时那活泼的样子,和家长们沉重的神情形成鲜明对比。孩子父亲说孩子因病根本无法上学,这次也不知何时能出院,出院后不久可能还会复发。我突然悟出，爱心学校还是需要的，有志愿者陪伴孩子学习、游戏，孩子的心理会更健康，会康复得更快。

于是，我建议圣诺亚爱心公益社团与湖北爱心联盟共同携手做这一期活动，为同济医院儿科患儿送礼物，实现他们的小小心愿，为这些折翼雏鹰们重返蓝天助飞。通过礼物传递人类最美好纯净的情怀，希望能够给孩子们带去信心，带去欢乐，带去对生活的美好希望，积极引导社会关爱患病儿童。

2010 年 9 月

二、爱心妈妈的礼物

周四我在女儿虹虹班级的 QQ 群里宣传了一下捐礼物的事情，没想到杨妈妈（清荷）和楚楚妈妈（戴妮）等几位爱心妈妈很快就响应了。楚楚妈妈当天就让虹虹带回来一个大大的变形金刚，托我帮忙捐出。

周五中午，我帮楚楚妈妈把变形金刚邮寄给已经出院的湖北广水的患儿了。患儿妈妈说，那孩子在家里等得很急，一直问妈妈得到变形金刚的心愿什么时候能实现。

周五下午，杨妈妈又带着一大盒火车玩具来同济医院了。我也带着虹虹捐的流氓兔玩偶，和她一起去同济医院儿科送心愿礼物了。看到患儿们的那种感觉真是难以言表，感动、怜惜，却又无能为力。

先去看 1 号，小文，一个光头小男孩，特别可爱，额头上贴着草莓贴纸，就是脸色苍白，看到火车玩具可高兴了。

杨妈妈帮他拆开,教他玩。

孩子妈妈很年轻,也很乐观,和奶奶两个人都是笑容满面,说:"昨天一个阿姨才打的电话,今天就送火车来了。"她又对小男孩说:"那个志愿者阿姨说话算话吧?你的心愿实现了。"再一问,孩子得的是白血病,还是混合型的。我的心顿时沉重起来。小孩正在打化疗的药物,孩子妈妈说:"过几天准备和骨髓库的两份血样配型,要是可以移植的话,准备把结婚的新房卖了。"

我说:"你们也只有动员家族的力量了,现在这种病太多了。"我问了一下,他们家住在赤壁,附近有个纺织厂。她说他们那得白血病的孩子比较多。我鼓励他们好好把孩子治疗好。孩子妈妈说:"也只有尽力了。"杨妈妈很有爱心,一直温柔地微笑着,然后又赶回小学接儿子去了。

后来,我又去看我和贝贝妈妈认捐的20号,小欣。看那个孩子要进层流室,我正在犹豫能不能进去,李文浩的妈妈过来,热心地说:"没关系,进去穿鞋套就行。"我进去一看,和我们细胞培养室一样,外面是污染间,里面是病房。

病房里有一个小女孩,戴着口罩,脸上没有什么血色,躺在病床上。我没敢进房间,让孩子父亲把流氓兔玩偶递了进去。孩子躺着,轻轻地摸着兔子的背,就好像摸一只真兔子。感觉她很虚弱,只有手还能动一动。我照相时,她还很懂事地朝我招手。

孩子父亲说:"小欣10岁,得的是恶性淋巴瘤,已经做了

6次放疗了。"

我一听，小欣和我女儿虹虹同岁，我感到很心疼。我问小欣父亲："那孩子不能上学了？"

他说："是啊，今年年初发现的，这一年都不能上学了。"

我告诉他："还有一个妈妈，下周要捐美羊羊玩偶的。"

他说："昨天收到您的短信，小欣很高兴，一直盼着志愿者来。"我说："快来了，下午5点就来了。"

我对小欣说："好好治疗，病好了去上学，阿姨再给你买礼物。"

我对小欣父亲说："我叔叔就是恶性淋巴瘤，做了8次化疗，现在基本康复了。"

他还是没有信心，说："有的能治好，有的也不能啊。"小欣父亲眼泪都要流下来了，拼命眨眼控制着，说，"谢谢你们对她的鼓励。"

我也快哭了，赶紧告辞。

周五晚上，虹虹把贝贝妈妈（贝宁）捐的美羊羊玩偶也带来了。感谢虹虹班上的同学家长，都被我发展成圣诺亚的志愿者了。

看望孩子，也是对志愿者心理承受力的一种检验，让你感受到人生的沉抑悲欣，增加你对他人痛苦的共情力，也引发你对社会的思考。

2010年10月

三、打地鼠的快乐

最近非常忙，要看很多英文文献，设计新的课题，但是中午和下午下班时还要抽空带圣诺亚志愿者去同济医院儿科送礼物，真是恨不得不睡觉才好。晚上看文献到深夜，估计一直到春节，都是这种我为课题狂的状态。可喜的是，20个心愿礼物已经顺利认捐完毕了，只是要慢慢发放。感谢圣诺亚、湖北爱心联盟、虹虹的小学同学及家长们等所有关心帮助这些孩子们的爱心朋友！下面是实现孩子心愿的记录。

天凉好个秋的妹妹小冯给12号小霖送了一盒轮船模型，孩子睡着了，不忍心叫醒他。我想他一觉醒来，发现心愿实现了，该是怎样的惊喜，会以为是在过圣诞节吧？哈哈！

小光头一休哥，是淋巴瘤化疗造成的脱发，和20号小欣一样的病。孩子妈妈连声感谢，欣慰地笑着。我们去时孩子睡着了，孩子妈妈细心地把礼物放在孩子床头。我和小冯鼓励妈妈好好带孩子，祝孩子早日康复。

在层流室遇到一个护士出来，问我们情况，我们说是送礼物的志愿者。她听说我是医学院老师，增加了对我们的认同感。我趁机请她记下我们联系不上的孩子的名字，麻烦她等孩子一来就联系我。

爱心联盟刘老师送来华中科技大学文华学院青年志愿者协会给9号坤坤制作的相框。志愿者把孩子和妈妈的合影放进了相框，包装成小礼盒的样子，还送了两个喜羊羊面具，这都是他们自己做的。学生自己动手实现孩子心愿，也令人感动。

中午，彭敏和净也都来同济儿科看望孩子们了，真好！彭敏带了一盒轨道车给小浩。孩子看到礼物眼睛都发光了，彭敏细心地帮他拆开礼物，教他拼轨道车。孩子的父亲很高兴。这孩子得的是急性淋巴细胞白血病，已经是第四次化疗了，这次因为感染才住院的，家里没条件移植。不过我告诉他，这个类型的白血病化疗效果比较好。孩子虽然嘴巴上都起了泡，但精神还不错。

我们看望完小浩，净也风尘仆仆地赶来了。净以前去过养老院，我当时觉得她有一种茉莉花般淡雅的气质，这次长圆润了，差点没认出来。她给14号小杰带来了溜溜球和打地鼠的游戏机。孩子的妈妈问："是'一个心愿一个梦想'活动吗？"她连声感谢圣诺亚的爱心朋友，说："昨天收到短信，今天就来了。"净教孩子怎么玩打地鼠机，说可以练习孩子的反应能力。

孩子拿到游戏机爱不释手，埋头玩起来。旁边的小病友羡慕地盯着小杰看。彭敏后来说，恨不得把捐给别的孩子的两盒蜡笔发给他们。我赶紧对小杰说："别的小朋友要是想玩溜溜球和游戏机，你要大方地借给他们啊！"

其他病友的家长善解人意地说："没有关系，孩子有什么玩的都是互相交换的。"这孩子得的也是急性淋巴细胞白血病，5岁半了，本来要读幼儿园大班的，现在只能待在医院里。

孩子的妈妈说着,眼里闪动着泪光。我们鼓励孩子好好养病,早日上学。

2010 年 10 月

四、客串摄影师

周五完成了两个孩子的心愿,和军嫂妮子一起又一次经受了心灵的洗礼和对他人痛苦的感同身受。周六带虹虹参加艺术小人才比赛,看见那些活泼健康的孩子,特别是参加舞蹈比赛的花枝招展、五彩缤纷的花朵们,在音乐学院的草坪上沐浴着阳光候场时,突然觉得,他们是多么幸福!真是冰火两重天,昨天是在飘着消毒水气味、悬着吊瓶的阴冷的病房,今天是在阳光明媚、莺歌燕舞的赛场。真希望那些痛苦的小天使们能够早日摆脱阴霾的天空,走在阳光下,和健康的孩子们一起,舞蹈、歌唱!

周五上午 9 点 50 分,上第三节课前,8 号孩子的家长在教学楼找我,我把三毛捐的打地鼠游戏机和彭敏捐的一盒蜡笔给了他。孩子没来,写了个收条。

原来孩子得的是真菌性肺炎,差点命都丢了,好在治疗及时,所以这次没住院,只是孩子爸爸过来拿药。上午我联系他爸爸时,孩子接了我的电话,声音细声细气很可爱,应该会好得很快的。孩子爸爸感谢三毛和彭敏的爱心,也感谢净费心买礼物。

以后见面要先对暗号,今天我看见他站在教学楼前,估计就是孩子家长，我故意露出礼物晃了半天，可他没理我，然后打电话才确认的。害得今天孩子爸爸不好意思地说："浪费你的电话费了。"他是黄陂来武汉打工的人，非常纯朴。

妮子盼望已久的昊昊也来住院了，护士小熊和家长本人都通知我了。周五下午，妮子听说13号昊昊急着要礼物，拜托先生接儿子放学，风尘仆仆地赶过来了。我们在同济医学院门口相遇的，难为她四处问路，还是没找到同济医院。好在医学院离医院也就10分钟的路，我又在论坛见过妮子的照片，加上看到她手上拿的奥特曼玩具，一下子就认出她了。

妮子是一个灵秀温柔的妈妈，一聊起来，才知道我们原来曾经一起住过同一个部队大院，都是曾经的军嫂，而且还有共同的朋友，志同道合的我们一见如故。

来到医院，昊昊看到妮子特意按他的要求买的奥特曼特别高兴，仔细看起了说明书。孩子妈妈介绍，昊昊也是得的急性淋巴细胞白血病，现在开始第二次化疗。我这次有了经验，把文华学院志愿者捐的两个喜羊羊面具送给了旁边的两个小朋友，然后也叮嘱昊昊和其他小病友一起玩奥特曼玩具，大家一起互相鼓励，把病早点治好，早日上学。昊昊答应了。

昊昊妈妈又请求我给她拍个登记照，好申请小天使基金。我这下为难了，我不是专业摄影师，只会拍生活照啊。孩子妈妈一再请求，想到孩子这样也不便去照相馆拍照，我就硬着头皮把像素调到最高，给他照了两个大头照。我说要是照相馆人家给处理，我就给你们冲洗出来。

妮子看到旁边的一个孩子，左眼球被摘除了，很心疼，问是什么情况。旁人说是视网膜母细胞瘤，和我想的一样。出病房后，我向妮子介绍了周国平写女儿妞妞患病直到去世的日记。

13年前的周国平还是一个陷于沉痛的父亲，因为他的第一个女儿妞妞最终没能战胜病魔而离开了人世。那本纪念之作《妞妞：一个父亲的札记》，字里行间的悲怆令人动容。我知道这个病恶性程度很高，但刚才那个两三岁的小男孩无忧无虑地玩耍着，把我们捐的喜羊羊面具往头上戴。孩子的妈妈颓然地躺在床上不说话，我们也不忍心打扰她。

走出医院，妮子感触很深，在医院一下子看到这么多受苦受难的孩子，心里一下子承受不了，眼圈都红了。她把给9号捐的两大盒彩笔和橡皮泥也交给我，等孩子来了代她捐献。

周六我去照相馆，开始人家不愿意洗我自己拍的照片，我说明是白血病的孩子不便外出拍照，他们才同意帮我处理照片，把背景换成登记照的红色。我一看，效果还不错。

2010年11月

五、精诚所至，金石为开

这周忙了3天，终于又送出了几件礼物，我感到特别高兴。虽然也有误解，也有波折，但做爱心使者最终收获了很多感动，也带动了圣诺亚武汉站的发展。

周一，中午刚去病房给13号昊昊送去登记照片，到办公室又收到了彭敏快递过来的无敌捐的溜溜球和童趣书。下午乔亚认捐的18号小珂来了，我给家长电话时，他们正好已经到同济了。下班后我来到儿科病房，正四处张望时，13号昊昊的妈妈很热情地迎接我，好像知道我要给小珂送汽车，把我带到小珂床边，说："你的汽车来了。"孩子原本是躺着的，听到心愿实现了，立即坐了起来。

我说："这是远在福建的一个叫乔亚的阿姨捐的。"他们说收到过阿姨的短信，非常感谢这位阿姨。这个孩子3岁半，是急性非淋巴细胞白血病，第二次化疗。孩子很机灵的样子，看了真让我心疼。

我说："乔亚阿姨实现了你的小小心愿，要好好治病，听护士医生的话，早点去上幼儿园。"孩子父母说，小珂在家哭过的，想上幼儿园，不想来住院。13号昊昊的妈妈也说，孩子在家里哭着要上学。志愿者们说，回家要给自己的孩子说说，他们还整天不想上学，能上学也是一种幸福，是生病的孩子最大的心愿啊！

周二下午，我刚忙着协调好教学实验室，又和从武昌赶来的武汉站新站长寇垠一起去病房送礼物。寇子来时，我正忙得团团转，狼狈不堪。一个住层流室的2岁的白血病小男孩，正在接受第三次化疗，听到我们送美羊羊玩偶来了，自己醒了，懵懵懂懂的样子很可爱。我们告诉他，这是一个叫简简单单的姐姐捐的，上次来看他，他出院了。我说："那个姐姐帮你实现心愿，祝你早日康复，和美羊羊一样活泼可爱。"

我们把美羊羊和《伊索寓言》给2号芳淼，看名字和他要的玩具还以为他是个小女孩的。简简单单捐了不少东西，我们把儿童书、溜溜球和画笔等配成另外两份，等4号和15号来了捐给他们。

周三是给10号小烨送礼物，他的父母主动电话通知我说明天出院。孩子得的是肾病综合征，病情比较轻，孩子真是可爱。一见福建乔亚阿姨捐的遥控汽车就笑，自己说"谢谢"，立即把找别人借的火车玩具还了。

小烨是不到3岁的小男孩，明眸皓齿，像个小明星一样的。如果不是晚上要讲课我真想多陪陪他，抱抱他，护士也在一旁逗他。我趁机说："要听护士阿姨的话，病好后早点上幼儿园，玩具要和小朋友们一起分享，一起开开心心治好病。"

上午吴迪捐助的6号小远的家长回短信说："礼物已收到，谨向您及吴迪等爱心人士表示衷心的感谢！祝您一生平安！"这位家长开始以为我们有所企图，不冷不热的，收到快递的礼物后，发现我们的确是很有诚意，态度也变热情了。看来，精诚所至，金石为开。

2010年11月

六、愿你健康成长

最近忙于辅导学生论文和开会，昨天终于在网上把论文提交了。即使忙得团团转，文献资料铺了一满桌，中午又和研究生一起加班，我们还送出了一份心愿礼物。

周二下午送礼物给20号小欣，绚烂上次白跑了一趟，孩子刚好出院，我当时很过意不去。这次家长主动电话联系我说又住院了，那只会唱圣诞快乐歌的小熊终于找到了它的小主人，贝宁妈妈的美羊羊终于也满足了孩子的心愿。

上次孩子躺在层流室只能对我挥手致意，这次病情好转后可以在普通病房坐着吃饭，我终于看到孩子的真容，小欣因为化疗头发掉光，但精神不错。孩子爸爸说："上次孩子感染了，所以住层流室，这次是第六次化疗刚开始，状态还可以。"

我对小欣说："这是帮绚烂阿姨和贝宁妈妈捐的礼物，她们觉得你很可爱，很坚强，所以决定再给你送一次礼物。你的病一定能治好的，我叔叔就是坚持化疗治好了这个病。"这个10岁的孩子特别懂事，一直微笑着说"谢谢"。我也告诉她："别的孩子要是想玩娃娃，也和大家一起分享，大家一起努力把病治好，早点上学。"孩子说："好的。"

这次特别搞笑的是，一直到病床前，我才找到小熊发声的机关，在电梯里使劲拍它都不唱歌。在病床前终于歪打正着，为小欣唱歌了。

我日历上记着小涛周三要来同济儿科复查，周三上午我和小涛的家长联系上了，然后把简简单单捐的溜溜球和书送到儿科门诊。孩子拿着玩具和书，羞涩地笑了。他是个虎头虎脑的男孩，得的是肾病，不用住院，定期到门诊开药。孩子的妈妈说，感谢圣诺亚的简简单单姐姐等爱心朋友，她说孩子住院期间就有很多爱心学校的哥哥姐姐陪孩子玩，非常感谢大家。

周四清早，我刚一开机就看到几个未接来电，10点钟又接到电话才知道，原来妮子认捐的坤坤小朋友来武汉同济医院儿科门诊看病了。上次我错过了和坤坤的见面，我跟他们通电话时，他们在同济医院刚看完病，已经在返回县城的汽车上了。这次孩子妈妈主动打来电话，终于顺利达成见面心愿。

中午我没有回家，午餐叫的外卖。刚吃完坤妈就打电话说他们已经到同济医院了，我赶去接头。这次我直接认出了在门诊大厅等待的坤坤和他的妈妈、爷爷。我告诉他们，妮子阿姨其实很想亲自来送礼物，这是她捐的两大盒彩笔和橡皮泥，还有文华学院把孩子和妈妈的合影做成的精美相框。

孩子摸着妮子阿姨的礼物笑得可开心了，然后他迫不及待地撕开相框的包装纸，把和妈妈的合影贴在脸上。合影后面有志愿者姐姐们娟秀的字迹："愿你健康成长，快乐每一天。"这份浓浓心意，仿佛让我看到了那不曾谋面的年轻女大学生美丽的心灵。坤坤虎头虎脑，笑起来带几分羞涩，非常可爱！

孩子妈妈说，他们住院时爱心学校的大学生们经常来给孩子讲故事，给他很多鼓励。坤坤得的是肾病综合征，恢复得还不错，不用住院。不然，还真想见见捐礼物的爱心妈妈——妮子阿姨。

从发起活动、征集心愿，到募集礼物、实现心愿，历时四个多月的"一个心愿一个梦想"活动圆满结束了，感谢圣诺亚爱心公益社团武汉站和湖北爱心联盟志愿者们的大力支持，我们祝孩子们早日康复，重返校园！

2010 年 11 月

爱心衣橱送新衣

一、湖北利川市走访纪实

前天爱心衣橱总部召开了全国各站点"九九公益日"动员会,昨天一早,作为湖北站顾问的我和三位站长就行动起来。昨晚,我从10点忙到12点给朋友们分配捐助学校。今天边陪虹虹学声乐,边一对一地和愿意发起筹款的朋友交流,终于确认了大部分朋友的认捐任务。

今天有爱心朋友认捐了利川市文斗乡一所76人的教学点,向我问这个小学的情况。和果琴沟通后,我才知道那里的生活多艰辛、孩子们多努力、志愿者走访发放新衣和助学款有多危险。

文斗是利川市最偏远贫困的小镇,路途险阻,急弯道多,走访很辛苦。山区贫困的主要原因就是土地贫瘠,不能产出高价位农作物。果琴这次去北京开会,和青海站的站长们闲聊后,体会到了什么是真正的无奈。

青海的贫困孩子虽然家里经济条件差,但每家每户都有几百头牦牛,每头牦牛市场价6000元左右,只是家里没有现金。而我们湖北山区,产的是玉米、土豆,在交通不便的情况下,玉米和土豆最高价1元钱1斤,变卖农作物还不够孩子交1年的学校住宿费。

平原地区也许还可以有两季稻、三季稻,而利川山区地只有一季稻，还要看老天爷吃饭。今年收成也不好，雨水太多，本地西瓜已经被雨水泡坏，稻谷和玉米可能因为雨水原因来不及收割发霉变质。养猪是为了有油吃，当地住户没钱买植物油。每家有个几分地，可以种点蔬菜，不用花钱买。在家乡挣不了钱，孩子的父母只能选择外出打工，男的干些重体力活，女的打点零工，家里才可以勉强度日，这就是湖北贫困山区留守儿童居多的原因。

去年为文斗沙岭小学发放冬衣，是果琴带着利川志愿者开车一个多小时到达镇上，然后搬运衣物上船过江，再步行一个多小时山路到达学校的。幸好联系了一辆拖货的三轮车提前等着他们，不然志愿者要扛着十几箱衣物在崎岖山路走一个多小时，非常危险。

看了果琴介绍的湖北利川情况，我非常感动，激情上来了，帮爱心衣橱湖北站写了宣传语初稿："湖北山区以坡耕地为主，土地贫瘠，只出产低价位农作物，靠天吃饭。在湖北山区，'冰花男孩'不是个例，同样，'火把女孩'也不是个例，孩子们天不亮起床拿着自制火把走上十几公里山路去上学，下午再拿着火把回家。

"求学之路，对于孩子们来说无比艰辛也充满寄托，因为那是改变命运的路径。希望大家多支持爱心衣橱湖北站，让湖北山区的孩子们都穿上保暖透气又防寒的新校服，体会到社会的关爱。希望他们早日走出大山，学到知识后，建设家乡。"

琦琦爸曾在走访后谈道：

利川的历次新衣发放，我一次不落地参加了。我是上述情况的见证人、亲历者。没有亲身前往的，可能无法想象出当地的贫困。给大家分享一个新衣发放期间的小故事。

2016年湖北站利川地区新衣发放时，我们上午去到一所学校，遇到一个很阳光的孩子。当时发给他的新衣，是我亲手给他穿上的。下午去他家家访时，看到他家里的情况，用家徒四壁来形容真的一点不为过。低矮的土坯房，残缺的墙垣早已无力抵挡凛冽的寒风。让我很意外的是，早上亲手给他穿上的新衣，此刻已不见踪影，换到身上的是一件早已分辨不清颜色的破棉袄。

我很诧异也很纳闷，"叔叔早上给你穿上的新衣呢？为什么没有穿呀？"孩子非常腼腆地说："我舍不得穿，要留到过年再穿。"当时我的眼泪就止不住地往下流。

我也是父亲，我也是孩子的爸爸。看着人家的孩子，舍不得穿新衣，要留到过年才穿，我看了心里痛啊！其实，每一次亲历新衣发放，都是一次心灵的洗涤。孩子们穿上新衣时袒露在脸上的发自内心的微笑，流露出的是温暖、是喜悦。

我们的志愿者们，不畏艰辛，一次又一次用脚丈量着从大家的爱心到孩子们身边的距离。新衣发放和走访时,方便面是我们的标配,冰冷的煮鸡蛋是难得的补充体力的食物。新衣发放和走访,要说不累,那是假话。要说开心,有什么能比得上亲手给孩子们穿上温暖新衣时的甜蜜?

当我面对孩子们纯真的笑脸时,所有的苦和累都已成为过往云烟。洋溢在我们心头的,只有喜悦和开心。其实,我们给孩子们带来的不仅仅是一件御寒的衣物,更是社会各界的关心和温暖。爱足以改变他们的心灵,影响他们的一生。同在一片蓝天下,这些孩子们也理应感受到爱和温暖。

下面是文斗乡碑梁子村小学志愿者的走访记录及感受。释果琴站长文笔细腻,情感真挚,用生命走访出来的感想就是不一样,记录如下:

文斗是利川市最偏远贫困的小镇,该乡的碑梁子村距离利川城区138公里、距离集镇35公里,路途险阻,急弯道多。全村因为交通不方便、土地贫瘠等多方面原因,贫困率在60%以上,也是利川市2018年精准扶贫整体推进村。而拥有来自文斗乡碑梁子、花地坪、新田榜、阚家坝四个村的76名学生的碑梁子教学点却在这里茁壮成长。

"为什么只有你一个人，没有伴儿吗？"我拉住在悬崖边行走的一位小女孩问。

"没有。"孩子的小眼神试探性地望了望我。

"每天一个人在200米高的悬崖边来回你不怕吗？"

"不怕，我已经习惯了。"回答充满信心。

"那下雨天呢？山沟涨水了，悬崖那里也滑，大人们放心吗？"

"要是下大雨，爷爷或是奶奶会送我过悬崖，放学后也会去那里接我。"显然，一个人的上学路早已成为9岁的她日常生活的一部分。青涩、自信、勇敢——这就是在今年4月走访路上，这位偶遇的小姑娘给我的第一印象。

在交通不方便的长顺片区，几乎全校师生是走路上下学的，这名小姑娘就是最特别的一名，她每天还要经过几百米长、几百米高的悬崖路。为了能更多地了解孩子们的上学情况，我也多次走访了村里几名需要特殊照顾的孩子，包括这个9岁的小女孩。

那是一个7月的清晨，空气凉爽又通透，黛蓝色的远山薄雾萦绕，在初升阳光的照耀下泛出紫色的光。小姑娘名叫越越，家住碑梁子村二组。二组是村里未通公路的两个组之一，也是"看到屋、走得哭"最真实的写照。

在海拔跨度从600米到1100米之间跌宕起伏的山峦上翻山越岭一个半小时后，一层三间排开的木质小屋终于出现在我们面前。清晨8点的太阳已很火辣，院子里的小黄狗摇头摆尾地望着我，木头墙缝里漏出的炊烟夹杂着淡淡的香味。越越爷爷正背着满满一背篓牛草从院坝外走来，奶奶在灶台前忙得不可开交。

"自从每周去碑梁子学校给孩子们上课后，就发现越越不是我想象中的那么活跃、开朗，她不爱讲话，也没和同学打成一片，我觉得也许跟家庭环境有关。"到了越越家，我跟她的爷爷奶奶交谈了起来。

后来得知，越越的爸爸为了养家糊口，多年在外面打工，妈妈在越越3个月的时候就已离家出走，再没回来过。

"越越很内向，从出生就缺少母爱，爸爸也常年不在家。虽说在碑梁子教学点读书，但学校最年轻的且唯一在编的一名老师都已58岁，其余四名均是在村里聘请的人，五名教师平均年龄都63岁了，不知道如何关注孩子的心理健康。"越越奶奶对我说，"学校也很简陋，修了十几年了，没有一个像样的操场和相应的体育活动设施，更别说素质教育。"

我们都沉默了。

"你有什么小心愿?"

"我想去大山外看看。"

"那你想见妈妈吗?"

"不知道。"

"什么时候我带你去见妈妈好吗?"

"好!"

一家人热热闹闹吃完了早饭,越越吆喝着五头牛走出了院子,消失在山的另一边。

走访回来的路上,我心情久久不能平静,求学之路,对于这里的孩子们来说都充满艰辛也充满希冀,因为那是改变命运的路径。但是,因为贫穷,因为家庭的种种原因,因为教学资源匮乏及设施的简陋,孩子们的发展受到限制,希望社会能给予他们更多的关爱。

2018 年 8 月

二、湖北阳新送新衣

今天变天了,一早我打开阳台门,寒风扑面,我加了几次衣服到阳台上试温度,考虑到阳新比武汉冷,我就多穿了一点。我骑自行车赶往基础医学院拿周书记捐的衣服,关老师和蔡蕾捐的书,还有袁萍老师朋友捐的点心。一开始还春风拂面，后来却风沙满天，好在路程短，我很快与紫珈和云南哥会合，带着满车物资，与另一辆车一起奔赴阳新。谢谢紫珈转发了武汉好人圈的报道，谢谢武汉三台王霞转发了视频。

我在车上，一路收着微信好友们的捐款，不惧晕车赶紧转发给湖北站站长琦爸。当宣传不是为自己，而是为了更多朋友支持湖北站时，就没什么心理负担了。云南哥开了三小时车，终于带我们来到群山脚下。导航不管用，我们迷路了。周围山清水秀，初看起来似春游，后来就知道厉害了。紫珈打了一通电话，等来了同样迷路的大冶志愿者若水和信仰。直到当地老师过来带路，我们才顺利到达第一所小学——漆桥小学。当看到孩子们从教室里面欢呼着冲向乒乓球台时，我们迷路的沮丧一扫而光。

谢谢远在美国的我的博士导师关老师对我的鼓励："武汉电视台采访你的视频，我看见了很高兴，连看了好几遍。一个人最重要的是心好，你的心好，好心，大家都公认了。你结婚的时候，我给你的那个发言是衷老师写的稿子。衷老师在写稿的时候告诉我，你的心好，才能嫁给伞兵，这本身就是不容易的。她工作时曾经给伞兵部队做过三次体检，她对小肖（虹虹爸）那个部队是有感情的。你做公益是件好事，很不容易。我以前不知道你做公益，现在看见了，就想请你到书房里边，找到我原来给孙子买的那些小孩儿的书，都拿去送给山区孩子们，不要让它们在我那儿压着。孙子现在已经是大学三年级了，他不会再看那些书了，你帮我送出去。"

一大早，我就到关老师家书房，找了一套有拼音的童话书。不过，出门时，铁门锁上后钥匙拔不出来了。我只好给陈书记的弟弟陈师傅拨了电话，陈师傅赶来帮忙修好了锁，还分文不取，真是处处有好人。

谢谢袁萍老师送来闺密做的精美点心雪花酥，捐给阳新的孩子们，太诱人了！建议她开个微店以飨吃货。谢谢基础医学院周书记捐来清洗干净的一大包秋冬衣服，谢谢学报蔡蕾老师捐来的14本儿童小说。这些物资，我第二天一早就和紫珈一起送往阳新。

一天发放八所小学的物资，走访一位学生，确实是高强度工作。我们早上7点就出发，10点40才翻山越岭来到村小。第一所小学的新冬衣发放完，都11点半了，我当时就知道中饭是吃不上了。本来我还想请湖北站志愿者吃个农家乐的，结果是大家一起饿到下午3点才吃了若水带的馒头。

以往我主要在网上募捐，这是第一次参加实地活动。开始我像个傻子一样，什么也不知道做。看到副站长紫珈他们麻利地拆校服箱子，我才跟他们学怎么开箱、怎么登记名册、怎么点名、怎么教学生签字、怎么帮学生穿衣服、怎么给学生整队。

令人心酸的是，当城里的孩子早教开展得轰轰烈烈、家长总担心孩子输在起跑线上时，农村的孩子六七岁还不会写名字的大有人在。我握着孩子的手写名字，有一个9岁的孩子也不知是紧张还是真不会写。有的孩子看起来会写，但字越写越大，写到下一行去了。有的把名字写成火星文一样，我又和孩子确认，是否真叫那个名字。还有一个孩子用左手写字，我低头一看，他的右手只有一个指头。我只好装作没看见，不敢大惊小怪让孩子难过。我登记的都是一二年级的孩子，没有一个孩子能漂漂亮亮写出自己名字的。

漆桥小学的女老师说，这里六个年级只有四位老师，她一人要教两门课。

若水说："我登记的都是三、四、五年级的，字整体还不错。"

小菲儿说："李老师，别担心，写得好的你没看见，写得不好的恰好都让您撞见了。上次去大悟，那个只有几个孩子的学校，孩子的字写得方方正正，很是工整漂亮。"

我不由得忧心：乡村小学太缺老师了，语文教育也需要抓紧开展。

若水组织第二所小学的同学唱了国歌，虽然有点跑调，但是孩子们的心是纯美的。我建议虹虹考上音乐学院后，有空和我一起下乡教孩子们唱歌。看起来好像每所学校的发放流程都千篇一律，实际上每次都有新的感受。最大的感受是，嗓子越来越不够用了，下次得把虹虹的麦克风带来。

在第三所学校，我客串了一把小学体育老师。谢谢云南籍徐老师贴心地给我们每人挂了一个话筒，否则我们的声音就被淹没在孩子们潮水般的喧闹声中了。其实我们兵分两路各五人，另一路是琦爸带队，每队发放四所小学的物资。关老师和蔡蕾老师、基础医学院秦书记捐的书，已经同湖北志愿者捐的其他书一起，被湖北站站长琦爸送到太平小学图书室了。

爱心妈妈们纷纷要求带孩子参加活动，有合适的活动我们一定通知大家。不过，发放新衣活动比较严肃紧张，每位学生都要签字，表格上传爱心衣橱北京总部对账，多一件衣服都要寄回。发放活动劳动强度也较大，我开箱时差点就被包装条割破手，箱子太重搬运时完全靠拖。

我侄女的同学周均萍捐助的高二学生，我们也走访了。看到高二学生在联系人上写的不是父母而是奶奶的名字，我没敢多问。等学生走远，我悄悄问班主任江老师，才知道，那孩子幼年丧母，初三时打工的父亲又突发脑溢血去世，和奶奶相依为命，学习很好，有望冲刺985工程院校。我鼓励他冲华中科技大学。

虽然阳新一中教学条件很好，但也不乏这样的贫寒学子。希望大家能在他们人生的关键时刻，帮他们一把。袁萍老师的闺密捐的一袋点心，也托徐老师给贫寒学生们分享了。他们每人吃了一块点心，拿了一件周书记捐的衣服，高高兴兴地回家了。

最美笑容的照片来自石溪小学，孩子们在镜头前既不躲闪也不怯场，绽放出最美最纯的笑容，敞开心扉，无拘无束。看到这笑容，你可以忘记人世间的一切烦恼，自己也仿佛年轻了10岁，仿佛回到了无忧无虑的童年。也许，这就是做公益的最好回报。谢谢大家支持，我们才能把温暖传递下去，才能捕捉到最美的笑容。

2018年10月

三、"六一"阳新行

6月1日大清早,我穿上爱心衣橱的红衣服,背上爱心衣橱的红包,像一个行走Logo(徽标)。我还在路上时,志愿者——此行的小车司机丁良才和湖北站站长琦琦爸爸早已在我办公室门口候着了。丁良才是汉川人,读大一时在点滴公益群与我相识,毕业后经常给爱心衣橱捐款,我们是十多年的网友,却是第一次见。琦琦爸爸早上5点半起来,从武昌赶第一班地铁。几位研究生陆续来我办公室帮忙搬东西,基础医学院研究生班主任肖瑶老师帮忙联系了一辆中巴车,16位研究生同行。两车一路顺利,3个半小时后来到阳新。

一路上,我都在统计六一捐款,谢谢大家对山区孩子的支持。阳新山茶花协会副会长明辰宇把我们带到他的早点店,请我们吃粉面当中饭。我本想自己请大家吃饭的,却被明会长抢先了。明会长原来读的重点高中,因父亲脑溢血而辍学,南下打工,攒钱、借钱开店,那时刚刚开始营利,也不宽裕。去年"九九乐捐"和今年"六一"捐款,他自己就募捐了近万元。我对他说,他帮助的是当年的自己。

我们爱心衣橱湖北站和同济医学院基础医学院的研究生一行人,12点来到郭家垅小学,与阳新山茶花协会志愿者胜利会师。阳新山茶花协会的志愿者们11点多就来到郭家垅小学了,邓玉霞会长为了组织这次活动,前一晚一宿没睡。我们在这所51名小学生、6位老师的小学中仅有的一间办公室,赶紧讨论活动方案。临时才知道阳新电视台要来，周慧娟同学带研究生们准备的节目要和小学生们的节目及发放仪式做对接。

后来我才知道，山茶花志愿者们在村里找不到吃饭的地方，也没找到小卖部，临时让后面的车子从镇上捎了两箱水，中饭也没有吃，一直饿到下午2点45分。我们和研究生们吃了明会长的面，倒是没有饿着。山茶花志愿者们说，没想到小学老师和学生们准备得这么认真，每个班都有一两个节目。

小学生们都化了萌萌的彩妆，表演的节目稚嫩而可爱。虽然合唱找不准节奏，舞姿也比较单调，但是看得出老师和孩子们都很用心。实话说，看到孩子们天真活泼地挥洒童年，率性舞动小胳膊小腿儿、摇头晃脑的样子，像一群刚出生的小猫在撒娇卖萌，让人到中年的我那僵硬如橡皮的心都融化成棉花糖了。我在那里一直真心地傻笑着，写论文备课的疲惫一扫而空。这就是助人"傻"乐啊！因为过度操劳早生华发，发放时有家长让孩子说"谢谢李奶奶"。哟，我升级了呀！真是老有所乐，开心开心。

我对着邓会长"邓姐、邓姐"叫了一天，活动结束时我才知道，人家比我还小3岁。邓姐是我去年在"九九乐捐"活动上认识的，当时她和明会长为爱心衣橱湖北站一起筹了近6000元善款，今年又筹了一万多元的六一礼物。考虑到阳新工资水平低，我们师友群的爱心朋友也捐款了。邓妹妹和我一见如故，像老朋友一样拉着我的手讨论活动程序。阳新人就是纯朴，不矜持、不造作、不设防、不矫情。

我忘了怎么认识的邓会长，只好直接问她："我怎么认识你的呀？"邓会长说，是阳新县中医院汪祖强医生介绍的。我这才想起来，2018年湖北站需要筹款十多万元，比2017年多3倍，急得我向两百多位经常捐款的爱心朋友求助，希望他们能单独发动一起捐的链接。汪医生是阳新人，也是我们湖北省神经科学会理事，他不仅自己发动了捐款，还介绍他的同事邓会长与我认识。汪医生的女儿也叫琦琦，琦琦爸爸今年春在阳新发放新冬衣，认识了汪医生。六一在阳新发放儿童节礼物，是两位琦琦爸爸的第二次握手。

这次活动，开始还下了点小雨，我们挺着急，万一后面小雨转中雨，中雨转暴雨，活动岂不泡汤了！还好，"太阳神"（我）到场（基本上我出行，想要太阳就有太阳），后面就雨过天晴了。山茶花和研究生志愿者们忙着发放，我特意嘱咐摄影师——我系施老师的研究生王伊捕捉拍摄孩子们的笑脸。孩子们都很开心，抱着礼物爱不释手，有的还把礼物高高举过头顶。

郭校长问："同学们，从小到大第一次收到陌生人的礼物，开不开心啊？"同学们齐声高喊着："开心！"研究生们也很开心，带着小朋友们做游戏，有个大哥哥从头到尾都笑得合不拢嘴，好像自己发了高影响因子的论文一样。

六一活动圆满成功，感谢捐款捐物和参加活动的爱心朋友们！

2019年6月

四、见证温暖时刻

今天凌晨5点起床,在门口吃了碗热干面,6点半之前赶到卓尔书店和爱心衣橱的紫珈副站长,还有女儿同学的妈妈一舞会合,准备一起出发到湖北通山送新衣。才发现卓尔书店是24小时书店,我真羡慕在书海尽情遨游的人,有几个人像是在里面通宵看书后睡着了。

紫珈和琦爸昨天已在湖北蕲春三所学校送了一天衣服。今天紫珈再次出动,开了三个多小时车,才带我们来到湖北通山下泉小学,和爱心衣橱小菲儿的一车人及咸宁阳光爱心社的志愿者们会合。

美丽鲜艳的羽绒服按尺码分好后,紫珈和一舞同时发衣服。我们用话筒喊同学上来,一个个签字,志愿者帮忙给孩子们穿上新羽绒校服。孩子们穿上新衣服可高兴了,你扯扯我的帽子,我拉拉你的衣角,比过年还要开心呢。加上紫珈的慈慧堂也带来了几大包玩具、头花、发卡,孩子们一抢而空。

纯朴的校长、老师们也露出由衷的笑容,眼角泛着泪光。我对孩子们说:"等你们长大了,你们也会成为别的小孩子们的冬日暖阳。"

看到他们可爱的笑脸,自己的心情也变得明朗。助人真是有疗愈作用啊!

讲个笑话:今天学校老师看见美丽的一舞和白发的我,给学生们说,赶紧排好队让阿姨和奶奶照相,哈哈哈!

感谢2019年我的同事、朋友们全年持续地捐款,给孩子们带来温暖和笑容。感谢大家让我帮忙见证这温暖时刻,欢迎大家明年一起见证!

2019年11月

五、情系山茶花

今天一大早,我代表中华救助爱心衣橱湖北站,带着汉口的杨杨、清清、向林三位志愿者,坐动车来到阳新,在邓会长和明会长的阳新山茶花志愿者协会的帮助下,来到阳新木港镇排港小学送新衣。

阳新中医院的志愿者汪祖强主任在火车站接应,一路上,我们听战斗在发热门诊一线的汪主任讲他的抗疫故事。那时阳新物资特别紧缺,汪主任说:"如果没有你们大年初二募捐的工业防护服,你们就见不到我了。"我们庆幸能彼此安好地见面,继续公益助学。来到排港小学,邓会长他们带着山茶花团队已经在忙碌了。又见到徐老师,2年前我和琦爸一起来发放新衣时就认识她了,一位坚强又负责的好老师。

看到孩子们穿上鲜艳的羽绒服做广播操时那可爱的样子,我们不禁悲喜交集,热泪盈眶。主要是想起这新衣是我的公益师友群和湖北站志愿者们100元、100元地募捐而来,想起全国各地的针灸专家和各行各业的爱心朋友们抗疫又助学,救武汉又帮湖北山区孩子,想起志愿者们在"九九公益"活动时,一朵一朵地集小红花让捐款翻倍,自己却无以为报,真的是感慨万千！

　　发完衣服，我问徐老师，家里怎么样。徐老师竟趴在我肩头哭了起来。原来她老公病残，儿子失学在外打工，哥哥和父亲上月又出了惨烈车祸，哥哥离世父亲重伤。徐老师强忍着悲痛，还坚持把衣服发完，张罗着每一个学生的签收单，帮我们完成爱心传递。前年发新衣时，也是她安排学生们用纸剪出感谢爱心衣橱的字样，非常暖心！付琴老师捐的洋娃娃和棉衣，徐老师也尽心尽责地发给贫困的村民。

　　徐老师说，正因为有爱心朋友帮她，她才能把爱心传递下去。我让她有什么需要尽管说！她说："李老师，您能来我们就很高兴了。"因为周末师生们都不在学校，爱心衣橱发衣服都是在课间发放。今天我请假过来发衣服，本来以为我帮不了什么忙，结果发现，今天扔了垃圾，帮小孩子们穿了衣服，还给徐老师悲伤的心田带来了一丝丝安慰，也算不虚此行。愿云南妹子徐老师能逐渐摆脱困境，生活得顺心一点。

　　遵姨妈嘱咐，把她画的山茶花国画送给阳新山茶花协会，特别切题。谢谢姨妈，真是"江南无所有，聊赠一枝春"了！送衣活动进行中和结束后，爱心朋友的捐款又如潮水般涌来。

2020 年 12 月

六、九九募捐忙

　　今天 9 月 7 日，是腾讯"九九公益日"的第一天。今天上午我在做讲座，谢谢爱心朋友们又在捐款。大家之所以这么信任爱心衣橱湖北站，是因为他们看到，湖北站琦琦爸爸、果琴、紫珈站长带领的志愿者，亲力亲为，大冬天在弯弯山路上开车冒险前行，徒步跋涉，把新羽绒校服送到湖北山区。

这一年，我和前几年一样，使出浑身解数，为素未谋面的朋友义务指导就医养生、论文课题、育儿升学，还当红娘牵红线。我内心只有一个愿望：希望我帮助过的朋友能响应我的号召，传递爱心；希望我的辛苦，能化为温暖，传递到湖北山区孩子们身上。

好在去年暑假我在北京陪读时，拉起了一支"一起捐"小分队，他们每人义务筹款几千上万元，也谢谢姨妈李纪青辛苦画画助力筹款。今年，不仅有去年参加一起捐小分队的大部分成员继续筹款（武汉市中心医院万文俊和赵顺玉主任、"家长100论坛"、报关公司彭敏经理、武汉市一医院高珊主任、佳偶宋老师和玺蕴杜老师、同济医学院段秋红教授、武汉科技大学顾进广教授、木德木作章帆经理、阳新县中医院汪祖强主任等），而且还增加了由江汉大学方芸书记、虹虹的高中同学群、中科院王杰研究员、美食城丁良才、中国针灸学会贾晓健秘书长、武汉理工大学金琴老师、武汉市中医院小昭、同济医院肖燕等新朋友牵头发起的"一起捐"队伍，给我喜悦和动力。后三位新队长火线领兵甚至给我意外惊喜，谢谢周方、马锦辉和花语加急做募捐海报和链接。没有大家的支持，我走不到今天。

开学事多，我一边备课，一边准备学术会议幻灯片，一边组织"一起捐"队伍。谢谢湖北站小菲儿、紫珈、琦爸和果琴，坐镇十几支队伍募捐。

悲催的是，我的讲座安排在募捐黄金时段——9点至10点。不过，大家放心，我不是一个人在战斗。分秒必争的我，本来准备9点整放捐款图片出来，后来只能8点半提前放出来了。希望大家在我缺席的情况下，能在9点开始捐款，10元20元都行，关键是转发出去，让更多人参与爱心传递。我和大家一样是工薪族，捐款不多，但总保持着对公益的一腔热情。

2020年9月

志同道合的公益朋友

一、我爱圣诺亚

自从我加入圣诺亚爱心公益社团组织以来，我对爱心公益事业的理解越来越深入。梅雪、小飞、阳光、北风南吹等各地爱心队伍的组织者教会我很多关于志愿者组织和爱心平台建设的方法。在圣诺亚爱心公益论坛担任版主期间，我也从弯弯蛇和夜子那里学到了不少关于版面管理的经验。

为了宣传圣诺亚，拉起武汉的爱心队伍，我曾有意加入几个武汉的QQ群宣传，却被误认为骗子。不过，在不懈努力下，我终于找到武汉的几支爱心队伍。武汉志愿者联盟的手术刀很快把我们圣诺亚爱心论坛的链接加到他们的网站上，武汉义工的负责人小静也正在和圣诺亚团队的武汉站站长开心、菊花联系。武汉的熊熊，是一个单纯热心开朗的女孩，给贵州的孩子邮寄了一大堆文具，为我们武汉站争光了。

圣诺亚的第一次活动，是北京总部的志愿者忆梦、梦冰、空队等发起的——到北京儿童村捐款捐物。梦冰姐指挥若定、一副风风火火闯九州的样子，空队一次就捐了700元植树认树金额，团队的两位带头人都给我们做出了好榜样。为了公益事业，梦冰姐每天只睡三小时，空队作为工薪族为了救助白血病孩子、残疾双胞胎姐妹和帮助儿童村多次慷慨解囊，让我们非常感动。

今年4月，为了帮助三个患血液病的孩子，爱心博友湘妃于4月15日发起了义卖等救助活动。圣诺亚团队的空队捐赠珍藏普洱茶（价值千元以上）一盒，并帮兰州的老凤以800元拍得。团队的北京站站长忆梦捐赠国画《喜上梅梢》，拍得600元。

孩子们中，壮壮的故事真是感人泪下：河南小伙子壮壮得了再生障碍性贫血，而他的父亲也因操劳过度患上尿毒症。社会捐助的6万元钱，只能让其中一个人先做手术。父亲在抓阄中"作弊"，让孩子使用这笔手术费用。之后，孩子做了自体骨髓移植，而父亲则离开了人世。后来，壮壮的病情又开始恶化，需要进行再次移植，十几万元的手术费又让母子二人陷入绝境。

梦冰姐给电视台打电话后，中央广播电视总台《第一时间》的主持人马斌在《马斌读报》栏目读了关于壮壮的报道，希望更多的人知道壮壮的故事，并伸出援助之手。

为了救助三个白血病孩子爱心大使湘妃、绿袖子不仅捐出数千元，还拿出自己珍藏的开光过的念珠、佛珠、书画义卖，拳拳爱心，令人感动。

我骄傲，我是圣诺亚爱心公益社团的成员。我的博友们，感谢你们对圣诺亚爱心公益论坛的支持。我们的爱心平台做好了，就能汇集社会上广大的爱心力量，帮助更多的人。

2007年4月

二、生日的感动

今天是我的生日，女儿送我的礼物是主动完成十页的语文作业，哈哈！正忙着给女儿改作业时，手机响了，打开一看，是圣诺亚助学组组长小飞妹妹的电话，我以为是公事，没想到她是祝我生日快乐，真是意外惊喜啊！

其实，我没在公益群里说过自己的生日是哪一天，估计是她看了志愿者登记表留了心。小飞身在湖南省长沙县，刚刚遭受了雪灾，自己家里都停电了，还惦记着给我生日的问候，真让我感动。

我还在澳大利亚时，经常在公益群里和她交流。她是一个很实在和理性的人，看问题很准，做公益很有经验，给我很多启发。在她师父空队的带动和鼓励下，她勇敢接下了助学组的工作，而且做得红红火火，成功做了四期助学和一次物资募集。在她的不懈努力下，助学组成了圣诺亚的主力军。我是个多愁善感的人，当我在澳大利亚被手术刀划伤、被老鼠抓伤后，小飞给了我很多安慰。

孩子做完了作业，我又忙着给她收拾房间，正忙得不亦乐乎时，手机又响了，是公益团队中的妹妹雨轩的电话。她给我点了首歌——《感恩的心》。这首歌是大连儿童村博客的背景音乐，我在澳大利亚时就是听着这首音乐关注儿童村，从而参与了圣诺亚的创建。我感动得差点掉眼泪了。

雨轩，是和我一样预感特强、喜欢"做梦"的人。圣诺亚另一位很理性的梦冰姐对她帮助很大，而我也经常是这位姐姐心理辅导的对象。

不过，雨轩这孩子非常善良，当初她是因为我在金凯平圈子的宣传才加入圣诺亚的，加入以后就非常积极。一开始她就为救三个白血病孩子募集善款，自己也捐了MP4等物品，后来又给圣诺亚助学活动捐赠了几百元的图书。我回国后，见我为救助患儿义卖筹集物资发愁，她先是捐了自己心爱的光碟，后来又专门买了一些手镯等工艺品邮寄给我。总之，但凡圣诺亚有什么活动，只要她知道了，不管她能做多少，她都会尽力地充满激情地去做，在第一时间带头奉献爱心。

就是这样一个赤诚的孩子，却总是遭遇不幸。先是遭遇车祸，后来又做了一个手术，最近还拖着骨折的手去给另一个爱心组织义卖演出票。不管处境如何艰难，她总是想着大家的感受，想着如何去帮助别人。因为身体的不适，她常会向我咨询一些医学问题，而我只能尽力解答，也不能给她解决实际的病痛，更给不了她心理上的安慰。我自己就是儿童人格，不懂怎么去安慰别人，愧对"姐姐"之名。

晚上，我打开了公益群，本来是想给雨轩说一声"谢谢"，告诉她点的歌收到了。结果，工作群里的朋友——北风、夜子、小飞、念念、多多、梦婷、爱心一片、铁军、玫玫等都异口同声地祝我生日快乐，让我再次被感动包围。北风，我的心灵驿站搭档还说给我发了彩信，可我的手机没有这么高级的功能，收不到。夜子妹妹还要发彩信给我，被我及时阻止了。

收获这么多的感动，让我觉得爱心公益群的朋友虽天各一方，从未谋面，可我们的心是在一起的。

2008 年 2 月

三、公益朋友的关爱

自从我在博客上发布了《人比黄花瘦》的博文后，得到了很多朋友的关心和建议。

圣诺亚的梦冰姐还担心，是分配给我的宣传工作太多把我累瘦了。我告诉她其实是我自己对工作和孩子教育过于认真，才把自己累坏了。冰姐说："楼兰，孩子的事情还是不要替她做，应该放开手一些，培养她独立生活和学习的能力。你在国外看到的，外国的教育和我们是有很大差别的。你自己要把工作、孩子教育、生活安排好，有些事情也让你家人帮助一下啊！不能一个人包揽一切，身体是第一位的，没有好身体什么也做不成的。"空队也批评我说："孩子的事让孩子做主，不要越俎代庖，自己累得够呛，也不利于孩子成长。"小飞妹妹特别理解我，她说感觉我就是像上满了发条的闹钟一样，一刻也不能停下。

其实，十多年前大学室友就比喻我像闹钟了，说我太辛苦了，要学会休息兼放松。心香姐看到我为救小孩伤了自己的腿说："楼兰辛苦了，腿好没？多注意身体，别太操劳，随处可见你的善良美好，让我感动。"

圣诺亚的棉花糖妹妹和心舞姐都在关切地提醒我说："对

于生命本身来说，健康与快乐是最重要的，请为自己、为家人、为公益组织多保重自己哦。希望你劳逸结合，别把自己累坏了。"

今天，我又收到雨轩的短信，她希望我保重身体，注意防暑降温，不要继续瘦下去了。博友梅雪说："地球离了谁都会转！"真是非常实在的警醒。

很有思想的NICE妹妹的一番话让我更是醍醐灌顶，她说："很久没来看望姐姐了，没想到你这么劳累，看后我只有一个感受，你这样下去很值吗？是你小时梦想的生活吗？幸运的是，在你结尾处我看到了你自救的希望。这样为了小孩、为了工作、为了实现自我价值、为了实现所谓的伟大理想，而失去了生活最基本的乐趣，还不如过一种并不富裕也不精致，却让人发自内心羡慕的简单生活，比如像会生活的欧洲人，多懂得享受生活啊，那才是生活的真谛呢！衷心希望姐姐的人生从今往后，多些阳光灿烂！"

昨天给女儿唱《生死不离》中的几句，突然强烈期望自己能把歌完整唱给女儿听，于是我下载了整首歌曲在操场上边走边唱："生死不离，我数秒等你的消息，相信生命不息……我看不到你却牵挂在心里……无论你在哪里，我都要找到你……"自己感觉唱得很投入、很认真、很执着，仿佛又看到了战士、医生、志愿者、教师们对废墟下的同胞们不离不弃的救助场景。

女儿和军校学员们在一旁轮滑，我痴迷了似的旁若无人地唱了十几遍，想起了梦冰姐 MSN 上曾把歌名作为自己的昵称，想起圣诺亚社团为灾区做的义卖，就唱得更有激情了。唱完了还边听歌边跑步。这次越跑越有劲，跑了 3 圈后都没觉着累，被后面穿迷彩服的男兵女兵赶上，我还和他们 PK 了一番。这样跑到第 5 圈我才觉着有点累了，渐渐停了下来。浑身冒出了细细的汗珠，也不驼背了，像先生一样昂首挺胸、大步流星地走路。我惊喜地发现，跑步过程中自己也忘记咳嗽了，跑步后一晚上居然也没有咳嗽，感觉自己挑战疾病初步获得了胜利，真的很开心！

今天晚上武汉下暴雨，没法跑步，虽然我还是咳了几声，但在没有吃止咳药和抗过敏药的情况下，已经很好了。等天晴再跑几天，相信一定能好。咳嗽，你吓不倒我！虽然我体质不好，小时候曾经是多愁多病的"林妹妹"，但是，我有爱的信念支撑，有家人和朋友关怀，一定会好起来，未来要做个英姿飒爽女游击队长！

2008 年 7 月

四、爱心朋友来相会

4 月 17 日，我和同事出差来到青岛大学开会。18 日中午，我见到了圣诺亚青岛站的爱心朋友们。站长爱心一片大哥和北北的海、霖子、一米阳光等爱心朋友，专门从胶州坐一个多小时车赶到青岛。诗人兼书法家谢炳军，也从莱西驱车两个小时赶到青岛。

我下午还有会，还要做报告，提议大家就和我一起吃会议自助餐。本来我要请客的，爱心大哥非要抢着买单。我们围坐在一个桌上，边吃边谈。我跟他们谈了圣诺亚宣传部、救助部、武汉站的工作，重点介绍了救助小雪的情况。爱心大哥介绍了青岛站捐物资给西部、爱心超市等活动。谢诗人上次捐的书法已经为小雪义卖添彩，这次又捐了好几幅书法作品。其中的一幅《有容乃大》，是我托他给武汉摇篮妈妈群的鹦鹉写的。

鹦鹉是组织4月12日小雪义卖的摇篮妈妈方负责人，当时她很喜欢谢诗人的书法，随口说能否给她写一幅《有容乃大》。我记在心里，去青岛前试着问谢诗人，结果他不仅认认真真地给鹦鹉写了这幅字，还给圣诺亚武汉站捐了另外八幅书法作品。

谢诗人给在场的五位爱心朋友介绍了他的书画工作室，又给我们每人送了两本他自己的诗集《最后一个猎人》和小说集《蝶花之舞》，并当场签名。我带了几包武汉的精武鸭脖给他们，就是太少了，感到不好意思。

我请爱心一片给谢诗人和他的书法拍了照片。北北的海、霖子和一米阳光三个胶州美女尽职尽责地帮谢诗人展开书法拍照。北北的海原来是新浪锐博客的管理员，当初正是她在我博客上留言，我才得以加入了锐博客的公益群，认识了梦冰、忆梦等爱心朋友，经过一番努力，建立了圣诺亚爱心公益社团。

2009年5月

五、公益妹妹空降武汉

15年前的公益网友，从未谋面的比我小一轮的公益妹妹夜子，从马来西亚空降武汉。周四晚10点我刚刚上完声乐课，就接到一个福建的电话。我故意逗她，问道："请问你是快递员吗？"

她说："是的。"

我说："东西不大的话呢，就请放在门口。"

她说东西有点大，就在门口等我。我直觉猜是夜子，因为她是福建人。东西果然有点大——夜子送了我大大的一束鲜花。谢谢夜子妹妹！

我是第一次见夜子，夜子比网上照片中的她，长得稍微圆润了一些，更漂亮了。黑色的口罩遮住白皙的小瓜子脸，露出一道红色的伤疤。刚开始我没敢问。我心想，马来西亚的猫很多吗？这是被野猫抓的吗？

从前，夜子妹妹和我的聊天不是在说捐款，就是在谈献血，真是甘洒热血献爱心啊！她给爱心衣橱捐了999元，给武汉抗疫捐了2000多元，救助小飞捐了2000元，给河南水灾捐了3333.33元，等等。她真的是内心纯净、乐善好施的小妹妹啊。其实她在马来西亚的生意，因为新冠疫情的原因已经非常不好了，她现在待在福建也不敢回马来西亚，压力也是非常大的。我跟她聊天的时候，我也提到了她帮空队救助双胞胎姐妹时，只是一个21岁的小打工妹，还慷慨地给双胞胎姐妹买了一套很漂亮的衣服并捐款。真的是从小善良到大呀！

提到因车祸去世又捐献了器官的小飞，她眼圈都红了。为了慰藉她对圣诺亚朋友的思念，我把小飞最好的朋友忆梦的散文集送给她了。

夜子人如其名，随风潜入夜，10点来到我家门口，那时我刚下课。夜子夜晚造访，我们也没什么好招待的，就递了一杯茶水。随便聊了一下，虹虹爸开车把她送回宾馆。夜子问："你不好奇我脸上的伤疤吗？"

我说："我也不敢问呀！"她说这是她化的烟熏妆。因为单身女子一个人在武汉游玩，也是担心不安全。我仔细一看，好家伙，还画了两道，一道红色的，我以为是猫抓的伤疤。还有一道褐色的伤疤，我以为是旧伤。

看到夜子完美无瑕的如玉的肌肤、光亮的额头，我就放心了，这才是我美丽的小妹妹。夜子制造的这个惊喜，真的是跟小说的情节一样，也不乏浪漫的色彩，我很喜欢的。

夜子很贴心的，那天叫虹虹爸，一口一个"姐夫"，真的是跟我妹妹一样哦！欢迎夜子或者其他公益朋友们，经常给我来个突袭空降，我承受得住这份惊喜！忆梦见我们喜欢她的书，又慷慨赠我们几本，她说："微信里的好友兜兜转转，有的都不知道为什么，就杳无音信了。有的自动消失了，有的记不清是谁了，有的也是根本联系不到了。一切随缘，各自安好便是。如若有缘再聚，我相信，会更美好！"

2021年10月

追忆离去的公益挚友

一、你是天使在人间——忆友人小飞

我和小飞认识于 2007 年春天,迄今有 13 年了。那时候,我还在澳大利亚留学,准确地说,我们是网友。在澳大利亚留学时,我写新浪博客,最初只是晒悉尼海边美景,后来开始用博客宣传救助患病儿童,再后来,我们一群志同道合的博主就在梦冰姐、空队、忆梦、夜子、万水千山等人的倡议下,组建了圣诺亚爱心公益社团,做公益助学。我们建了 QQ 群,分了助学组、宣传组等几个组。小飞在助学组,我在宣传组。

我们虽然不在一个组,但也总在大群聊天。这不仅是因为助学的活动需要宣传,还因为我俩当时都是 30 多岁,还有几个 20 多岁的年轻人,大家愿意互相安慰和鼓励。北风和我是圣诺亚论坛心灵驿站栏目的版主,忆梦、弯弯蛇、青梅煮酒、木木等经常奉献散文给驿站,北风和弯弯蛇也是小飞助学组的得力干将。他们那时都是单身,如今,也都为人父母了,真是岁月如梭啊!

小飞那时候给我的第一印象是——特别热情。我在澳大利亚特别想家,有一次做实验不小心被手术刀割伤了手,情绪非常低落,小飞就一直在安慰开导我。实际上,每个朋友有困难时,她都不遗余力地谈心、安慰,或者帮他们向其他人求助。

她给我的第二个印象是——特别能干!做助学时,她把各项事情都安排得井井有条，还和北风一起，亲自到甘肃古浪县走访，自己出资又出力。

第三个印象是——小飞就是一枚开心果，不管谁遇到什么困难什么烦心的事，她都能帮助大家快乐起来。她那略带沙哑的大嗓门，就如同一杯"快乐水"，总是恰到好处地端到大家面前。

2009年，我和闺密青艳各自带着女儿，去凤凰玩。经过长沙，小飞热情地接待了我们，这是我第一次在生活中见到小飞。她一转身，那一头如瀑的长发披散在健美的腰间，我就觉得非常美。在白沙古井，小飞带我们喝了清甜的井水，闻栀子花香。当时她还是单身，我也是操心，向她问长问短。小飞告诉我，其实，圣诺亚有个爱心才子喜欢她，也去过长沙，只是他们的缘分未到。

小飞请我们吃口味嘲螺，这对了虹虹的胃口。多年以后，虹虹再去长沙，还会去寻这道菜。小飞很喜欢虹虹，她是在博客上看着虹虹和忆梦的闺女睿睿长大的。

大概是2012年，小飞也到武汉来玩了，她朋友伊人开的车。我请她们吃火锅，小飞在我家住了一晚上，也吃了我婆婆做的菜。我们全家人都见过小飞了，都很喜欢善良朴实的小飞。第二天，我带她到月湖逛了逛，到中午，她和伊人就着急返程了。

我一直操心小飞的婚事，可一直没有等到好消息，就在我已经不抱希望的时候，喜事降临了。小飞给我快递了喜糖和请柬，我非常高兴。后来我在网上看到小飞当妈妈了，看小飞参加了我朋友作家叶子组建的阅读微信群，她还给儿子泽泽买了很多绘本看。

2018年，我到长沙出差，小飞带着儿子到火车站接我，这时候，小飞已经剪掉了长发，有了成熟妈妈的风范。中午，她先请我吃了饭，然后带我爬岳麓山。

她和她儿子特别会爬山，带我从小路往上爬，不时把笨手笨脚的我拉一下。在山上，我发现，泽泽非常活泼可爱，特别聪明，反应很快。我一问，才知道小飞除了阅读以外，还给他上了奥数、小机器人等各种培优班，非常费心，真是功夫不负有心人啊！

小飞提到了师父空队给儿子取名字的用意，特别自豪，希望儿子不负众望，以后能考上清华大学。小飞也提到了梦冰、忆梦、北风、弯弯蛇、青梅、夜子、糖等圣诺亚的老朋友。在圣诺亚做了几年西部助学之后，小飞又积极支持爱心衣橱的活动，除了参加湖南站的实地活动，她还经常在网上给我们湖北站捐款。实际上，小飞生孩子以后，就把自己开的打印店关了，也没有什么收入来源。我每次都不想要她的捐款，她一定要捐，说几十元也是她的心意，每年都要表示一下。

2020年1月，新冠疫情暴发了，小飞在微信里一直关心我的安危，嘘寒问暖。我们组织了微信群，给基层医院捐款，她也是第一时间参与，捐款200元，这对没有收入的她其实是很不容易的。她还积极做志愿者，收集基层医院信息，帮助对接海内外捐赠。

一直到武汉解封，她才放心。可是，还没有品尝到胜利的喜悦，在6月15日，这个可怕的日子，噩耗传来——小飞遭遇车祸去世。

那是晚上10点，我正在看文献，设计课题，突然看到多了个小飞加油群，还没反应过来，以为是谁在开玩笑，做什么游戏来着。等我进群看到小飞躺在医院的图片后，顿时蒙了。当时我不相信小飞真的舍得离开我们。在梦冰姐的组织下，忆梦连夜写了宣传文案，小飞的师父空队和圣诺亚的朋友们积极捐款，湖南团队也积极响应。

可惜，通过互联网公募平台筹的50万元捐款到位后，小飞却真的累了，坚持不下去了。既然无力回天，深明大义的小飞的家人，又帮小飞完成了捐献器官的心愿，让生命在其他人身上延续。剩余的几十万元捐款，也用于救助其他患者。

时至今日，我还是久久不能释怀，话痨小飞你真的走了吗？真的没人在网上和我谈心了吗？你还没有看到泽泽考上985工程院校呢，你就这么走了！

湖南的青春妹妹，也是这次抗疫时，小飞介绍我们认识的，她也是一个极度热情的人。冥冥之中，小飞似乎也安排了青春来继续传递她的友谊。青春跟我说，让她接替小飞姐的位置吧。青春经常给泽泽买衣服、鞋子、文具，像妈妈一样，令人感动！

小飞，你是天使在人间，不会待很久，累了倦了，你就像蝴蝶一样，倏忽飞走了。小飞，你像白沙井水一样清纯的心灵，像岳麓山一样博大的胸怀，像橘子洲一样火热的精神，永远留在我们心中。

小飞一直称呼空队"师父"，说空队是她的公益领路人。小飞儿子的名字还是空队给取的。对小飞的离去，空队一定比我们更悲伤，但他可能怕影响大家，很少在我们群里流露。他为小飞写了好几首诗，这里录其二首：

其一
九嶷山上啼子规，小飞芳魂唤不回。
天高水长无所惧，公益路上何人陪。

其二
相识助学路，远上嘉峪关。
专心为学童，独忍饥与寒。
撸袖三献血，背衣数翻山。
纤纤一女子，美名四方传。
苍天不睁眼，小家生计难。
离夫别子去，万人泪潸潸。

2020年10月

二、爱忘，你的爱心令人难忘

2012年的端午节，我给助学组的忆梦妹妹发了一条信息："妹妹，端午节快乐，报告一个好消息，我资助的西部学生云秀今年复读终于考上医学院，超过分数线17分，开心！这也是圣诺亚助学组辛勤工作换来的，也是离去的爱忘妹妹的心血结晶。"

忆梦说："收到这条信息后，我心里一阵波动，我知道这是楼兰姐姐的付出换来的结果，你又成就了一个女孩儿的梦。当然，这里边也有很多圣诺亚志愿者的心血，有助学组的志愿者们的辛苦，还有已故志愿者的奉献。"

圣诺亚助学组在2007年5月月底开始立项，到2009年年初，已在甘肃省武威市古浪县和天祝藏族自治县、甘南的碌曲三个助学区完成了八期的一对一助学工作，一对一结对资助了160多名学生，其中有小学生、初中生和高中生，资助款十余万元。

圣诺亚助学组是梦冰和空队劝说在湖南新化有助学经验的小飞牵头成立的。组员有广东的北风南吹，福建的弯弯蛇，甘肃的爱忘、老风、星光、视野、杨柳、灿烂，大连的念念、蔚蓝等。小飞于2020年6月因车祸去世，而爱忘在2012年就因胃癌去世。云秀毕业后，在甘肃武威一家三甲医院上班，如今已经结婚成家。除了云秀以外，还有考上兰州大学的空队朋友DDL资助的彦喜同学等，应该早已大学毕业了，成了建设西部的栋梁之材。爱忘和小飞们播撒的爱心，已经开花结果！

当年，爱忘主要负责甘肃的走访和发放工作。冒着西部的漫天黄沙，她在甘肃省武威市古浪县和天祝藏族自治县、甘南的碌曲走访收集到贫困学生的第一手资料，然后在圣诺亚的志愿者及其亲朋好友中搞募捐，最后爱忘和助学组的朋友们又长途跋涉，把助学款送到学生家里，并拍照反馈。爱忘走访认真、拍照传神、文笔细腻，吸引了更多的爱心朋友关注和捐款。

在2007年10月的《走访天祝、古浪全记录》中，爱忘写道："沿途县乡公路渐渐损毁，加上雨水浸泡，整个路面非常难行，途中经过整个校舍情况破损严重的边墙沟小学，进去后拍摄漏雨的教室、教师宿舍和厕所。远远看着马上要到土沟小学了，却没想到整条进校的路全被雨水阻挡，深达脚脖子的雨水淤积在窄窄的小路上，我们的车能够缓缓前进，我也能坐在车上看路两边的土豆地里开着的粉红或白色的花，很是好看，只是不知这些学生们来上学时是用什么办法走过去的。学校的领导们已全在门口等候。9月12日，我看到学生们穿着厚厚的衣服，脚上穿着雨鞋，呼呼的北风刮着，我穿着厚棉衣还觉得冷，如果到了冬天，学生们不知能穿些什么，教室里的那一个炉子能给每个学生都带来温暖吗？"可见爱忘他们走访的艰辛。

爱忘在天祝乡下走访了一整天，晚7点才回到县城，从天祝到古浪大概是45分钟的路程。她连夜赶到古浪去，以便第二天一早就可以直接开始走访发放。9月13日早上，爱忘和古浪的朋友们先把一些要给学校和学生填的表格全复印好。10点出发，一路上有时坐车、有时不得不下来步行，40分钟后，他们到达在一座山坳处孤零零的小霞家。

现如今精准扶贫后，再难看到爱忘当时所描述的场面："在他们家，我看到了相信多数人都没见过的一台电视机——14寸黑白日立，整个机壳都凹凸不平，破的地方塞着一些废作业纸，可能是为了防止进灰尘的吧。问他们电视还在看吗？孩子父亲笑呵呵地说有时看一下。旁边还有一个电视信号接收器，我开始还以为是VCD呢，呵呵。"

在发放过程中，爱忘对西部孩子的心理健康和教育环境也有自己的担忧，她写道："9岁的建兰，之前问她问题时都还好，最后要签字领钱时，她摇头不签。我说写个名字就好了，她小声地说不会写，她妈妈和大家都劝她只要写下自己的名字就可以了，结果她忽然'哇'的一声就哭了。我一看只好让她妈妈代签吧，结果她妈妈告诉我她也不会写自己名字，非常响亮地告诉我'我从没上过一天学呢'。看她也就是个三十几岁的样子，怎么连个自己的名字也不会写啊？最后两个人都是按的手印。

"建兰9岁了，今年在重读一年级，可还不会写自己名字。贫困山区的助学绝不是解决了学生们的学费就可以的，这里面牵涉的问题还有很多。学生的家庭环境也有非常重要的影响，如果家人对她不督促，没有正面的引导，即使现在有这样免费的学习条件，能这样一直免费上学，也不知道这个建兰要上多少个一年级才能写好自己的名字啊！

"还有，自卑、内向是这些学生普遍存在的问题，要帮助学生们用健康的心态来适应基本的社会交往需要。我深深地感觉乡村教育工作要做的、能做的、必须做的,还有太多太多!"

爱忘对西部乡村孩子的卫生习惯也非常担忧,她写道:"小智,10岁,说父亲打工时腰部受过伤,家中还有爷爷和母亲,身体都健康。但我看到他脖子上黑垢一大片,便问他什么时候洗的澡,他不说话。再问,老师就告诉我这里都是从出生三天洗一次澡后就不再洗了的。一辈子也就顶多洗三次,有的人只能洗两次,出生三天一次,还有结婚时一次。我只好说那你洗脸时把脖子多擦擦好吗?全屋子的人'哗'地都笑了,有老师说平时不洗脸的,只有要出远门时才会洗下脸。我只得无奈作罢。"

这就是精准扶贫前的真实记录,其实他们也不是不爱干净,他们平时喝的水都不够,也就没有刷牙、洗脸的习惯,洗澡更是奢侈。现在西部乡村的卫生条件和用水情况已经大为改观,村民们也养成了良好的卫生习惯。

爱忘也注意培养孩子们的感恩之心。她告诉受助学生小宇捐助人张姐的情况,张姐自己儿子被人拐卖,多年来一直在努力寻找儿子,而这次她是把家里准备买空调的钱省下来捐助他的。爱忘嘱咐小宇,一定要好好学习,平时多给张姐写信。

在2008年3月《圣诺亚赴甘肃省甘南碌曲发放物资和部分助学款项纪实》中,爱忘认为城里的孩子要向乡村的孩子学习,珍惜自己的幸福生活,学会吃苦耐劳。

她写道:

那孩子七岁，看起来却只有四岁多，营养不良又在高寒地区，想起自己的儿子，三岁多却只比那七岁的学生矮一点，生活那么好却非常娇气，如果他没有生病，真应该带他来看看这里孩子是如何生活、学习的。

我们先去参观了学生宿舍，宿舍里比较整齐，四张高低床，床上铺着薄薄一层褥子，我看到有一个炉子，便打开看了看，却连煤灰都没有看到。祁老师不得不说是在冬天最冷的时候才生火取暖的，平时不生火。

在厨房里，有一个大灶在热着一锅水，这是给学生们喝的。在祁老师帮助下，我们在房子里面找到大半袋土豆，没有面粉也没有油，厨房里太干净了，干净得没有其他可吃的食物。今天是星期六啊，学生们都在，按理应该有明天的饭吧？

在发放完衣物后，我经过一个学生身边，摸了摸他的手，冰凉的，再看看那排成队伍的一行行学生，一张张面孔都是面黄肌瘦。贫穷是如此的耀武扬威，让人司空见惯。不知在这些孩子们的心里，是否知道世界上还有别的生活方式？还有人不像他们这样，一年四季都吃洋芋菜，一年四季都穿这几件衣服（这里的夏天气温低，也要穿两件衣服，冬天只在外多穿件棉衣）。同去的大西洋厨具城的刘总给学生们带了糖果，发到他们每个人手里，孩子们的喜悦溢于言表。又怎知城市里的孩子对所吃的零食非常挑剔，不爱吃的说扔就扔掉了。

2008年7月25日至7月31日，在炎炎夏日中，小飞、爱忘、北风、念念、蔚蓝一行五人代表圣诺亚爱心公益社团对甘肃助学区进行了为期一周的实地走访，共完成三个助学区域的走访（天祝藏族自治县、古浪县、碌曲县）。

冒着西部的漫天黄沙，他们来到天祝藏族自治县片区。这里是典型的高原山区，以畜牧业和种养业为主，少部分家庭成员会外出打工补贴家用。那年大旱，庄稼受灾，收入减少。他们走访的近十名学生都是单亲、孤儿或父母身体有残疾的孩子，其中有几个是需要重点帮扶的对象。他们的居住条件虽然简陋，但收拾得非常干净整洁。大部分学生非常内向，有一定的自卑感，但还是渴望与捐助人进行联系。助学组朋友们和他们亲切交谈，充满爱和关怀的话语打开了他们关闭的心扉，给他们暗淡的生活带来一丝亮色。

在那次走访中，小飞和爱忘她们风尘仆仆，带来佳音："我们圣诺亚爱心人士空队的朋友，也是《车来车往》的网友DDL资助的甘肃古浪县第二中学高三学生彦喜同学考上了兰州大学，专业也不错——信息管理与信息系统。"

这是比拿金牌更激动人心的事情，孩子学有所成，是对我们圣诺亚助学组和爱心助学人的最好回报。圣诺亚助学原则上只资助小学到高中，但助学组通过实地考察，发现彦喜家确实贫困，大学第一学期开学就可能失学。DDL同学得知后，决定继续资助他一学期，以后就靠他自己努力解决。

曾经忙碌于圣诺亚助学组的爱忘和小飞，已经抛下我们而去，然而，她们所播洒的甘露，滋润着每一棵茁壮成长的幼苗，今天已经开花、结果。

爱忘，我们不会忘记你和小飞，你们付出的爱心令人难忘，你们奉献的真情永留世间！

2022年3月

三、生命不息，奉献不止——忆果琴

2021年10月30日，我们中华社会救助基金会青少部湖北站公益群的朋友，怎么也不敢相信，8月月底还在群里为利川山区的贫困学生寻找资助方的释果琴，因病逝世，永远离开了我们。释果琴，本名陈雪琴，从2016年起担任爱心衣橱湖北站副站长，负责湖北恩施利川县的爱心衣橱和鲲鹏助学项目，她生前热爱公益事业，累计帮助一万多名贫困学生。

其实在2020年8月，我就得知果琴患癌的消息。那时果琴才40岁出头啊，是我们湖北站的顶梁柱啊！那时候我们震惊、心疼、难过，准备给她找武汉最好的医生手术。可惜天不遂人愿，果琴的病发现时已是晚期，只能进行放疗和化疗。果琴为了稳定利川团队人心，让大家安心做公益，一直让我和湖北站站长琦琦爸爸保密再保密。就算在生命最后的几个

月，被癌痛折磨得痛不欲生，她也坚决不让我们向社会求助。

在2021年6月爱心衣橱十周年生日时，果琴写了一段话："每个人的一生中，都会经历一些无法预料的变故，命运的转折就像一扇扇迎风而立的窗子，或许虚掩或许深闭。我们可以选择推开，也可以选择尘封，所有的选择都是理所当然。也许面对生命，我无法延伸它的长度，那就在有限的时间里做一些有意义的事吧……"

那个时候，果琴已经患癌10个月，因饱受病痛的折磨，才发出这段关于生命意义的感慨，只有我和琦琦爸爸懂得其中的深意。

我和果琴相识于2016年，我发起建立爱心衣橱湖北站，邀请善良正直的爱心人士琦琦爸爸做湖北站站长，琦琦爸爸推荐利川的志愿者释果琴和武汉志愿者徐紫珈担任副站长。自此，琦琦爸爸负责湖北站总体工作，果琴负责利川山区小学的新衣资料收集和贫困学生家庭走访，以及冬季新衣和秋季助学款的发放工作。我作为湖北站的顾问，主要配合站长们在网上为湖北站募捐和宣传，有时也陪同琦琦爸爸和紫珈在湖北阳新等地走访。

湖北利川的新衣发放，一直都是由琦琦爸爸陪同。我虽然因工作较忙而未能参与，但通过琦琦爸爸和利川反馈的信息和照片可以感受得到大家跋山涉水的艰辛。走访路上，果琴和琦琦爸爸风餐露宿，饿了就啃一口方便面，就着刺骨的北风咽下冰冷的卤鸡蛋。山路弯弯，皮卡车载着新衣和志愿者们奔驰在蜿蜒的山路上，乘船过江，再用三轮车转运新衣，由志愿者们人背肩扛，最终才能把崭新的冬季羽绒校服送达学校。他们以苦为乐，从未有过抱怨，反而觉得所有的艰辛都是值得的——只因为有了他们的努力，山区的孩子们能穿上防风保暖的新校服，这个冬天不再冷！

果琴说："2016年的冬天特别地寒冷，罕见的大雪一度造成了山区交通、通信中断，这给我们走访收集信息带来前所未有的困难，但是这并没有让我们这群志同道合的志愿者停止脚步。柏杨钟鼓小学牟老师因交通通信中断，冒着大雪步行十几公里到乡镇寻找网吧。柏杨见天小学蔡校长手术后在病床上，勉强拿起手机只为把信息传递出来，希望给身处贫困的孩子们争取来自社会的关爱、穿上爱心衣橱温暖的羽绒服，让他们能够度过一个又一个寒冬……太多太多这样的故事更坚定了我们在公益这条路走下去的决心。"

这一坚持，就是5年。每逢一年一度的腾讯"九九公益活动"，利川团队志愿者四处奔波，每次捐款都是慷慨解囊，让涓涓流水汇聚成河，在爱心衣橱北京总部和湖北站各位老师引领之下完成了一次又一次新衣筹款，为孩子们定制防风防雨保暖透气的冲锋衣裤和羽绒服。

时值中华社会救助基金会爱心衣橱成立十周年，这十年果琴带着湖北站利川团队不辞辛苦，不图回报，不论天晴下雨，走遍了利川14个乡镇，给17000余名贫困儿童和留守儿童送去了三万五千余件新衣，课桌椅、书包、围脖等儿童用品 2253 件，并开展"一对一"鲲鹏助学项目，资助家境贫寒但品学兼优的学生，在他们的求学之路上助他们一臂之力。秉着初心情怀守护留守儿童，用爱照亮他们的成长之路。

果琴给我和琦琦爸爸的印象是，办事雷厉风行、说一不二，她把利川团队的各项活动组织得井井有条。每次出行，她会督促所有成员在志愿汇获取免费保险，组织几个小分队分头到不同方向的山区小学送新衣。车辆的安排、人员的召集、新衣的清点和发放，事无巨细，她都安排得井井有条，保证了发放的效率和安全。

2020 年 12 月新衣发放时，尽管她在武汉化疗后身体虚弱、全身无力、血压不稳，连走路都非常吃力，仍然坐着轮椅从武汉坐高铁回利川坐镇指挥，打着点滴还通过微信和电话组织发放。

鲲鹏助学是果琴倾力而为的项目，每个学生的家庭情况和个性特征，她都了如指掌，在我们公益群里大力宣传。2021年 8 月，邻近开学，还有几个学生没有找到资助人。在医院，她一边治疗一边募捐，我的几个好朋友，比如针灸教授梁凤霞、唐纯志、陈永君老师等，救助过小雪的彭敏经理，同济儿科梁雁教授，初中家长小慧等，都在她的感召下成了资助人。孩子们每一件新衣，每一分温暖，都倾注着果琴的全部心血，甚至是逐渐流逝的生命。

到了 2021 年 8 月，果琴已经患病一年时间，晚期癌痛折磨得她整晚整晚睡不着，拿着手机盼着天亮。她腹痛腰痛，发高烧，痛得满头大汗，头发都滴水了，衣服湿透了。即便在这种情况下，她首先想到的是，募捐来的助学款没来得及发放，孩子们等着开学呢！她躺在病床上，一手输液一手操作手机，逐一核实前期走访学生信息，为的只是尽快完成捐款对接，让贫困学子早日得到资助……

果琴自己只是一位物业经理，离异后一人拉扯着儿子，患病后的化疗和靶向治疗，已经让她债台高筑，连安装镇痛泵的钱都没有。但是，果琴说，再痛也不向社会求助，要走得干干净净。

我们和中华救助青少部的花语、梦冰、空队等朋友们建了一个群，准备在小范围内筹款。花语听说果琴的电脑坏了，还把自己刚买的笔记本电脑快递赠送给果琴，让她完成了最后一批助学款的汇总和发放。其实我们希望她让其他志愿者完成这项工作，但她执意在自己那台旧电脑上整理助学信息。

11月中旬，空队已经找企业家朋友认捐了3万元给果琴装镇痛泵，我也经过多次咨询找好了疼痛科主任，只等果琴来武汉了。果琴的状态一直不好，全身浮肿，吃什么吐什么，全靠输液维持生命。本想等她状态好一点，达到手术的指征，但是她没有熬到那一天。

于果琴而言，公益永远是放在第一位的。她知晓自身身体每况愈下，对团队的发展却仍旧放心不下，对于利川团队负责人的选择，她慎之又慎。她把接力棒，传给了长期与她一起给利川山区小学送新衣的佘斌副队长。

佘队长回忆说："忘不了柏杨东升小学的学生小云的那句话，'我要把新衣服留到过年的时候穿'，让琦琦爸顿时泪如雨下。琴姐回来立马筹集资金，为小云又送去了新衣、新裤、新鞋。忘不了桃园小学的晶萍同学，琴姐带着北京总部的乔老师、周方，武汉的琦琦爸、清篦去她家走访。泥泞的小路很滑，他们在路边随便捡根棍子权当拐杖，一路相互扶持。来到晶萍家里，看到了她让人心酸的家境，回来后立马联系对接……许许多多的情景历历在目，真的是数不过来。走访了许多贫困生后，感到了他们求学的欲望。看到孩子们生活的艰辛和满墙的奖状，她下定决心一定要帮助这些同学。她整理资料，联系总部，发动爱心人士，为利川近60名优秀的孩子实现了一对一的长期助学。

"这些年她做的事情太多了，真的是数不胜数。还有许多事情是她和我们团队其他志愿者一起完成的，简直是数都数不过来。在医院病房中，她还在坚持编辑信息，组织安排志愿者发放助学金。

"然而无情的病魔深深地折磨着琴姐，她太累了，她想'休息'，她将接力棒交给了我，交给了我们整个团队！苍天不公啊，为什么要让这么好的人早早走了。逝者已矣，生者如斯，我们一定会完成琴姐遗愿，团结一心，为利川的贫困孩子们送去更多的关爱和帮助！

"琴姐是脚踏实地的公益人，我们的团队也是做实事的公益团队，琴姐虽然走了，她的精神还在，她永远和我们在一起,希望我们团队的志愿者,仍然一如既往地支持,将公益做得更好。"

2021年11月1日晚,陈雪琴的儿子魏旭旸用妈妈的微信发了一篇文章,感动了很多人:

> 亲爱的叔叔阿姨们,我是陈雪琴的儿子魏旭旸,目前在利川胜利高中读高三。妈妈,一个伟大亲切的名词,而我的妈妈于2021年10月30日永久离开了我,离开了她万分眷念的世界。一年多来,妈妈一直被病痛折磨,经常无法进食,不能走动,睡不好觉。但她害怕我们担心,选择向大部分亲友隐瞒了情况,所以她的去世就显得过于突然,就连我这个儿子也一直被隐瞒其中,只知道妈妈生病了,却不知道这样严重。
>
> 现在才发现,原来每次放假回家,妈妈都是强装镇定,强撑着疼痛给我做可口的饭菜,她总说饭好香却只能闻闻,只能看我吃着、笑着。10月30日的下午,舅舅突然跑来学校接我,告诉我妈妈的病情很严重。赶到医院时任我怎样呼唤她都没了回应,我脑海里回闪过以前和她争吵的画面,想要道歉,却再没有机会。
>
> 这一天她结束了一年多的病痛折磨,永远走了。上一次见到妈妈已经是半个多月前的事了,在

学校期间我总给妈妈打电话，我的同桌喜欢叫我"妈宝"，但她很少来接我放学。每次都是外婆帮她接，我以为她只是太累了，想休息。

妈妈一生很坎坷，下岗、离异、生病……她却始终都是乐观向上，从不抱怨，还一直坚持做公益活动。翻看她的备忘录，发现她在生命的最后关头还在牵挂那些贫困的孩子……这两天在政府各部门和爱心衣橱叔叔阿姨的帮助下，已经顺利送走了妈妈，感谢你们彻夜的陪伴、暖心的慰问，我觉得我不是一个人，还有这么多人在关心爱护着我，你们给了我很多力量！

千言万语汇成一句话，感谢政府、感谢妇联、感谢爱心衣橱、感谢蓝天救援、感谢所有亲人朋友以及素未谋面的陌生人，由衷地谢谢你们！我会紧握爱的接力棒，长大后继续做公益，定不辜负大家的期望！

正如空队的诗中所说："投身公益即无我，殚精竭虑夙夜过。纵然百死亦无悔，愿得少年不蹉跎。"雪琴已经离我们而去，但她的精神将永远激励我们在公益的道路上前行。我们亦将继承她的遗志，完成她未完成的心愿——用我们的行动，帮助更多需要帮助的孩子。

2022年3月

十七年，新起点

记得我 5 岁时，看到卖艺的孩子走过我家门口，我会追上前去送去一袋米花糖。

我 18 岁读大学时，带领团小组照顾学校附近巷子里住的孤寡老人。也许是天性善良，我一直都想帮助别人，但那时还没有想到把公益当作一份事业。

2006 年，我和梦冰姐、空降老兵、忆梦妹妹等人筹建圣诺亚爱心公益社团，2011 年开始支持爱心衣橱公益项目，时至今日，我正式从事爱心公益事业已有十七年之久。

十七年弹指一挥间，我从风华正茂的 33 岁爱心妈妈，变成了两鬓斑白的半百老妪，其中的辛酸自尝，甘苦自知。为了做公益，我付出了才华和热情、心血和汗水，也收获了无数的幸福和感动、认同和友谊。

人常说，赠人玫瑰，手有余香。公益十七年，让我感受到了助人的快乐。

在圣诺亚爱心公益社团，我们在网上救助了几位血液病孩子，支持西部助学。作为宣传组的组长，我曾不眠不休地撰写宣传文案，带领宣传组的爱心小伙伴们把募捐信息和执行情况转发到全国十个多论坛；在爱心衣橱公益项目中，我曾在几十个公益群为帮助湖北山区孩子宣传募捐。为了救人和助学，我们曾被误认为骗子，被人踢出群，遭受不解和冷落……但是，当我们看到贫困孩子们穿上崭新的羽绒校服后，他们笑逐颜开、欢欣雀跃的样子，我们真比自己穿上了国际名牌还开心；当我们助学的孩子考上了大学，看到他们朝气蓬勃的样子，我们仿佛看到了祖国的未来，内心无比欣慰和自豪！看到小雪复学、小春成为建筑师、云秀当上医生，所有的艰辛和委屈都烟消云散，我们收获了满满的成就感。

人常说，物以类聚，人以群分。公益十七年，让我收获了珍贵的友谊。

2013年春节，我刚刚40岁，那时候我的个人事业遭遇挫折，人才项目答辩失败。梦冰姐动员我为爱心衣橱公益基金转发筹款链接，我重整心情，在朋友圈宣传了一个多星期，才达成目标。后来，为了便于筹款，我逐渐扩大自己的朋友圈，通过各种机缘遇到心存善意的朋友们，还在湖北志愿者、医学同行、同学、家长、爱心单身人士、抗疫同道等不同人群中组建微信群。

我的亲朋好友、同学、学生、华科大主校区和同济医学院及其附属医院的同事、全国的针灸专家和医学同行等，都积极加入爱心行列。每当我发起爱心衣橱的一项捐款，我朋友圈里的爱心朋友纷纷响应，特别是一些好久没有联系的同学、朋友，默默在链接下面捐款，这些熟悉的名字如星星一般闪耀在我的心上。

每当我外出旅游需要向导时，当地的爱心朋友们都会热情地接待。公益朋友聚会时，我们都非常开心。因为爱心网友们一见面，发现大家都是同道中人——单纯、热情、爽朗、感性，我们惺惺相惜、志同道合。每当我在科研上需要寻求合作时，也有专家朋友们主动伸出橄榄枝。他们说："你是做公益的人，甘于付出，乐于奉献，不计得失。和你合作，我们放心！"

为了公益募捐，我也会帮很多朋友求医问药、指导科研。虽然少了很多看文献、陪孩子的时间，但却激发了我更多的爱心能量，让我收获了珍贵的友谊，我觉得值！

人常说，"但行好事，莫问前程"。公益十七年，让我获得了组织的认可。

2016年，我为了支持琦琦爸爸为大凉山孩子捐款的活动，顺势动员他发起筹建了"爱心衣橱湖北站"。我发起网上募捐，还把知名作家刘醒龙的字和姨妈（西安画家李纪青）的国画也捐献给"爱心衣橱"义卖。

2017年，由于爱心衣橱湖北站申报的学校增多，筹款压力增大，我开始组建筹款小分队，扩建爱心筹款队伍。

同年，我被评为2017年华中科技大学师德先进个人、洪山好人，2018年被评为硚口楷模，武汉电视台、华中科技大学党委组织部网站、华中科技大学微信公众号为我做了报道。我原本只想默默地做公益，但当获得了组织的认可后，支持我们爱心衣橱项目的爱心朋友更多了。

人常说，"天下没有不散的筵席"。曾经一起做公益的朋友，有的因为结婚生子渐渐脱离了公益队伍，有的甚至离开了人世——比如我的公益挚友爱忘、小飞、果琴。但是，生命的意义不在于长短，而在于燃烧时收获的价值。我们并肩战斗的公益历程，我们帮助孩子时洒下的欢笑和泪水，将永远镌刻在我的生命里！

生命有涯，爱心无限！我们帮助过的孩子，成长起来后，又加入爱心的队伍，将我们爱的火种延续下去！

公益十七年，只是一个开始。我会带领大家继续爱心公益事业，让冬日暖阳融化山间还有残雪的角落，为建设新时代中国特色社会主义贡献出自己毕生的精力！生命不息，公益不止！

2023 年 6 月

5

当读小说写散文已经安抚不了我的心灵时,我开始编织自己的小说。文学是我灵魂的栖居地,写作使我的生活更有意义。

文海归心

最后一面

很小很小的时候,他们就很要好。

那天她跟着爷爷上街买菜,东瞅瞅,西望望,把爷爷给弄丢了。她站在马路中间被来往的车辆吓得哇哇大哭。还是小男孩子的他,很懂事地走过去,领她过马路,带她回家。原来,他们的家只隔两条街。

他家在军属大院里,她每天到他家院子里,和军人的后代们在小树林里驰骋冲杀。他总是护着她,不让别人欺负她,还采集一些透明的芳香的松脂放在她的手心里,她管它们叫"珠宝"。

他们就这样青梅竹马地长大了,一起进了同一所小学同一个班,每天形影不离。她虽然是个女孩子,但从小却是个小马虎,要么做算术写丢小数点,要么写毛笔字把墨水弄到前面同学新买的白衬衫上,连书包都跑丢过。他却继承了军人们一丝不苟的精神,考试得"双百"不用说,把只比自己小一个月的她照顾得无微不至,还处处提醒她,改掉粗心的毛病。

他们一起考上了同一所中学,又是同班。因为天天在一起,彼此之间开始生成了一种说不出的感觉。那种甜蜜而苦恼、拘谨而又渴望的心情,使他们不再像小时候那么亲密了。

他们一起在知识的海洋里遨游着,也不忘暗暗互相帮助、互相鼓励。那次郊游,他们一口气登上最高的山岭。借着

"山登绝顶我为峰"的豪情，他们抒发了各自的理想。

"我要做个军人！"他说。

"我要当个白衣天使。"她调皮地看着他，"专给你治病疗伤。"

他们都在为实现自己的理想而努力着。他是一个品学兼优的好班长，无可挑剔；而她那致命的弱点却使她的成绩沉浮不定。做化学实验时，她慌慌张张地忙碌着，桌上的实验用品摆得杂乱无章。她一挥手，扫翻了一盏燃着的酒精灯，实验桌上"呼"地蹿起一片一尺高的火苗，眼看就要蔓延到盛有浓酸的实验装置上。同学们都吓呆了。

说时迟，那时快，他一个箭步冲到她的实验桌前，搬开浓盐酸，用沙子将火扑灭了。一场可怕的事故避免了，他的左脸却溅上了一滴浓酸，留下了永久的褐色疤痕。

她又感激又难过，又害怕又惭愧。他语重心长地安慰她说："我不在乎脸上的伤，只要你能吸取教训，对任何事情都兢兢业业，认真负责，我这伤也值了。你要当一名医生，将要面对的是千千万万个病人的生命，稍有疏忽，病人就危在旦夕了。我们将要捍卫的，都是人类的幸福。所以，我们任何时候，都要全力以赴，严阵以待……"

她真的改变了许多，不管是学习还是生活，她都安排得井井有条。

高中毕业后，他们各奔东西。他在北方读军校，她在南方上医学院。临行时他们相约，毕业后再相会，那应该是合格的军人和称职的医生的会晤。

大学三年，她一直期待着这场相会，所以她时刻努力，不想让他失望。实习时，她被分到他所在城市的一所医院。她努力克制着自己不去找他，想把这思念这感情压抑再压抑，等到见面时再加倍地释放出来，那该是怎样的欢欣和满足啊！

可是刚刚实习了一个月，她就忍不住想去找他。她想：等等吧，再等一个月。这天，带教医生要她负责一个患者遗体的病理解剖。听说是一个在部队实习的军校生，在一次军事训练中，为保护一个投弹出了事故的战士，自己受了伤。弹片击中了他颈部的甲状腺，本来不太严重，但人却在甲状腺手术后两天去世了。

她深深地为这位军人惋惜，和实习医生们一起去看这位英雄的名字。天哪！难道是他？顿时，她的心凉透了，脑子里一片空白，腿像灌了铅一般沉重。会是他吗？心里有个声音在问她。不会的，绝不会的！世界上同名同姓的人多得很！——心里另一个声音斩钉截铁地制止了前一个声音。

实习生们缓缓地庄严地走进了解剖室。她迈着机械的步子头重脚轻地跟在最后，那张冰冷的惨白的尸布被揭开了，露出一张刚毅的英武的军人的面庞，一看到那块疤痕，她失声惊叫，晕倒在地。

她被抬到病床上，反反复复做着同一个梦，梦见他一次次倒下，又一次次复活……病理解剖的结果出来了。由于做甲状腺手术时，医生不慎损伤了他的喉返神经，造成他喉部黏膜水肿，呼吸困难；加上护理人员疏忽大意，既没有采取补救措施，也没有全天看护，导致他窒息而死。这是一起医疗事故！

她醒了，他却永远地睡着了。她想不到她盼了三年，命运就是这样让他们重聚的。她不相信，这就是他们的最后一面。

然而，这又的的确确是他们的诀别。也许，他本可以成为一名卓越的指挥官，成为一位将军；也许，他们真会走到一起，获得幸福的人生；也许……然而这一切的也许都已成为泡影。这一切，都是因为那可恶可恨的——失职！

她知道若不是他的帮助，她迟早会滑向同一个深渊。他的生命使她更加警醒，这是他对她最后一次也是最刻骨铭心的一次鞭策。从此，她在自己的战线上孜孜不倦地战斗着，时时刻刻把病人放在心里最重要的位置，不放过每一个可能致命的细节。

最后的一面，使她真正成长为一名称职的白衣天使。

2006 年 5 月

完美的降落

他是一个跳伞员，尽管只有 24 岁，但已跳过 6 年伞。跳伞对他来说，如同出操一样稀松平常。他喜欢纵身跃出机舱门时的那种以命相搏的刺激，喜欢听着耳边呼呼的风声和从云中飘然坠落的感觉，喜欢落地时脚跟与大地沉重而热烈的亲吻。

跳伞需要过人的勇气和技巧。跳伞员在每次跳伞前，都忌讳说"血"或"死"字。他却从不忌讳，甚至故意要多说一些，仿佛从中能获得某种乐趣。对于跳伞，他是有过死里逃生的经验的。

那是他当新兵时，第一次跳伞，一跃出机门，他就蒙了，伞没有及时打开。地面指挥员拿着对讲机拼命喊，他才清醒过来，在 800 米高空时，终于打开了伞包，安全落地，在那次任务中他荣立三等功。从此，他相信自己福大命大。他曾经被倒挂在树枝上，也曾落入水塘，甚至还踩断过一根高压电线，伞被烧了几个大窟窿，人却平安无事。后来他直接被提了干，当了排长。

有一回，部队试跳一种新型伞。关于它的性能和使用方法，官兵们还不熟悉，由有经验的跳伞干部带头试跳。

他第一次试跳时，老天却捉弄了他一番。他跳出机舱后，伞不知怎么没有开好，像一朵将谢的花。他如同一只中弹的小鸟从同伴们的伞花丛中落下。观看跳伞的老百姓们都惊呼起来，地面指挥员更是通过对讲机拼命呼叫，指挥他赶紧打开备用伞。1000米，800米，500米……他还没有打开备用伞。眼看就到了300米的时候，他终于拉开了备用伞。

他幸运地落入了一片水田，以完美的姿势降落了，双腿并得很拢。由于他在低空才开伞，下坠的冲力很大，下半身完全插进了水田的稀泥中。战友们忙去解救他，救护车也赶到了。人们心想：他这次不是摔断腰就是摔断腿了。谁知他被拔出水田地后，竟若无其事地站了起来，还拖着满腿的稀泥走了几步。

"别乱动，"一位军医说，"也许脾脏摔破了呢？"他只好老老实实地躺到担架上被人们送进了医院。一检查，没事，连块皮也没被擦破，简直是奇迹。人们都说他命大，他对自己逢凶化吉的运气更加深信不疑。此事一传出，部队里和他相识、不相识的战友都来看望他，都希望结识一下这位"福星"。

以后的跳伞训练，他照跳不误。而且伞都开得很好，无惊无险。这一次，一家报纸的女记者也跟着跳伞的官兵上了飞机，想在机上看一下跳伞，并采访一下跳伞员们。大家都默默地做着跳伞前的准备，只有他，兴致勃勃地向记者吹嘘自己的几次有惊无险的经历。可惜执行跳伞任务的飞机飞行时间很短，到达指定的高度后，官兵们就该跳伞了。

同伴们都聚精会神地俯身跳入碧空，他背对着机门，很潇洒地对女记者挥手说了声"再见"，反身跃出机舱，好像跳水运动员一样，表演了一个新的动作，跃入蓝天的海洋中。

然而这一次，他的伞绳纠缠到一起了，他像飞机里投下的一枚重磅炸弹一样从战友的伞花丛中穿过，照例是地面人群的惊呼和指挥喇叭的狂叫。1000米，800米，500米……不知是在什么高度，他终于拉开了备用伞。

他是一位经验丰富的跳伞员，在落地之前，他依然相信奇迹。他仍旧以和上次一样完美的姿势降落，下半身仍然全部插入了泥土之中。但这是一片红薯地，泥土又干又硬。当战友们去解救他时，他保持着双腿并拢的完美落地姿势，双手紧紧抓着伞绳，眼睛睁得大大的。

人们喊他，他也不答应。好不容易把他拔出红薯地时，他的身体还是热的，但已经停止了呼吸。送到医院解剖后才知道，这一次，他的内脏已被震碎。这一年是他的本命年，他却没有系红腰带。

部队追认他为烈士，从此跳伞谢绝机上参观。

2006年5月

银杏园春秋梦

一

谢珊刚踏进杏林中医学院的时候,校园里的两株百年银杏树,正摇曳着满树金黄的叶子。树底下也撒满了落叶,仿佛铺上了一层金色的地毯。在晚霞和秋风中,银杏叶像黄色的蝴蝶一样翻飞飘舞着。

一个披肩发、细长眼睛、着一袭宝蓝色真丝裙的清秀女孩闯进了她的视野。只见女孩弯下腰来,专心致志地拾落叶,秋风吹起她轻盈的裙裾和黑色的长发,在落日的余晖中,仿佛一位蓝色的精灵。

"这银杏叶真漂亮。"谢珊偏着头用欣赏的口气说。

女孩抬起头,看见了这个皮肤白皙、忽闪着大眼睛、留着秀芝头的秀气女孩,友好地回答道:"可不是?就像一面面精致的苏绣小扇。"

这个比喻不错,谢珊暗暗觉得,眼前的女孩有一种浪漫的文人气质,很想认识她,便问她叫什么名字,在哪个班。

"我叫林月。"女孩的声音和她的外表一样清纯、飘逸,"你呢?是不是叫谢珊?"

"你怎么知道的?"

"我是福尔摩斯。"

林月看到谢珊一脸疑惑的样子解释道:"其实,我来得最早，同学们的照片和登记表我都看到了，因为你和我是同乡，我就留意了一下。而且，我还要求辅导员把我们安排在一个寝室了呢。"

谢珊心里有些感动，和林月一同回到寝室。夜色渐浓，室友们都到齐了，看起来大多是些县城来的纯朴可爱的女孩子。有的在挂蚊帐，有的在整理床铺，有的在写家信，林月也热情地帮谢珊安放行李。

终于忙到了熄灯的时辰，女孩们才偃旗息鼓。但躺在床上也不闲着，开起了即将开始的漫长的五年学习生活中的第一次卧谈会。

"喂，姑娘们，现代科学技术那么发达，你们为什么都选择了古老的中医呢？"一个目光犀利的女孩首先发问，她叫梅朵，从以巴山夜雨闻名的峡江岸边来。

"我都没有报这个学校，我父母都是工程师，我的理想是学工科，可惜……"丛荆遗憾地说。她是一个戴着一副可笑的绿色大框架眼镜的小姑娘，原来是县一中的高才生，由于高考发挥失常，被所报的工科院校淘汰，让这所二类学校录取了。在家人的催促下，才极不情愿地挨到最后一天来报到。

"可惜没考出水平来，对不对？"梅朵接过话茬，"跟我差不多，本来我是读北大、清华的材料，结果连一般的理工科大学也没考上，我那老中医爷爷硬逼着我上了中医学院。"

"我是害怕学理工科太苦太累，竞争激烈。我想，学中医的同学应该都淡泊名利、心平气和吧。你看那老中医，整天察色按脉，练练太极，与世无争，多么恬淡天真啊。"谢珊慢条斯理地说。

林月发话了："现在的科学越来越发达，但不可能每个人都去攀登科学高峰啊。科技越发达，越需要人们返璞归真，回归自然。现在西药有越来越多的副作用，细菌的抗药性也越来越明显，不如发展中医，开发中药资源，人和自然融为一体。"

谭小丽慷慨激昂地说："我也是自愿报考中医学院的。中医和京剧一样，都是我们中华民族的瑰宝，日本人和韩国人都热衷于中医，韩国人还把中医改成韩医。要是我们中国人自己都不学中医，老祖宗的宝贝都快被别人抢光了。中医，就是要我们这些精通数理化的现代青年继承并发扬光大。"谭小丽是一名活泼开朗的省城学生，走路总是昂首挺胸，快人快语。

林月和谭小丽一番充满理想和哲理的话语，打动了寝室的女孩们。开学后第一周竞选班干部，谭小丽当上了副班长，林月当上了团支部书记，谢珊当上了文娱委员。班上一大半同学都是别的学校调剂过来的，这三个女孩专业思想牢固，理应担当大任。不起眼的丛荆和梅朵还是默默无闻的"普通群众"。班长由全班个子最高的男生雷啸担任——掌舵人还是要能震得住人的主。

开学第一个月，班上要筹备"杏林中医学院迎90级新生联欢晚会"。谢珊这个文娱委员着实着急了，高中三年，她除了会学习，别的什么才艺都没有啊。不过，她有很好的文笔。谢珊下课和同学们讨论了一下，写了一个小品《校园变奏曲》，讲的是几个县城考来的大学生来到城市，开始连洗发水也不认识，用肥皂洗头。后来同学的奶奶到学校找孙女，发生了一系列有趣的事情，大学生们最终适应了大学生活。

谢珊刚说了自己的创意，梅朵就不乐意了，"这样显得瞧不起我们县城考来的大学生啊，难不成我们都是土老帽？"

"我不是这个意思，我还不是县城来的？我只是想起我刚来学校用肥皂洗头，被1989级的师姐好一顿教导的事情。"谢珊解释说，"我们都是在逐渐适应城市生活和大学生活。"

几个男同学凑过来，"娘娘腔"的生活委员陆宇一下子被谢珊发现了，"陆宇，你来反串老奶奶吧，效果肯定好。"

"啊？这么艰巨的任务咋就交给我了呢？"陆宇半推半就地说。

"你还是班干部呢，班里的第一次活动，你敢不支持，小心我打你！"谢珊故作嗔怒状。

"遵命，我的总导演！出场费怎么算呢？"陆宇还耍贫嘴，吃了谢珊几记粉拳。

班长雷啸过来了，他给小品增加了几个情节。陆宇灵机一动，说："小品不是差一个班主任吗？他正合适。"

梅朵和丛荆冷眼看着谢珊和男生们打闹，她们既不参加广播台选播音员，也不参加班干部竞选，整天没精打采的，每天随大流般地上自习、上课、吃饭、就寝。丛荆甚至想退学，重新参加高考换个专业，听说1989级有师姐退学重新参加高考，考上了理想的大学。

谢珊注意到她们两个，想起小品还缺两个土气一点的女主角，她俩还穿着县城里的过时式样的衣服，丛荆还梳着一对可笑的羊角辫，便说："梅朵和丛荆，你们俩当女主角吧？"

"嘿，怎么，瞧着我们两个土气了？告诉你，我们两个就两个字，不演！"梅朵挑衅地说。丛荆觉得梅朵有点过分，推了一下梅朵，又说："我们不是不支持你，我们都没参加过演出，怯场啊！"

被梅朵当着全班同学的面给自己难堪，泪水在谢珊眼眶里直打转，等到上课时，终于忍不住"大珠小珠落玉盘"了。这是节讨论课，老师很体贴地没有点谢珊这组的同学答题。

晚上回到寝室，林月和谭小丽安慰谢珊说："我们两个参演你的小品，晚上就排练吧。"

谢珊说："你们两个演配角可以，可是，主角还是得她们两个上啊！"

"真是个固执的导演。"林月拿她没办法，不过，长发披肩的她真的演不出土气来。

梅朵和丛荆坐在一旁不吱声，自觉理亏又没有台阶好下。

正为难时，陆宇和雷啸来了，"谢珊，我们什么时候排练啊？"

"这不是万事俱备，只欠东风吗？"林月瞟了一眼梅朵和丛荆。

陆宇说:"哟——,两个小妹妹,是不是嫌出场费少了啊?这样吧,我请你们看一个月的电影,怎么样?"

"谁要你的出场费?你自己中午都在啃馒头吃咸菜呢!陪你看电影,本姑娘还吃亏了呢!"梅朵的性格和她家乡的辣椒一样辣。

雷啸使出撒手锏:"你们两个不能光学习好,别忘了评奖学金还要看参加活动的表现呢!"

"有什么大不了的,别拿奖学金压人,演就演!"丛荆豪爽地说。梅朵见两个帅哥都在劝说,也只好同意了。

一群人来到教室,请走自习的同学,开始排练。谢珊自己买了矿泉水和零食犒劳大家。

陆宇老是进入不了状态,声音蚊子一般小,谢珊恨不得自己帮他讲。

梅朵和丛荆口中一个字一个字地蹦着台词,完全没有动作。林月和谭小丽干脆先帮她们示范动作,再演自己的角色。

排练了几次,大家总算活跃起来,找到了各自的角色应有的感觉。

表演前一天,谢珊的小品剧组终于来到学校大礼堂排练。中医系的同学正在排练舞蹈,乐队奏着震耳欲聋的音乐,一群时尚男女在台上疯狂扭动。谢珊和小品剧组的同学们面面相觑,进退两难。

"怎么办?"

"走吧!"

梅朵拿出不服输的劲头，冲到乐队跟前说："你们什么时候结束？该轮到我们排练了。"

"且等着吧！"中医系乐队的鼓手不屑一顾地说。

正僵持着，针灸系的团总支书记来了，和中医系的乐手耳语了几句。谢珊他们立即有了主心骨。中医系的乐队一曲终了，终于下场了。大家把小品排了几遍，"同仇敌忾"的心情反而使大家更加团结，配合得更好了。

"杏林中医学院迎90级新生联欢晚会"终于开始了，第四个节目就是小品。

梅朵和丛荆的方言恰到好处，演出了县城女孩的清新和纯朴，台下掌声不断。谭小丽和林月在理查德·克莱德曼的钢琴曲《乒乓之恋》的轻快音乐的伴奏下，做拖地板、抹窗户的动作，非常滑稽。等陆宇反串扮演头上包着头巾的老奶奶，佝偻着身子一出场，立即掌声雷动。他还故意瘪着腮帮子、尖着嗓门，学老奶奶说话，更是引起哄堂大笑。雷啸演的班主任中规中矩、煞有介事的样子，把台下的班主任陈老师都逗笑了。

针灸90班的小品获得了二等奖，台下的谢珊感到特别欣慰。

二

开学一个多月了，尽管针灸90班的同学都认为自己学中医是大材小用，一副不情不愿的样子，但每天清晨，大家还是争先恐后地去阶梯教室抢位置，然后叽里呱啦地背医学古文。

这天，丛荆和梅朵都没抢到好位置，坐在最后一排。一个黑黑瘦瘦、表情冷峻的男生走了过来，他叫谢子云，是梅朵的老乡，琴棋书画样样精通，还会写诗。他一看到梅朵，脸上立即露出了微笑，说："梅朵，到前面坐吧，我在第二排帮你占了一个位置。"梅朵为难地看了看丛荆，丛荆说："你去前面坐吧，我自己坐在后面，宽敞，'饱食不如宽坐'，呵呵！"

话虽这么说，看到梅朵和谢子云在前面边听课边唧唧私语，丛荆心里有点酸溜溜的。丛荆从来不敢想"爱"这个字眼，但她却难以拒绝那种感觉，特别是对那个才华横溢的谢子云。

那是在文学社的一次聚会上，社员们先是七嘴八舌地评论了拜伦的浪漫不羁，沈从文的细腻舒缓，劳伦斯的艰涩难懂，后来又谈起伊拉克局势来。丛荆被谢子云清晰而透彻的分析、敏捷而独特的思维深深地吸引了。轮到她发言时，她照例是一番理想主义的幼稚的话语："……我记得18世纪有一个预言家准确地预言了第二次世界大战的爆发，那么我也这样预言……"

社员们哧地笑了起来，谢子云笑得手里的玫瑰花一颤一颤的。丛荆碰上了他含笑的目光，还没有意识到自己的口气太大了，继续说道："我预言只要我们中国排除一切干扰，坚持社会主义，共产主义就一定会在我们中国实现。到时候，西方国家说不定还会请求我们援助呢！哼！我们也来个经济封锁，和平演变！"

大伙儿又哄笑起来。丛荆觉得，只有谢子云的笑与众不同，意味深长。可是谢子云对她只是笑笑而已。他倒是到她们寝室找过梅朵，他们是同乡。寝室里碰见她了，笑着很有风度地点一下头。丛荆也仅仅保留那份感觉，但平时照旧读书、写作，依然故我……

期中考试，《解剖学》考标本识别，每人限一分钟，每两秒钟必须写出一个标本的名称，这要求同学们必须能迅速而准确地认出每一个器官、每一块肌肉、每一根骨头。监考老师手里的锣"咚"地敲打一下，就得考下一个标本了。

中医学院的学生，除了中医的课程以外，西医的各门课程都要学一遍，只是内容简化了一些，以适应社会的需要。一个只会望闻问切、开方抓药的中医师，是很难得到患者认可的，西医的一套诊断、治疗方案也必须同时掌握。实际上，他们的学习，一开始就是中西医结合。

开始学解剖学的时候，大家都很遭罪。特别是丛荆，本来就是近视眼，被福尔马林的气味熏得眼泪直流，简直都不敢看标本。头天看完整体标本，第二天就不敢吃油饼，因为那油腻腻的黄色油饼和标本上面的脂肪很相像。

但是考试前夕，姑娘们都抢着进标本室观摩。"现在，我能边吃油饼边看标本。"梅朵吹嘘道。

《解剖学》标本识别，丛荆感觉没考好——光看书本，不敢进标本室，当然考不好。看到谢珊、林月考完后和老师有说有笑地对答案，梅朵又有谢子云陪着谈得失，丛荆心里空落落的。

晚上，丛荆一个人在操场上落寞地拍着篮球。体育考试，实心球她投不远，很多同学一起喊加油，老师还让她踩了线，才勉强过关。投篮也投不准，达不到要求的个数，她只好一个人在操场上练投篮。

校园里的喇叭中响起齐秦的歌曲："我一个人在路上，我独自思量，我一个人在路上，我等待阳光，喔……我一个人，一个人……"丛荆心里充满了惆怅、无奈、孤寂和渴望。自己相貌平平，个子又小，老师和同学们都把她当作可有可无的角色。室友们忙活动的忙活动，谈恋爱的谈恋爱，她感到特别孤独。

路灯突然亮了，丛荆感觉这是为自己一个人亮的，这是自己的舞台，她在灯柱下拍球、旋转，好像在跳舞一样。她想象自己是舞会的王后，很多男生都急着邀请她，而她都不屑一顾，只顾自己尽情地跳着独舞，像蝴蝶一样翩翩飞舞着。

丛荆学习更加刻苦了，周末舞会概不参加，都在教室里自习。《生理学》等几门基础课程，她都考了全班第一。英语四级考试，也获得了全班最高分。

全班同学开始对丛荆刮目相看了。正好班上缺一名宣传委员，新学期到了，同学们一致选举丛荆顶了这个缺。

丛荆学习之余，开始负责班上的黑板报工作。课间，丛荆在同学们中间，鼓动大家写稿。

丛荆第一个向谢子云约稿:"谢子云,这期黑板报主题是寝室文化,你带头写个稿吧?"

谢子云冷冷地说:"你是才女,你自己先带头写呗。"

"我当然要写的,但不能我一人把黑板报全包了吧!"

"呵呵,我不怀疑你的能力。你还是文学社的骨干呢,搞一期个人专辑没有问题。"谢子云调侃地说。

"不行,不写也得写!"丛荆生气了,她没当过班干部,还不知道怎样做思想工作,直接发号施令起来。

陆宇过来打趣道:"他要是写了,你怎么感谢他呢?"

"请他吃零食。"丛荆幼稚地说。她们女生都喜欢吃零食,花生米啊,话梅啊,牛肉干啊,兰花豆啊什么的。

"我从不吃零食。"谢子云故意摆架子。

"那……请你看电影。"丛荆急了。

"没那个必要吧!"谢子云这话,明摆着给丛荆难堪。

丛荆想,本来就是为了班上的工作,他还这样推三阻四的。陆宇又过来解围:"谢子云,你想想,女孩请男孩看电影,多么……"后面的话他用暧昧的笑代替了。

丛荆生气地说:"我好话说尽!"

"开始说坏话!"梅朵幽默地接了一句,让丛荆后面的话"爱写不写"咽下去了。

梅朵摇了摇谢子云的肩膀,撒娇般地请求:"谢子云,你就支持一下我们新宣传委员的工作吧!"谢子云无奈地答应了。丛荆心想:"看来,柔能克刚啊,自己直来直去,同学们是接受不了。"

稿件收齐了,还要排版、抄写、插图呢!林月和谭小丽主动提出帮丛荆画插图,可人手还是不够啊。丛荆只好跑到男生寝室找人帮忙。为了工作,丛荆硬着头皮上了男生宿舍楼。

楼里打水的、上下楼的同学穿梭着,弥漫着一股刺鼻的味道,混合着汗味、尿味和雄性动物特有的味道。不像女生寝室楼,总是有淡淡的芳香,非常清新的感觉。丛荆觉得有些难堪,又不好打退堂鼓,只好硬着头皮走上楼。

丛荆站在谢子云寝室的门口,正准备敲门。谢子云穿着背心裤衩,刚打开门,突然看到扎着羊角辫的丛荆呆呆地站在门口,吓了一大跳,赶紧关门穿戴整齐。

"你来干什么,也不敲门!"谢子云责备道。

丛荆说:"对不起。"正尴尬间,路远山友好地说:"别为难丛荆了,她是来找我的!"

丛荆疑惑地睁大了眼睛,心想:"我没和他约好啊!"路远山说:"我这就帮你去排版,我高中时在班上是排版专家呢!"

路远山望着丛荆,全心全意地笑着,黑黑的脸庞笑成了一朵黑牡丹花。他热情地说:"我再带你到其他寝室找抄稿件、画插图的人。"

丛荆平时没怎么注意路远山,他来自山区,黑瘦黑瘦的,个子也不高,很不起眼。但这次,丛荆对路远山充满了感激。

路远山帮丛荆敲开了另外一个寝室的门,里面的人正在跳迪斯科。录音机里播出强劲的乐曲,连桌椅都要起舞蹦跳了。他们看到路远山和丛荆来了,立即停止了蹦跳。

"丛荆请你们几个书法家帮忙抄稿子呢!"路远山介绍道。

"你没事情做吗,光叫我们写啊?"班里的书法家高山,不服气地对丛荆说。

"谁说的,我自己写了两篇稿子,还要带寝室的女生画插图呢!"丛荆解释道。

"等你拿了一等奖学金,别忘了请我们看电影啊!"其他男生说。

"那是当然!"丛荆信心满满,觉得自己拿奖学金没问题,请看电影更没问题。

大家伙忙了一周,终于办好一期内容丰富、版式精美、插图活泼的黑板报。

丛荆觉得自己并不孤单了。

三

夜深了,林月凝望着幽蓝的天幕,一架夜航的飞机正穿过北斗七星冷冷的清辉,消逝在夜空中……

"我该怎么办?都是那个安成,害得我今晚又是熄灯后才回来。"

谢珊一直倾听着林月回来的声响,不禁发出一声叹息。她俩曾是最知心的朋友,一起读《简爱》、议三毛、谈罗兰,互诉自己罗曼蒂克的梦想,可是……

丛荆听到林月辗转反侧的声音,似乎猜到了点什么。她想:"生活就是这样,充满了困惑、迷茫,特别是我们这些初登象牙塔的少女们。不过我似乎只是一个旁观者,她们从来把我当小孩子看待,从不问问我的看法。"

和秀发如云、亭亭玉立的谢珊、林月比起来,大眼睛、梳小辫、小巧玲珑的丛荆确实像个中学生。但她也和她俩一样,热爱文学,寻找生活中的情调,感情细腻。外表在一定程度上可以暗示一个人的性格,所以在同学们的印象中,丛荆天真活泼,快人快语。可是,对生活中发生的许多事情,她却心中了然。

那是刚开学,高年级的男生来到她们宿舍联系"友好寝室",他是他们的外交使节之一。和别人比起来,他随和而健谈,矫健而洒脱,脸上总是带着善良的微笑。他和每个女孩子都谈得来,临走时,递给林月一张电影票:"小姐,今晚的电影,随便你去不去。"谢珊一愣神的工夫,他已经离开了寝室。

"到底去不去呢?"林月环顾四周,声音里充满了疑虑和期待,不知道她是在问别人还是在问自己。

谢珊接过她手中的票,突然发现了什么:

"哎呀,你上当了,这票日期是明天的,年份却是去年的,想让你给电影院看门的老头抓住出丑啊?!"

"侦探小说里的一套都用上了呀,怪不得他说,随便你去不去呢。"丛荆在一旁分析道。

"好啊,找他算账去。"林月一把抓过电影票,涨红了脸,冲出了寝室。

姑娘们一直等着她回来宣布"战绩",谁知等到很晚,她才笑吟吟地回来。

"结果怎么样?"大家好奇地问她。

"哎呀,差点错怪人家了。我气势汹汹地冲到安成面前,当场戳穿了他的骗局,还说什么'机关算尽太聪明',结果……"她羞涩地笑了起来,"结果,是电影院发错了票。"

"结果,你就和他看电影去了,对不对?"丛荆一语中的。

从此,安成当了她们寝室的常客,自诩为"友好大哥"。当然,和小妹妹们聊天之后,总是特别邀请林月看电影、跳舞或是散步。除了学习就是工作、读书的团支书林月,开始有了另一种生活。

她其实并不是真的爱安成,只觉得他像自己远在千里之外的哥哥,耐心地倾听她诉说少女的心事,顺从地做她要求的一切事情。他对她说的话,也只是些平常的可以对任何一个女孩说的琐碎的教导。不管怎么样,安成成了她最信任的人。

这样一来,班上的闲言碎语多了起来,林月这个团支书,也当得越来越艰难。特别是班上的男同学,嫉妒心和想象力都很丰富,在背后没少议论林月。林月认为大学时谈个恋爱,找个人陪陪,享受一下青春,毕业了再分手也没关系。

谁知道安成,这个善良而倔强的大哥,动了真情。他就像一盏聚光灯,那炽热的光芒都凝聚在他心目中唯一的主角——林月身上,刺得林月睁不开眼睛。她想躲也躲不掉。

这个从小父母双亡，由哥嫂一手带大的女孩，有一颗极其敏感的容易受伤的心，她什么也不怕，就怕寂寞和冷眼。

现在的局面，是她始料不及的，自己在班上的威信江河日下，同学们的目光都别有含义。她知道，自己会在感情的泥沼中越陷越深，却无法自拔。

谢珊失去了一个好友，心里空落落的，她也暗自希望："要是我也有一个爱人……"虽然有一个意外相识的青年，一直在给她写一些情意绵绵的信，虽然她在同学中有众多的朋友和崇拜者，但她从不轻易接受和付出。

她幻想那种触电般心心相印的爱情，浪漫而又曲折，欢欣而又忧郁。"那才是天堂，两个人的天堂，"她这样想着，"可是他到底在哪儿呢？"

四

一个学期过去了，班委改选，副班长谭小丽接替了林月的团支书职务。辅导员最后旁敲侧击地说："有极少数同学，由于种种原因，学习、工作上都退步了，希望这些同学不要气馁，甩掉包袱，轻装上阵。"林月在座位上低下了头。会后辅导员找到谭小丽，希望她多关心关心林月。

谭小丽找到一个机会，问林月："我们是好朋友，你能不能告诉我，你真的喜欢安成吗？"

"我跟他说过，我不爱他，可是他认准我了，他太老实了。我只是，让他陪陪我而已，他却很认真。"林月无奈地说。

"那你不是在欺骗他吗？长痛不如短痛，你这样只会使他越陷越深，不能自拔！"谭小丽苦口婆心地说。

"那你说我该怎么办？"林月的眼神充满了迷惘。

"和他一刀两断，不然你就是在玩弄感情，你太自私了。你还不知道别人背后怎么议论你的……"谭小丽欲言又止。

"可是，我又怎么狠得下心，以前没人陪我的时候是他陪我的。如果你是出于团支书的责任来劝告我，那么请你走开！"林月柳眉倒竖，眼睛里喷射出嫉恨的火焰。

谭小丽忿然地离开了她，她也有自己的自尊。以前她俩在一起时，看见安成来了，不管他们怎样挽留她，谭小丽也要执意走开。可以说，她也在不知不觉中促成过他们。现在，老师的叮嘱，好友的反感，让林月无所适从。

林月还是对安成冷淡了下来，但她仍然和他若即若离。周末的傍晚，安成又来寝室找林月："这是你让我修的CD机。今天晚上去跳舞，怎么样？"

"我不想去。"

这时，丛荆正戴着耳机听音乐，旁若无人地念张爱玲的散文："……对女人不能宠坏了……女人的报恩是在你答应帮忙之前，而当你帮忙之后，她就不再急于还情了……"丛荆的确不是有意读这段的，但这段话又的确很应景。

安成一阵爽朗的笑声，惊得她取下了耳机。"丛荆小妹，你真是个文学青年啊。"安成微笑着，这是他特有的善良的微笑。林月心软了，默默地站了起来，和安成一起去看电影了。

丛荆多么期望有人来请自己看电影啊，谢子云会不会来呢？听到一阵敲门声，丛荆的心一惊，却是雷啸，来请谭小丽看电影的。班长雷啸暗暗地欣赏谭小丽，经常为了班上的事而接触，自然日久生情。梅朵也出去玩了，寝室里只剩下丛荆一人在背《中药学》。

终于，又有人敲门了，丛荆一开门，是谢子云，真的是他。丛荆心里一阵狂跳。但是看到谢子云那四处张望的冷漠的表情，丛荆的心跳很快恢复了正常的节律。

"寝室里没人啊？"谢子云疑惑地问。

"我不是人吗？"丛荆调皮地答道。

"我是说，没有其他人啊？我找梅朵。"

丛荆失望地答道："她出去玩了，我会转告她的。"

望着谢子云的背影，丛荆想："他不属于我，对于他来说，我不过是一个无关紧要的书呆子，一个不懂事的小丫头。属于我的幸福终究会来临，只是需要等待。"

五

大学二年级的秋天来临了。

文学社组织社员们一起去登山。谢子云是文学社的社长，是他组织的，丛荆肯定要去。梅朵不是文学社的，不好意思跟着去，也只有干瞪眼了。

社员们走在崎岖的山路上，他们不放过每一块石碑的典故，不放过每一次吟咏的机会。丛荆却像一只快活的小鹿，在山路上时而奔跑时而驻足，还像发现新大陆似的不时欢叫。

"嘿，一只野兔！"

"哇，快来采山楂呀！"

谢子云在后面喊："丛荆，等等我们，有人掉队了怎么办。"

对这个刻苦认真的女孩，谢子云开始有点烦她的一本正经。今天到了山野中，看到了她活泼可爱的一面，感觉耳目一新。

"没关系，我们报数吧，看我们是不是少了人。"丛荆提议道。"一、二、三……"年轻的声音跳跃在山路上。

"这小姑娘，有使不完的劲儿，"谢子云暗暗称赞，"还粗中有细呢！"他飞快地跑到她身后，挑战似的说："咱俩比一比，看谁先登上山顶。"

"好咧！"他们越过一块块巨石，跳过一丛丛荆棘。丛荆踩空了一脚向下滑去，谢子云一把抓住了她。

"还比吗？"谢子云关心地问。

"还比，刚才谢谢你！"丛荆坚强地说。可是她还余悸未消，她还感到他的手好有力。

谢子云故意放慢了速度，一来怕她太好强，二来可以保护她。途中又有几处险情，谢子云一次次扶住了她。她觉得他的手好舒适，宁愿自己多踩空几次才好。最后，他们终于同时登上了山顶。

丛荆先是呼唤后来人，又吟起杜甫的《望岳》："……会当凌绝顶，一览众山小。"

"怎么，你也开始咬文嚼字了？"

"哈哈哈……"

山下那连绵的群山丘陵真的像馒头一样小了，山脚下的湖泊闪着银白的光芒。社员们一人喝一口谢子云带的葡萄酒，分享着自带的蛋糕、饼干、馒头、包子、水果等吃食，非常亲密无间的样子。在山顶上，大家讨论了时下流行的汪国真的诗。

有个社员偏激地说："汪国真的诗不是诗，是白开水，使中国诗坛倒退了10年。"

丛荆不服气地说："汪国真的诗不是诗，那它是什么？"

谢子云反驳道："在台湾诗充斥文坛的今天，为什么出现汪国真而不是张国真、李国真，肯定有他存在的理由。"

"他的诗清新自然，积极向上，说出了我们年轻人的心声，所以能引起我们的共鸣。"丛荆补充道。共同的文学观点，使丛荆和谢子云的心靠近了。

下午，社员们来到游乐场，谢子云建议玩碰碰车。丛荆为难地说："我不会玩这个，上次干坐了几分钟，纹丝不动。"

"我带你疯狂一回，保证把他们都撞得团团转。"谢子云兴致勃勃地提议。丛荆是个中规中矩的女孩，但好像还就是吃谢子云这一套。也许，截然不同的人格之间更有吸引力，好女生就是钟情"坏男孩"。

丛荆乖乖地坐上了谢子云的碰碰车。谢子云先把车子推到场子中间，说这样省时，免得一开始就被别人挤到角落里动弹不得。车子一发动，他飞快地左转右转。丛荆总想帮他转动方向盘，却总也跟不上他的节奏。两人的手一次次地相撞。

谢子云沉浸在忙碌中，丛荆在一旁却有一阵阵触电的感觉，表面上却装作若无其事的样子。她从来也没有这么开心过。谢子云和丛荆的车子所向披靡，把别的社员的车撞得四处逃窜。

丛荆觉得，偶尔疯狂一次，很能放松自己紧张的心情。原来她觉得谢子云很酷，好胜、多疑，她曾对梅朵说，谢子云冷漠的表情特别像古代英雄的石像。而秋游让丛荆看到了谢子云的笑容。他一笑就好像换了一个人，热情、和善、友爱。

六

星期天的傍晚，丛荆兴冲冲地回到寝室，准备向室友们汇报一下文学社秋游的心得。谭小丽在学英语，谢珊在织毛衣，只有林月的蚊帐紧闭着。

"林月呢？"她问道。林月也是浪漫的文学青年，她自然想让她分享秋游的诗意。

"睡了一天了。"谢珊说，"昨天晚上我去跳舞，安成把她叫出去了，她一回来，就睡了。"丛荆掀开蚊帐，喊了好几声，不应，又捏了捏她的手，还是不醒。

丛荆想了想，过硬的专业知识使她忽然醒悟过来："安成……安眠药……"她掀开林月的帐子，使劲地摇她的肩膀。还好，林月醒了过来，证明她吃的不多。她断断续续地说："让我睡，让我睡……睡了他就不会来找我了……他太死心眼了……"

半夜里，林月又在说胡话，那声音细若游丝，好像从极远极远的夜的深处传来，简直不像她的声音："他骗我，他骗我，他说十几粒就可以死的，他先吃了，我也吃了，怎么还不死，怎么死不了？他不同意分手，他就去死，我先死了，哈哈，我抵抗力差……"

唉，原来是这样，丛荆心想：她太单纯了，沉湎在自己生活的小圈子里，连起码的常识都不懂。对于生命，她又是那么不珍惜。要是她看看外面的世界，看看未来，就不会轻易……

"吵死了，还让不让人睡觉啊！"梅朵不耐烦地说。林月乖乖地收声了。

星期一的早晨，谢珊把林月拉了起来。林月眼神定定地，只喊着："给我酒喝，给我酒喝！"

"不行，今天要上课。"

"我不上课，我不上课。"

"我给你买酒，你等着，喝了酒你必须去上课！"谢珊腾地站起身，准备出门买酒。

"谢珊！你是不是发神经了？"谭小丽责问她。

"给她喝点红酒没事的，酒能散肝气之郁结。"丛荆用中医知识解释道。

"算了，我这还有半瓶红酒，是昨天她喝剩下我藏起来的，你不用去买了。"谭小丽把酒瓶递给林月。

"太少了，怎么这么少，我不要，我扔出去！"林月抓过酒瓶要往外扔。

"你喝不喝，要不然这点酒也不让你喝了，你对光看，有大半瓶呢！"谭小丽抢过酒瓶，作势要走。"我喝，我喝！"林月带着哭腔，用颤抖的声音说。

同学们都上学去了，林月一个人留在寝室里。第二节课后，谢珊不安心，跑回寝室。门反锁着。

"林月，开门呀，林月！"没人应。谢珊感觉不妙，使劲撞开了门。她被眼前的景象惊呆了，地上是打碎了的酒瓶的碎片，林月的蚊帐上染着殷殷血迹。她赶紧揭开蚊帐，碎玻璃片，割开的手腕，蓬乱的头发，血泪浸湿的枕巾……幸好她没割到桡动脉。

"让我死，让我死！"她不让谢珊用手绢包扎伤口。谢珊只好飞奔回教室求援，心里又气又怜，何至于此，何至于此！

谭小丽、雷啸也火速赶到。雷啸背起挣扎着的林月，一直说着："这个傻丫头！"谢珊在后面扶着，心里一阵愧疚，真不该纵容她喝酒的。她看看雷啸的背影，心想：好悬，幸好班长这么负责！

丛荆在寝室帮林月收拾床铺，扫地上的酒瓶碎片，后悔不该把她一个人留在寝室里。谢子云也来了，丛荆愧疚地说："其实昨天她就吃安眠药睡了一天，我们自己秋游倒玩得挺开心……"

谢子云投来富有深意的一瞥，又故作成熟地说："其实，你们女生内部不团结也是一个因素，有的女生四处散播谣言，唯恐天下不乱。"

"是啊，唾沫星子能淹死人啊！"丛荆感叹道。

中午，林月平静地躺在床上，腕上缠着纱布。同学们都来看她，送来一件件礼物，一声声鼓励。谢子云也来了，送她一篇散文诗，让她珍惜生命的果实，告诉她流言止于智者。谢子云对林月的热心，让丛荆和梅朵心里都酸溜溜的。班主任陈老师领来了李教授，她上午上课时发现他们缺了课，问清情况后执意要来，手里还捧着一罐热气腾腾的鸡汤。

"李教授，您怎么也来了？"林月感动地问。

"我不放心你呀，你一直是我的好学生，怎么这么糊涂呀！来，先尝尝我这罐鸡汤！"李教授和蔼地说。

"我不喝，您喝我才喝，您还没吃中饭呢！"林月感愧地说。李教授只好先喝了半碗鸡汤，林月这才乖乖地张开了嘴。

李教授边喂边说："你们这么年轻，是国家的希望，我挺羡慕你们的。像你们这年龄，感情上的事情要把握好。你还是个孩子，什么都不懂。有什么事儿，不要闷在心里，把自己放在矛盾之中，这样，只会伤害自己。"

"是的，我自己要陷进去的，我们都耗得筋疲力尽了。现在我想摆脱他，摆脱不了。"

林月叹气又道："是我自己太好强，我不甘心落后受人耻笑，我不甘心就这样下去。"

"真要强就该活下去，死了什么也没有了。十年寒窗，你们刻苦攻读才考上大学,家里供你们读书也不容易,还有多少人根本没有机会上大学,你要珍惜呀!再说,你的能力很强,很快就会重新成为学习、工作上的佼佼者。"

"李教授,我明白了,我以前太把自己看轻。我会好好干的,请相信我!"

时间似乎可以冲淡一切,几个月过去了,安成仍在小心翼翼地捕捉林月的方向。看到他关切的眼神,林月便垂下眼睛。这些日子,一直是谢珊陪着她。舞会上,安成失望地看着谢珊和林月在眼前旋转。

元旦前夜,班里开假面舞会。假面都是文娱委员谢珊带着姑娘们自做的,米老鼠、唐老鸭、阿兰·德隆应有尽有。

谭小丽守在录音机旁,机子出了点故障,她折腾了半天,才放出了音乐。姑娘、小伙子们欢快地跳起了舞蹈,快三、快四、伦巴、恰恰。雷啸呆呆地站在一旁,不时问谭小丽,这是什么曲子,那是什么曲子,就是不请她跳。

谭小丽心里埋怨他,白白听着美妙的乐曲一支支结束。雷啸终于想起来似的,问她:"你怎么不跳?"

谭小丽嗔怪道:"没有人请嘛!"

雷啸向谭小丽伸出了手:"来,我来请你跳,我刚才以为你要一直守着录音机呢!"

谭小丽闻到雷啸刚洗过澡的衣领中透出的清香,感到很陶醉。

后来跳的士高,谭小丽、谢珊和雷啸又拉几个刚才一直没有上场的男生、女生，一起跳"32步"。大家一起踩着鼓点蹦跳着，这就是青春的节奏啊！作为班干部，他们必须经常调动同学们的积极性，还要教腼腆的同学跳舞。忽然，谭小丽发现一个戴着陌生的面具的人，他站了许久，才找到戴面具的林月，共舞起来。原来是他！真是用心良苦啊，安成居然自己做了一个猴头面具，来参加针灸90班的舞会。

林月似乎又默许了他，带着未抚平的伤痕。大家都很担心。这天晚上，林月正要出去，谭小丽厉声问："林月，你还不吸取教训？你这样纵容他只会更深地伤害他！"林月瞟了她一眼，头也不回地走了。又是熄灯后才回来。

第二天，谢珊拉林月出去散步。

"你知道吗？这些天，她们都很着急，特别是谭小丽，她很关心你。不过我知道，你听不进谭小丽的劝告，对不对？"

"谭小丽只是把我当作她的一种责任，以前，她和我谈文学，总是一定要说过我，好像当我哑口无言时她才满意。"

"是的，同性朋友间，竞争意识难免强一些。异性之间的友谊除了友情以外，还有一种相互的吸引和宽容，彼此也容易信任对方。这就是你和他，难以断交的原因吧！"

"我虽然不爱安成，但每次见到他，我总是把心里话全部倒给他，他也从不厌烦。我要出去玩，只有他才毫无怨言地陪我去。他就像一个没有摩擦力的岔道，我一上去就越滑越远。"

"你和他的交往不是以结婚为目的的，你注重的是过程，他追求的却是结果，对不对？"谢珊循循善诱地说，"你们断掉最好，你看，你差点成为一个悲剧的主角，这样值得吗？我觉得，你可以明白地告诉他，你们之间只能有友谊，不然连这点都没有了。你可以在自己不伤害他、他也不伤害你、你也不要自己伤害自己的前提下和他交往。关键靠你自己，调整生活的航线，重新扬起希望的风帆，好吗？"

"好。谢谢你。想不到你这么成熟，不，你是有理想的，所以比我坚定，比我明智。相信我，我会把握住自己的。"她们握紧了手。

七

谭小丽当上团支书以后，开始大刀阔斧地组织活动了。

"新官上任三把火。"第一把火，成立了一个科研小组。他们和针灸实验室的老师联系，借来了仪器，请老师指点，确立了一个新颖的选题。大家查资料、做实验、整理数据，忙得不亦乐乎。

第二把火，组建了一个家教联络点，每周抽两天下午在书店门口摆摊，为班上的困难同学联系家教工作，勤工俭学。

第三把火，接手了高年级同学照顾孤寡老人的学雷锋小组。

对前两把火同学们趋之若鹜，搞科研可以提高学习兴趣，做家教可以改善经济状况，就是学雷锋吃力不讨好。

谭小丽和班长雷啸只好带头参加学雷锋小组。丛荆本来很想参加科研小组的，不过，她奶奶刚刚去世，所以，很想照顾一下孤寡老人，安慰自己未尽的孝心。谢子云也加入了学雷锋小组，同学们大跌眼镜，不相信这个公子哥儿能做好事。

谢子云说："科研我怕累，我家条件好，也没必要搞家教。做点好事，积德行善，多好啊！"丛荆对他的看法有所改观。

路远山也加入了学雷锋小组，他一直默默关注着丛荆。多么刻苦能干的女孩啊！可是她总是风风火火，像小蜜蜂采花蜜一样一心扑在学习和宣传工作上，就没有一点时间去溜冰、跳舞。

"请你给我多一点点时间，再多一点点问候，不要一切都带走。"他在教室里惆怅地唱着这首歌。丛荆不知道，路远山是为自己唱的。

谭小丽带着学雷锋团小组，一起去看望孤寡老人。初次见面，谭小丽就和老人聊得很热乎，一边和老人聊天一边帮他们捶背。雷啸和谭小丽帮老人叠被子，路远山帮老人写信，谢子云帮老人整理房间，把新买来的风景画贴在墙上。丛荆刚洗完衣服，取来衣架准备出去晾。

婆婆指着谢子云说："这个同学个子高，帮小妹挂挂衣服吧！"

谢子云拿着叉子走在前面，丛荆抱着一盆衣服紧随其后，感觉真有点夫唱妇随的意思了。走到阳台，谢子云突然转身，喊了一句："不许动！"丛荆一惊，扑哧一笑。

他俩一个递一个晾，配合得很默契。谢子云赞叹地说："洗得真干净，以后一定是个贤妻良母。"

"住嘴！"丛荆伸出手在他身上揍了一拳。

谭小丽出来看到这一幕，抿嘴笑了："像丛荆这样品学兼优的女孩子，现在很稀有了啊！"

丛荆脸红了："你是在夸你自己吧，呵呵！"

"丛荆确实没话说，"谢子云眼睛里闪动着欣赏的光芒，"今后，我们团小组的学雷锋活动，就全靠你了！"路远山远远地望着他们谈笑风生，不由得叹了口气。

丛荆真是个热心人，除了定期的团小组活动，三天两头往孤寡老奶奶那跑，帮老人家买药、洗衣服、写信，还陪老人聊天。

谢子云从学雷锋小组的活动中，看到了丛荆闪光的心灵，内心的天平不知不觉向丛荆倾斜，他有事没事就找丛荆搭话。

丛荆每天只要看他几眼，说几句无关紧要的话，就心满意足了。就像《约翰·克利斯朵夫里》说的："初期的爱情只需要极少的养料！只要能彼此见到，走过的时候轻轻碰一下，心中就会涌出一股幻想的力量，创造出她的爱情；一点极无聊的小事，就能让他销魂荡魄。"

丛荆就是这样，用一颗敏感的心创造着自己心中的爱情，总在捕捉谢子云的身影。她没有刻意去看他，但他的一举一动，只言片语，都牵动着丛荆的心。丛荆就像一部灵敏的雷达，捕捉着谢子云的信号。

而谢子云呢，却像云一样捉摸不透。他是自由的，不羁的。

有时，他故意和丛荆逗趣。有时，他又和别的女生谈笑，却在有意无意中，回眸观察丛荆的反应。目光相遇时，谢子云似乎能看出丛荆眼中的无奈，而丛荆似乎也能看出谢子云心中的矛盾。

谢子云风流倜傥的外表下，内心里是否有一片深沉宁静的领地留给自己呢？丛荆不知道，虽然她早已下决心在大学期间潜心学习，但她仍然有那么几个早自习，无心读古文、英语，眼睛看着书本，心里却默念着谢子云的名字。有那么几个晚上，辗转反侧，噬啮骨髓般地渴望谢子云坚实的臂膀拥抱自己。

课间十分钟，谢子云在教梅朵唱小虎队的歌曲，丛荆坐在他们后排，路远山坐在丛荆后排。看到谢子云和梅朵一如既往地在前面谈笑，学唱流行歌曲，丛荆的心被刺痛了。一切都像没有发生过一样。"算我自作多情吧。"丛荆绝望地想。

路远山看到丛荆失魂落魄的样子，唱道："你说你爱了不该爱的人，你的心中满是伤痕……"丛荆知道路远山是在唱自己，但她装作没听见。她沉浸在自己假想的爱情中，好像中了蛊毒一样，不知如何自救，也拒绝别人的救赎。

八

操场上，同学们热火朝天地打着排球，就要举办班级排球比赛了。梅朵个子虽小，但她接球很稳，抢球时又灵活得像一头矫健的小羚羊。丛荆胳膊细细的，手总伸不直，球一接就弹飞了。轮到她发球的时候，她总也发不过网。

梅朵对丛荆傲慢地一扬脖子："你别总抢球啊，抢了也接不住。"梅朵心想："丛荆学习好有什么用，瘦得像麻秆，又不喜欢锻炼；做好事又怎么了，谁想做都可以做，又没有技术含量，最近和谢子云还走得挺近，真是自作多情。"

别的同学也嫌丛荆拖后腿，一致要求她下场。谢子云也一脸冷漠地附和着梅朵。谭小丽说："就让丛荆打完这场再换人吧！"丛荆含着眼泪打完了这场球，后面她的几个球都是憋足了气力发的，全发过网了，有个球还正好砸在谢子云身上。

一天傍晚，广播台播出一首歌，是一个女孩匿名给谢子云点的，是陈明真的《我用自己的方式爱你》："我用自己的方式悄悄地爱你，你是否为我的付出表示在意，我用这样的执着优柔地对你，你是否为我的期待满怀歉意？喔！音乐缓缓响起，听见自己说爱你！喔！摇摆梦的旋律，幻想拥有你的甜蜜！哪怕你我感情的归依，一个向东一个向西。哪怕你我感觉的距离，一个在天一个在地……"

惆怅而优美的歌声回荡在校园上空，特别是在男、女生宿舍楼间激荡。前面还有一段幽怨的话："那些烦恼和伤感，那些心乱和慌张，都是因为你，你却毫不在意……"

这下子，在女生寝室可掀起了轩然大波。

"这是谁给谢子云点的歌啊，可真够大胆的。"谭小丽说。

"总是听到男生给女生点歌，今天倒是反过来了。谁这么不要脸啊？"梅朵忿忿地说。

"也许是别人开玩笑吧,说不定是男生点的,逗谢子云玩的吧?"谢珊出来打圆场。

"哎呀,没想到谢子云这么讨人喜欢,大概是低年级的哪个女孩被他迷住了吧?"林月意味深长地笑了,狡黠地说,"今天晚上我得问问他。"自从发生过割腕事件以后,班上的男生都很关心林月。谢子云还陪林月逛过商场,友谊深厚。

丛荆坐在自己的桌前,面朝窗户,背对着大家,戴着耳机听英语,没有参与她们的议论。其实她心里比谁都清楚,又比谁都兴奋。

晚自习回来,林月眉飞色舞地发布事件进展:"今晚我一进教室,就问了谢子云,下午广播台《花瓣雨》节目给他点了一首什么歌。他轻描淡写地说,是一般的流行歌曲。我说前面还有一段好无奈好忧伤的话,他说点歌前都有一段话。"

"呵呵,越描越黑了!"谢珊笑得花枝乱颤。

"怕是我们中间真有人暗恋他吧?不会是你吧,谢珊?"谭小丽猜测道。

"呵呵,雷啸猜是谢珊或是梅朵,一个多才多艺,一个活泼可爱。他还说,谢子云应该为此感到自豪。"

"谁说的,我才不会给他点歌呢,也就是一个公子哥,学习还没我好呢!"谢珊辩解道。

"后来谢子云蛮害羞的,头都扭过去了,不答话了,呵呵!"林月忍俊不禁地说。

次日早自习,又有几个同学询问谢子云点歌的事情,梅朵坐在他一旁有些不自然，课间也没向他学唱歌。谢子云开始还有点难为情，后来就沾沾自喜起来，他偷偷观察着女生们的眼神，想从中找出什么端倪来。

是她？还是她？到底是谁给自己点的歌？丛荆总是躲避他的眼光，反而对谢子云更加疏远了。看到他像贾宝玉一样被女生们众星捧月，她装作满不在乎的样子。反正她是墨守成规的好学生，很难插进谢子云和女生们谈笑风生的场合中。

时值秋令，谢珊和丛荆来到花园，这有雍容华贵的万寿菊、毛绒绒的波斯菊、淡雅的麦秆菊，清香扑鼻，还有一品红、千日红、鸭嘴花等等。园丁们给了她们很多花籽，被她们捧在手心。丛荆遗憾地说："可惜有很多花都不知道名字。"

谢珊微微一笑："不用刻意知道每一种花的名字，那样就没有新奇感，那就成了园丁了。"

走在回寝室的路上，丛荆说，还想回花园讨点太阳花籽。谢珊说："还是随缘吧，不要刻意去求什么！"是啊，随缘，丛荆想："那我和谢子云到底有没有缘分呢？"

上晚自习时，丛荆打开抽屉，却发现里面有一朵金黄色的万寿菊，有手掌那么大，开得非常热烈，花瓣上还含珠带露呢。是谁采的花呢？是有意送给我的吗？丛荆觉得很有趣，自己才制造了一个小插曲，没想到别人也来给她出谜题。

文学青年总是希望生活富于情节一些，丛荆喜欢戏剧化的过程，但不一定需要结果。因此，她没有碰这朵花，让她孤独地在抽屉里躺了两天，第三天，花不见了。丛荆多么希望，谢子云就是谜题的答案。

还有两天就要期末考试了，同学们都在紧张复习。孤寡老人的邻居突然给系办公室打了电话，说老人昨天半夜起来喝水摔倒了，在地上躺了一夜，大概是骨折了。

谭小丽、丛荆她们得知消息后，心急如焚。好不容易上完了上午的四节课，谭小丽向团小组的成员说明了情况。雷啸建议，找后勤部门借一辆三轮车。

谢子云却对谭小丽说："我不去，一去又是一下午，我还没复习好呢。"

丛荆心想：不去就不去，谁稀罕啊！关键时候掉链子。

路远山自告奋勇地说："我去，我会踩三轮车。"

谭小丽、丛荆、雷啸和路远山赶到孤寡老人家中，邻居已经将老人扶到床上躺着。老人一见他们，眼泪就下来了："你们可来了，我动弹不了了，一动腿就疼。"

"恐怕真是骨折了！"雷啸检查了一下，小腿处有压痛和叩击痛。

四人小心翼翼地，把老人安顿在三轮车上铺的毯子上坐着。路远山在前面费力地踩，另外三人有的扶住老人的肩膀，有的推车。他们先来到区民政局，要看病的介绍信和办理有关借款手续。

管事的干部问他们是干什么的。谭小丽快人快语，自豪地说："我们是学雷锋的。"问明情况后，得知这几个中医学院的大学生和老人非亲非故，干部很感动，特事特办，给他们开通绿色通道，很快就办好了手续。折腾了一下午，老人终于住进了医院。

回到学校，路过台球室，路远山发现一个熟悉的身影，拉丛荆过去看。原来谢子云正在打台球，一杆一杆地打得正起劲，梅朵也在旁边。谢子云含情脉脉地看着梅朵："没想到你不仅是排球女将，还是个台球高手。"

"那可不，我中学时可是个假小子，男生玩的那些我都玩。"梅朵娇嗔地说。

丛荆一转身跑开了。路远山追上她，诚恳地说："你发现没有，谢子云是个志大才疏的人！"

丛荆吃了一惊，她知道，谢子云办事不踏实，只图自己开心，喜欢在女生面前表现自己。但这话由路远山说出来，丛荆心里还是有点不快，明显是嫉妒人家嘛。最近男生们对谢子云说话都有点酸溜溜的，因为他们没有受到女生这样的青睐。路远山想说，她难道看不出来？谢子云根本不适合她。但他不敢。

丛荆自己也不明白，像谢子云这样只是会舞文弄墨、说几句俏皮话讨女孩子欢心、学习成绩平平的人，怎么会在她心目中占据那么重要的位置。"他怎么样我无所谓，我们还是赶紧回去复习功课吧！"丛荆岔开了话题。

九

大学三年级下学期，丛荆和谢珊加入了广播台，共同主持《文学欣赏》栏目,谢珊当播音员,丛荆做编辑。

"各位听众,中午好,本台的第一次播音现在开始,下面是由丛荆编辑,谢珊为您主持的《文学欣赏》栏目……"谢珊清纯甜美的声音在校园里回荡着。丛荆和谢珊配合得非常默契,但节目反响不好。

梅朵说:"根本没几个人听你们的节目。"

广播台的台长拿出上届师兄许燕如的稿子:"你们看看,他写的稿子多有灵气。"

丛荆知道自己太书呆子,学生气,写的串词不太吸引人,她主动提议:"谢珊,那我们去采访一下许燕如吧?正好也可以出一期节目。"

来到许燕如的寝室,他抱着一把吉他,正在给自己写的诗谱曲。桌上散乱地摆着诗集和乐理书。一个别致的骨瓷做的手形花瓶里,插着一朵康乃馨,好像是纤纤玉手擎着一朵花似的,可以看出主人的品位。

见两位师妹驾到,许燕如热情地拖椅子、倒茶。

"久闻大名啊,我看过丛荆的散文,很清纯,谢珊的诗,很浪漫!"许燕如热情地夸奖道。

"哪里,哪里,我看过你的诗,很美,很纯,似乎你写诗是为了美化生活。"谢珊首先发问。

许燕如沉吟片刻,说:"我不是美化生活,而是生活中本来就有许多美的东西,需要提炼,我比较喜欢席慕容和泰戈尔的诗歌,他们善于寻找生活中至善至美的东西。"

"诗人似乎是一种奇怪的动物，他们躁动不安地寻找自我，却总是迷失了自我，你也是这样的吗？"丛荆不解地问。

"首先我不是诗人，不过我学诗是有一个过程的。开始我笨拙地模仿一些朦胧诗的意境、技巧，写得不知所云。后来我发现，只有回归自然，回到平淡如诗的田园意境，才能找寻到自我。"许燕如拿起吉他说，"我给你们唱支歌，轻松轻松。"

"有一只燕子在空中流浪，它找不到自己回归的故乡，不知道有谁说起这件事，不知道有谁听见它歌唱……"是艾敬的歌，被许燕如用浑厚的男中音唱了出来，别有一番惆怅和无奈。许燕如忽轻忽重地拨动着琴弦，仿佛拨动着谢珊的心弦。

"许燕如，我想你不会老老实实做医学院的学生的，你应该到社会上闯荡一番。"谢珊感觉师兄有点怀才不遇。

"社会让人看不起自己，艺术让人看不起社会。"许燕如惆怅地说。

"你看不起社会吗？如果你的艺术得不到社会的承认，又有什么意义呢？你应该像学医出身的罗大佑一样，自己作词作曲，进军歌坛。"丛荆总是那么慷慨激昂，似乎许燕如明天就能成为歌星。

许燕如叹了一口气说："我不想当歌星，也当不成歌星，没有机会啊！"

"我们1985级的师兄文岳就走出去了，在报刊上发表了上百万字的作品，现在改行当了报社编辑。希望就在你们身上，好好写，守住寂寞，争取以后闯出去。"许燕如用充满鼓励的目光看着丛荆和谢珊。

"我们差点忘了此行的目的啊,大诗人,我们的《文学欣赏》栏目不受欢迎,该怎么办啊?"见许燕如越扯越远,丛荆赶紧言归正传。

"其实你们的节目做得不错,就是形式有点呆板,可以增加点访谈之类的节目。稿件也很重要,要鼓动大家投稿,沙里淘金,把那些可以反映当代青年思想的稿子选播出来,而不是只读名家作品。能听到自己的习作播出,我想你们的节目一定会热起来的。"许燕如的一番话让丛荆和谢珊深受鼓舞。

下一期的《文学欣赏》栏目,丛荆和谢珊把许燕如请到播音室。谢珊朗诵了一首许燕如的诗,让他用吉他伴奏。那忧伤缠绵的乐曲,和低吟浅唱的诗句配合得天衣无缝。

节目播完后,丛荆疑惑地问许燕如:"我听过很多西方古典音乐,但不知你弹的是哪首世界名曲?"

许燕如潇洒地捋了捋长发,说:"我看到谢珊读得那么投入,把我的诗读得那么晶莹,纯美,心里一时激动,就即兴作了那首曲子。"谢珊惊讶得说不出话来。

此后,谢珊常找许燕如借书看,还拜他为师学吉他。丛荆发现谢珊变得爱打扮起来,有时不由自主地微笑,焕发了青春的光彩,他们似乎恋爱了。丛荆想:"我要好好成长,长成一个成熟的姑娘,把全部的爱献给值得我爱的人。"

周末,许燕如邀请谢珊参加舞会。

悠扬的舞曲声中,许燕如携着谢珊翩翩起舞。他的节奏感很强，聆听舞曲片刻就熟练地带着她旋转了。谢珊和很多人共舞过，这是第一次和他跳，谢珊有一种微妙的感觉。他的手柔软而温暖，他的肩膀宽阔而舒适，他的身上散发着温馨的气息。连转了近十圈以后，她几乎站立不稳："噢，我这是怎么了，我竟然渴望他顺势拥抱我。这就是爱的感觉吗？不，我以前从未有过这种感觉，只是这音乐、这灯光、这气氛，使我眩惑，使我沉醉。"

一曲终了，许燕如彬彬有礼地说："谢谢。"她仿佛从刚才的迷梦中苏醒了过来，直视着许燕如深黑的眼睛。下一曲开始了……两人几乎旋转了一个晚上，都有点站不稳了。

舞会结束了，许燕如邀请谢珊去校园走走。春夜的校园，树影婆娑，空气中弥漫着樟树叶和刺槐花的甜蜜香气。

谢珊仰望星空，那夜的星光分外迷人，每一颗星星都像是有了灵性，调皮地闪烁着如水的柔光。它们在深蓝的天鹅绒般的天幕上摆出繁花纷落的图案，似乎可以听到它们落在天之乐土的叮当的乐声。谢珊抬头仰望星空时，许燕如的下巴正温柔地搁在她丝绸般光洁的额头上。

"你看，月亮旁边有一颗星星。"谢珊指着静谧的夜空，又有了新的发现，

"那银星多像那一弯新月的伴侣呀，一个像白玉般莹洁，一个像钻石般璀璨，我多么希望……"许燕如欲言又止。

"你希望什么？"谢珊疑惑地问。

"希望它们就是你和我。"许燕如说着，顺势一转身，搂

住了谢珊的腰。许燕如颤抖的双唇刚一接触谢珊滚烫的红唇时，谢珊仿佛触了电一般，浑身酥软无力，倒在许燕如的怀里。他们像贪吃的小孩第一次品尝蜜糖一样，呼吸着对方带有树叶清香的鼻息。许燕如的手，渐渐滑向谢珊起伏的胸部。

"让我摸一下，可以吗？"谢珊如梦初醒，撩开了他的手："我妈说，女孩子要矜持一些，男人总是会得寸进尺的。"

许燕如饱涨的激情一下子被泼了一盆冷水，好像泄了气的皮球，兴味索然地说："难道你要一辈子做你妈妈的乖乖女吗？别人不都这样吗？你为什么要欺骗自己的感觉呢？"

谢珊有点委屈，她一向是老师眼中的好学生。自从小学时父亲因工伤去世后，母亲含辛茹苦地把她拉扯大，希望她能学业有成，出人头地。今晚，她觉得自己已经有些出格了，稀里糊涂地献出了自己的初吻，如果真的跟着感觉走，还不知道会发生什么事呢。

她捋了捋散落的长发，说："许燕如，其实，其实我刚才是一时冲动，我还不是很了解你，你也不见得就真的喜欢我。"

许燕如是学校公认的才子、帅哥，有不少女孩子投怀送抱，所以对谢珊的拘谨、保守很不理解："都20世纪90年代了，你还那么封建。算了，要熄灯了，你也该回宿舍了。"

他们就这样不欢而散。谢珊不明白，难道女孩子只有随随便便地才能讨男孩子欢心吗？

十

暑假快到了,安成也要毕业了。听说他有3门功课不及格,拿不到毕业证,还不知怎么办呢!

林月这段时间有点心神不定,她每天拿着一卷毛线,织了拆,拆了又织。谭小丽看不下去了,说:"林月,你到底怎么了,每天都做这些毫无意义的事情。团小组活动你都不参加,完全脱离了同学们的生活。"

傍晚,安成来找林月想办法,林月能有什么办法,只有两个字:"分手!"

"分手?亏你说得出口。不就是你总跟我闹分手,害得我整天魂不守舍,才考这么差的。"安成悲哀地说,"想当年我还是系里的学生会副主席呢!后来成了普通一兵,成绩也落后了。"

"那我呢,我原来还是班上的团支书,第一学期《解剖学》考全班第一。现在倒好,成天混日子。"

"安成,你怎么又来了,你还嫌害林月害得不够吗?"谭小丽看到安成又坐在林月旁边拉拉扯扯,气不打一处来,"我们班同学好不容易把她拉上岸,你又想拖她下水。"

安成讪讪地走了,他还舍不得走远,来到女生宿舍的顶楼。

残阳如血,西边暗蓝的天空被晚霞镶了一道金边,一队大雁有节奏地扇动翅膀飞过,发出阵阵哀鸣。旁边有个女孩在练气功，手臂像大雁一样左右舞动，很陶醉的样子。安成突然想练练气功，心想入静之后，就可以排除一切杂念，无欲无求了吧！

安成练着练着，却怎么也集中不了精神，眼前出现了一个又一个可怕的幻象。他忽而在烈火中炙烤，忽而和千万条游蛇搏斗，忽而和一个老道对打。突然，他感到一团火焰从丹田直冲头顶，看到眼前有辽阔的蓝天，千万只白鹤聚集在他周围。他觉得自己的嘴变尖了，胳膊弯成了翅膀，浑身长满了羽毛。一个声音对他说："你能飞了，飞吧！飞吧！"他一跃跳到阳台的水泥栏杆的边缘，像走平衡木一样摇摇晃晃地站在上面。

练气功的女孩发现了，吓得惊呼："别动！"

安成听不见女孩的声音，只听到那个声音在召唤："你快飞吧！飞吧！你怎么还不飞啊？"他张开双臂往下跳的一刹那，感觉身子变得很轻，和千万只白鹤一道，向着天边那即将隐没的一抹血红飞去……

林月听到安成跳楼自杀的消息，惨叫一声，晕了过去。等她醒来后，又接受了学校、公安局的一次次调查，她的精神快要崩溃了。幸亏那个练气功的女孩提供了一些线索，安成可能是最近拿不到毕业证，情绪低落，加上练气功走火入魔，才会发生跳楼的悲剧。

尽管谁也没有责怪林月，也没有谁追究她的责任，但她是心里有愧的。她能感觉到同学们看她的那种异样的眼光，好像在说："你就是凶手。"是啊，她要是早和安成一刀两断，不那么藕断丝连，大家安心读书，也许不会发生这样的事情。但感情的事情，谁能说得清楚。

这天早上，同学们还在洗漱，一位头发花白的大娘突然冲进女生寝室，嘴里喊着："你们谁是林月，快给我滚出来。"

林月还没有起床，躲在蚊帐里吓得瑟瑟发抖。谭小丽和谢珊赶紧拖住大娘，说："林月回家休息去了，您有话跟我们说吧！"

大娘的眼泪像决堤的洪水一样倾泻下来，哭诉道："我们家就他一个儿子，家里三个妹妹都没读书，供他一个，好不容易上了大学，没想到就这么没了！呜呜呜……"

丛荆给大娘倒了一杯热茶："您慢慢说，别着急。"

"我就不相信他是练气功精神失常，一定是那个林月，骗了我的儿子。我的儿子，我的好儿子，他那么孝顺，那么听话！"大娘的哭诉把大家都感动了，也都陪着掉眼泪。

林月突然从床上起来，跌跌撞撞地走到大娘跟前："我就是林月，您打我吧，骂我吧！"

谭小丽急得没办法，一个劲儿地把林月往身后扯。大娘浑身一震，一把抓住林月的肩膀，使劲地摇晃着，质问她："你为什么要逼死我的儿子？为什么？为什么？"林月没有申辩，眼泪扑簌簌地往下滴落着。

"你还哭，你有脸哭吗？"大娘松开手，颓然地靠在墙上。

林月突然扑向窗台："大娘，您不要生气了，我马上死给您看！"谢珊和谭小丽赶紧把她扯住。林月歇斯底里地哭闹着，试图挣脱室友的臂膀："让我死，让我死，活着不如死了清净。"

大娘动了恻隐之心："这孩子，你走了，你娘该有多伤心啊！"

林月更加悲从中来："您错了，我从小没爹没娘，我死了，不会有人哭的。"

谭小丽"啪"地打了林月一耳光："林月，你太自私了！你仗着自己是个孤儿，就可以随意践踏自己的生命吗？你想想，你哥嫂把你拉扯大，容易吗？班上那么多同学关心你，你好意思再次放弃自己？"

林月冷静下来，想起哥哥每天起早贪黑地在建筑工地做工，为了资助她上学，没少和嫂子吵架。自己要是就这么走了，哥哥该有多伤心啊！

善良的大娘不愿意再逼出一条人命："闺女，你好自为之吧，你好好活着，不要像安成一样傻。"大娘步履蹒跚地走了，老伴在楼下等她。他们怀里抱着一个檀木做的盒子——他们唯一的儿子，离开了令人伤心的校园。

男女生宿舍的同学们都齐刷刷地站在走廊的阳台上，目送他们的身影走出视线。天边出现了一道彩虹，似乎是安成在天边向大家做最后的告别。很多女同学流下了眼泪，林月更是羞愧难当，又哭了半夜。谭小丽和她挤在一张床上睡着，她一直拍着林月的背，像哄小孩一样哄她睡着。

十一

次日清晨，林月起床后，发现自己眼前灰蒙蒙的。

"天亮了吗？"她问谭小丽。

"你在说胡话吧，天都大亮，她们都去上早自习了，我怕你再做傻事，没敢走。"

谭小丽催促道："你快点洗漱，我们一起上课去。"

"好，就你还等着我。"林月弯腰系鞋带，突然扑倒在地上。

"怎么了，林月？"谭小丽扶起林月，关切地问。

"我看不见，什么也看不见了！"林月惊呼道。

谭小丽安慰道："可能是你哭得太多了，要不你先睡一会，我先去上课，下课再来看你好点没。"

林月躺了一个多小时，视力恢复了一些，眼前有一些微光，但只能看到半米以内的东西。她想起中医书上说的暴盲，也就是西医的视神经萎缩。自己莫非得了这种病，今后怎么生活？当一个瞎子，什么也干不了，谁来养活她？苦命的哥哥难道要一直养她到老？生活之门在她面前重重地合上了，难道这是命运对她的惩罚？她越想越伤心。听到远处传来的隐隐约约的火车声，她摸下了床。

第二节课后，谭小丽赶回寝室，林月的床铺空空的，自己的桌上放着一张明信片，正面是电影《滚滚红尘》的剧照，题句是三毛的遗言："我的这一生丰富、鲜明、坎坷、也幸福，我很满意。"背面用歪歪斜斜的字迹写着："谭小丽，我走了，谢谢你常常陪着我,周末都不回家休息,但你不能陪我一辈子的。不要去找我,如果我出了什么事,和学校的任何人都没有关系。林月。"

谭小丽脑子里"嗡"地一响,莫非她又要做傻事……谭小丽赶紧飞奔回教室,向正准备上三、四节课的《中医内科学》老师说明了情况。谭小丽走到讲台前,急切地呼吁:"同学们,三、四节课我们不能上了,林月突然双目失明,留下遗书出走了,我们各团小组分头去找。"

班长雷啸指挥大家兵分几路,有的去附近的铁路道口,有的去湖边,有的去江边。

林月摸摸索索地往铁路道口走去,她回想着自己短暂的二十年人生经历的种种,特别是近两年的变故,她又恨又悔。"我走了以后,哥哥会伤心吧?不过,我再也不要拖累他了。谭小丽,对不起,我不该嫉妒你代替了我的位置。谢珊、丛荆、雷啸、谢子云,你们待我像兄弟姐妹一样,我真舍不得你们。"

她一边思绪万千,一边缓慢地挪动着脚步。她还没有习惯于做一个瞎子,摔了好几跤,膝盖都摔流血了。她来到铁路道口,沿着铁路往前走,终于她听不到嘈杂的人声,确认不会有人来干扰她的行动。她侧躺在冰冷的铁轨上,手扶着枕木,眼前出现一幕幻象:漆黑的夜里,突然升起了漫天的星辰,它们组成了一个图案,那是安成,他张开双臂,躺在夜幕中,迎接她的到来。她听到远处传来的,由远而近的隆隆的火车声。

雷啸赶到时，火车离他们只有几十米远。他抱起林月往旁边的草堆就地一滚，火车从他们身边疾驰而过。隆隆的声音震撼了他们的整个身心。林月已经吓晕了，她以为自己已经来到了另外一个世界。

谭小丽在一旁惊呆了，她和雷啸一起把林月送到附属医院眼科，才发现雷啸的后脑勺被路基的碎石划破了一道口子，还流着血。安顿好林月后，谭小丽才带着雷啸到急诊科缝了几针。

林月住院的头一个晚上，就有很多同学来看她。每个男、女生寝室都有代表，有的给她送花，有的送水果。陆宇还抱着吉他给她唱郑智化的歌："他说风雨中，这点痛算什么？擦干泪不要怕，至少我们还有梦……"

林月的双眼虽然缠着绷带，但她似乎能看到同学真诚的笑脸。

"你们，你们对我太好了。过去，我只想到自己，总是猜疑别人，总是以为别人在说我坏话，我错了……"林月愧疚地说。

"你别说了，好好养病，等你病好了，我们还等着你参加我们的团小组活动呢！"雷啸热情地说。

"谭小丽，对不起，我曾经嫉恨过你，觉得你抢了我团支书的位置，现在我真服了你了！"林月真诚地说。

"林月，你是不是想来一句周星驰的'I 服了 YOU 啊'！"谢子云打趣道。大家都笑了。

两个月来，寝室里的姑娘们轮流看护林月打点滴、喂饭菜、上厕所等等。丛荆帮林月抄笔记，给她讲课。腧穴课要点穴，谭小丽每晚来到林月病房，脱了衣服教林月点穴位。林月仅凭感觉摸那些骨性标志，竟比视力正常的学生摸得还准。

林月的视力逐渐恢复了正常，到期末考试前夕，已经痊愈出院了。同学们看到了一个全新的林月，开朗、乐观、友善，这是凤凰涅槃后的重生。

谭小丽对丛荆说："林月康复得这么快，除了用西药扩张血管和激素治疗以外，中药汤剂可立了大功啊！现在，你不再看不起中医了吧？"

丛荆不服气地说："我现在的专业思想可牢固了。林月的暴盲发病骤然，视力急剧下降。伴有头痛目眩，抑郁善怒，气逆善息，脉涩。辨证为肝气郁结，气血瘀滞。因此医生采用了疏肝解郁，行气活血的方法。你说，应该用什么汤药？"

"那当然是柴胡疏肝散了。"谭小丽自信地答道。

"柴胡疏肝散是可以散肝气之郁结，但还需要加用丹参、红花、桃仁、地龙这些活血化瘀的药物，这样才能有效解除视乳头充血、水肿啊！"丛荆的讲解让谭小丽信服了："还是你学得扎实！"

十二

银杏的三度春秋匆匆而过，到大学四年级了，学习紧张起来。《刺灸学》实验课，每个人都要在自己身上扎针，或者两人对扎。几个月下来，电针、水针、头针、耳针、艾灸、火罐等，他们都自己亲身体验了上百次。中午或傍晚时分，寝室里都有同学们在练习扎针。实习课上，男生们都把自己的后背贡献出来，供女生们练习拔火罐。

学习太紧张了，上《方剂学》，一百多个方子都要记住，还要会随症加减。同学们都流行背汤头歌诀，用五言或七言绝句把每味方药包含进去，但一百首诗也不好背啊。

丛荆把每个方子里面的药编成一句幽默的话语，一百个方子也就是一百句话，很快把所有的方子都记得滚瓜烂熟。班主任陈老师说："同学们都要注意一下学习方法，有的同学整天上自习，也考得不理想。你们看丛荆同学，又要办黑板报，又要照顾孤寡老人，耽误很多学习时间，还总是考第一。"

上晚自习课，路远山主动坐在丛荆的旁边，向她请教学习方法。丛荆把自己编的那些搞笑的句子给路远山看，路远山快笑岔了气："丛荆，你太可爱了，呵呵！"

"弟弟卖草药，百元皆归母，这怎么就是百合固金汤呢？"路远山疑惑地问。

"这个方剂的成分是生地、熟地、麦冬、甘草、芍药、百合、玄参、桔梗、归身、贝母，每个药取一个字，加上谐音，不就是这句话吗？"丛荆对答如流，逐一解释每句话的意思。路远山很快也记住了这一百多个方子。

下晚自习，路远山要丛荆一起在校园走走，路远山给丛荆讲了自己的家事。他的家乡在武夷山脉，放假便和猎人们一起到深山老林去打猎，树上缠的、地上盘的都是蛇。林子里还有老虎、豹子、野兔。有一次，他和猎人抱着猫一样大的小老虎玩，结果被母老虎追了几里地。

山上的天池很深，和溶洞相通，地下的暗河里有全身透明的大鱼，在钟乳石间游来游去。他经常在天池潜水，用竹竿呼气，在水面采莼菜，莼菜味道鲜美滑嫩，富含氨基酸、阿拉伯糖、甘露糖、维生素等营养素，是很珍贵的蔬菜之一。

"那你们可以天天吃莼菜炒鸡蛋了？好羡慕你们啊！"丛荆对这种天然的美景特别神往。

"但是我们那里交通不便，人民的生活水平还是比较低，很多小孩没钱上学。就是有钱，也没有老师愿意去。"路远山皱起了眉头，神色很凝重。

"那你还是挺不错的，这么艰苦的条件还考上了大学。"丛荆感叹道。

"我家的条件并不差，我父亲是山区里唯一的一个工科大学生。他毕业选择回到家乡，建了化肥厂等许多厂子，是总工程师。当年德国专家都很佩服他们这些土包子，竟然把进口的生产线进行了改装，把生产效率提高了几倍。"谈起父亲，路远山特别自豪。

"那你为什么不子承父业，反而学了医呢？"丛荆不解地问。

路远山的眼圈突然红了："当年我父亲工作太忙，母亲咳血也瞒着父亲，结果得了很严重的肺结核，我两岁时她就早逝了。所以我立志学医,不能再让病魔肆虐。"路远山含着眼泪,坚定地说。

"是啊,肺结核也不是绝症,你母亲走得太早了。"丛荆感叹道。

"我父亲拉扯我上了大学后,给我找了一个后妈,只比我大几岁。我很生气,就不要他给钱供我读书。"

"难怪你做几个家教,其实你父亲也挺不容易的,你也应该理解他。"丛荆安慰道。

"是啊,我在慢慢接受这个新家。我准备毕业回家,开发山里的中草药资源。我们那地道药材可多了,那药名够你背几天的,呵呵!"路远山自豪地说。

"真想到你老家旅游一趟。"丛荆羡慕地说。

"欢迎啊!我们山里的猎人都是用大碗喝酒,大口吃肉的,特别豪爽,你一定会喜欢的。"

秋季运动会开始了,针灸90班的同学都踊跃报名。谭小丽、梅朵、雷啸都是运动健将,经常为班上捧得各项冠军。运动会前八名都可以积分,第八名得一分,第七名得两分,以此类推,第一名就可以得到八分,每个同学的积分之和就算作班级的总分,赛出团体的名次。

除了运动健将外,班上同学几乎都上阵了,只要能为班上拿一分,也是好的。

丛荆虽然身体纤弱,也还是上阵了。为了参加这次运动会,她已经跑了两个星期了。路远山擅于长跑,每天晚自习后两人一起在操场上练习长跑。丛荆报名参加了3000米长跑和3000米竞走，这两个项目太累人，没人愿意报。丛荆想：我只要能坚持到最后，说不定能给班上拿几分呢。

第一天上午丛荆没有项目，她一直鼓动着班上观战的同学写稿，她自己就写了好几首诗。写得好的稿件，广播台就会播出，为班上的运动员加油。谭小丽和梅朵不负众望，分别获得女子50米和100米短跑的冠军。雷啸获得男子100米亚军。

下午，丛荆参加竞走比赛。她走得很费力，很快被一群英姿飒爽的姑娘们甩到第八名以后了。但她没有气馁，每到弯道处都试图赶超前人，但还是被甩下了。道旁的体育老师说："这孩子走得真可怜，姿势也不正确，走得这么费力。"

到最后半圈，丛荆咬着牙加快脚步，接连赶超三人，得了第七名。到终点时，林月和谢珊赶紧冲过去扶她，但她还是两脚一软，倒在地上。林月感动得哭了："你怎么这么不要命啊！"

谢珊小声对林月说："她今天月经还来了，我叫她弃权，她偏不。"

丛荆回到班级所在的区域，准备去拿瓶班上的汽水喝。谢子云在管后勤，面无表情地说："那是给4×100的运动员喝的。"

哦，丛荆想起来了，4×100项目，梅朵是主力。谭小丽见了很生气，"砰"地打开一瓶汽水："我的那瓶不喝了，给丛荆喝！"

"唉，我只拿了两分，是没资格喝汽水的。"丛荆自卑地想,"不过谢子云这人也太可恶,没有一点同情心,可惜我当初怎么瞎了眼看上他了。"丛荆似乎有所顿悟。

第二天上午,丛荆又参加了3000米长跑。比赛前,林月一直帮丛荆揉腿,督促她做准备活动,她知道劝丛荆放弃也没有用,昨天已经劝了一晚上了。男生们分段在跑道上守着,丛荆一跑过来他们就加油、带跑。由于本来就处在特殊时期,昨天3000米竞走已经耗费了一些体能,丛荆很难加速。到了最后一圈,丛荆已经忘记自己是谁了,迈动双腿向前冲刺,脑海里只是在想着:"黄继光、邱少云、董存瑞……"

扩音器里传来谢珊的声音:"丛荆,加油!丛荆,加油!"刚好轮到谢珊当播音员,她见丛荆在冲刺,直接喊上了。

丛荆超越了一人,得了第八名。路远山守在终点,和林月一起扶住丛荆,递上自己买的一瓶荔枝饮料:"你真不简单,这么瘦弱的身体还给我们班又拿了一分。"

丛荆上气不接下气地说:"我要是不拿这一分,对不起班上同学们的支持啊!"

检录处的体育老师说:"丛荆不错,素质好,认真!"

谢子云从路远山和丛荆身边走过,惆怅地唱了一句:"只是她的身旁有个他……"

丛荆和谢子云对视了一秒钟,赶紧把眼神移开。谢子云这样若即若离,忽冷忽热,丛荆已经不想再理他了。

下午的男子5000米比赛,路远山像一匹野马一样,飞快地跑着。丛荆一直在跑道旁观战,似乎给了他无穷的力量,前几圈他都遥遥领先。路远山在班上素有拼命三郎之称,大家都为他捏了一把汗,怕他没有冲刺的后劲了。班上的啦啦队喊得震天响,跑道上有很多同学在加油。

跑到第六圈时,路远山渐渐体力不支,满头大汗,突然摔倒。丛荆和同学们跑去扶他,他捂住胸口,剧烈地咳嗽起来,咳出几大口血来。同学们都慌了,赶紧把他送到医院。

十三

路远山住进了医院的内科,同学们纷纷前去看望。林月特别积极,主动帮路远山收拾病房,她说:"我生病时大家都那么关心我,现在,轮到我出力的时候了。"

丛荆更是责无旁贷地承担了照顾路远山的任务。想到每次出黑板报,路远山总是精确地计算出每篇文章所占的版面,白纸的尺幅,像设计师一样拿着尺子比来比去,把黑板报的版面排得既美观又准确,不用增加或减少一个字的篇幅,丛荆就觉得自己亏欠了路远山很多。

胸片出来了,丛荆拿过来一看,右上肺有一个孤立的球状阴影,边缘呈火焰状放射。莫非是肺癌?丛荆心里凉了半截,好在医生还没有确诊。

"远山,你咳血有多久了。"丛荆想用自己所学的知识先判断一下路远山的病情。

"有一个多星期了,我晚上练长跑时就发现了。"

"那你为什么不早点去医院?"

"我去了,胸透检查时就发现有阴影,恐怕是肺癌。"路远山绝望地说。

"不可能!"丛荆心如刀绞,她不能失去路远山,多好的一个同学啊!

"怎么不可能,我爸爸整天设计图纸,每天要抽一盒烟来保持清醒,我从小就生活在烟雾缭绕中。他害得我母亲得了肺结核,又害我得了肺癌,还故意给我找那么年轻的一个后妈,让我难堪!"

"肺结核?兴许你是肺结核?肺结核也会出现肺部团块状表现。"丛荆好像突然抓住了救命稻草,"快跟医生说说,给你查查是不是肺结核。"

其实医生刚刚给路远山做了结核菌素试验,过了两天结果出来了,是强阳性。医生判断路远山胸片的表现,是陈旧的肺结核钙化病灶复发。在原有纤维钙化性结核灶上复发的肺结核有时可呈肿块状,也会有分叶、毛刺等假象,容易与肺癌相混淆。

丛荆得知医生确诊的结果后高兴极了,见了谁都想笑。路远山也转到了传染病房,同学们只有通过隔着病房的玻璃门和路远山讲话了。

这天丛荆又给路远山送笔记,路远山在玻璃门上敲了三下,深情地望着丛荆。丛荆不知就里,疑惑地问他:"你很烦?"路远山摇头。

"想出院?"他还是摇头。整天关在传染病房,路远山这个在山里自由自在跑惯了的孩子，像困兽一样，真够难为他的，丛荆想。远山急了，拿出一张纸，原来是一份小的黑板报，版面排得好好的，仔细一看，写的全是丛荆的名字。

丛荆这才明白了，她也含笑在玻璃门上缓缓敲了三下，飞也似的逃回了寝室。

第二天，丛荆给路远山的病房送去一盆水仙花。圣诞前夕，水仙花开了，呆板的病房也变得雅致和温馨了。那几朵洁白晶莹的花儿，被翠绿的茎叶支撑着，在风中盈盈颤抖的身姿，像纤弱的丛荆一样，特别令人怜爱。那鹅黄的花蕊散发的阵阵清香，比茉莉还要清幽，比桂花还要甜蜜。路远山每天清晨和傍晚都要亲吻一下水仙花盈洁的花瓣，在他的心目中，丛荆就像水仙花一样活泼、透明、清纯、水灵。他幻想着，哪一天能吮吸到青春的花蜜，那该是多么幸福！

十四

圣诞节到了，大雪纷飞。女生宿舍楼下几乎被冻成了溜冰场。走出宿舍去食堂买饭的同学几乎走一个，倒一个。谢珊碗里还接了一个雪球，也不知谁扔过来的。

回到宿舍，梅朵正在公布一个特大新闻。

"你们知道吗？1989级的许燕如和同班的女朋友一起退学了！"梅朵眉飞色舞，颇有点幸灾乐祸。

谢珊心里一紧，自己已经和他有一年多没联系了，原来是另寻新欢了。

"到底怎么回事啊？"丛荆关心地问，毕竟许燕如还是自己的前任编辑，还采访过他。

"他把女朋友肚子搞大了，又不敢去正规医院，到一个小诊所流产，结果大出血。"

"没有生命危险吧？"善良的丛荆最关心的是，不要出事，不要出人命。

"算她命大。许燕如一看小诊所没招了，赶紧送到我们的附属医院，人是抢救过来了，但这事一下子就被学校知道了，他们就双双退学了。这个许燕如，我早就看出他不是什么好东西了，花花公子。"梅朵像一个道德家一样评说着。

谢珊心里非常后怕，幸亏当时自己没有就范，只是失去了初吻，不然，也许悲剧的女主人公就是自己了。

"我觉得许燕如还是有责任心的，甘愿和女朋友一起退学，正好他可以改行搞音乐。"丛荆还在为许燕如说话。

"别想得那么天真了。听说，许燕如准备带女朋友一起回他的老家呢！"梅朵讪笑道。

"不过，两人夫妻双双把家还，过上田园生活，不也挺好的嘛！"丛荆憧憬地说。

"亏你还是公认的品学兼优的好学生，原来你向往的是这些啊？"梅朵不屑地说。

"许燕如还是可惜了，没管住自己的情欲，耽误了前程。"谭小丽客观地评价道，"也许他们是主动退学的，觉得没脸在学校待下去了。还有半年就毕业了，学校也不会这么绝情逼他们退学吧。"

好在许燕如还有点良心,这点多少让谢珊心里获得一点安慰。丛荆不会是也是想和路远山一起回到家乡,过上田园生活吧?晚上,谢珊把丛荆拉到校园,想劝劝她。

"丛荆,最近你有点不对劲,总往病房跑。难道,你也想和远山夫妻双双把家还吗?"谢珊单刀直入。

丛荆没有答话,似乎是默认了。

"你别傻了,他有肺结核,小心传染你。"谢珊善意地提醒道。

"肺结核也不是绝症,一年就能痊愈。"丛荆很有信心地说。

"再说了,你成绩这么好,全班第一,到时候保送读研究生非你莫属。他回他的山区,你读你的研究生,从此劳燕分飞,否则未来你们差距越来越大,最后肯定要分手。"谢珊着急地说。

"你知不知道,谭小丽的父亲和系主任原来是高中同学,好像他在活动,争取保送谭小丽呢?"谢珊业余在广播台播音,朋友多,有不少小道消息,"你可要多加小心啊!"

"谭小丽对我挺好的,保送她我也没意见!"丛荆虽然不喜欢这种暗箱操作,但她还是相信谭小丽是个好同学,可能只是她爸爸喜欢折腾。

没过几天,系主任果然把丛荆喊出教室,问她今后有什么打算。

系主任本来是劝说她不要保送本校,争取考到西医院校去，没想到丛荆说："我想到基层中医院去，把我的所学奉献给山区的老百姓。"

"想不到你的思想境界这么高。"系主任给丛荆戴了不少高帽子，"要不，明年实习就直接分配你下乡算了。"

丛荆原来很佩服医术高明的系主任，现在很失望："看起来他是希望我考西医院校有个好的前程，原来是自己心里有个小算盘。"

十五

大学五年级了，路远山在家乡休学治病，丛荆主动要求到路远山家乡的县医院实习。

班主任陈老师拦住了她："你一个女生，到山区县医院实习，在那里无亲无故的，我还有点不放心。一般我都是安排男生到县里实习，你还是留在附属医院实习吧！再说，快毕业了，你是全班第一名，以后保送、留附院工作都少不了你。关键时候你不在学校，我担心你会失去很多机会。"陈老师刚毕业就留校当了班主任，是一名正直的青年教师。他多次暗示丛荆要抓住机会，可是这孩子总是听不进去。

丛荆婉言谢绝了班主任的美意，她知道班主任是为自己的前途着想。考研诚可贵，留校价更高，若为爱情故，两者皆可抛。她决心已定，一定要到路远山的家乡实习，顺便也可以照顾他。

丛荆如愿以偿地来到武夷山脚下的一所中医院。在青山绿水间,她和路远山只能拉拉手,也不能做其他亲密的举动,但他们的心是相通的,这就足够了。在家乡山水的滋养下,呼吸着新鲜的山野的空气,远山恢复得很快。他不愿意自己拖累丛荆,半年后,他还是要求丛荆回省城的附属医院实习。

"爱情的意义是帮助对方提高,同时也提高自己。我不愿意你为我牺牲前程,你还是回附院实习吧!"

"那我不放心你。"丛荆依依不舍地说。

"没关系,我也和你一起回学校。"远山已经基本康复了,他愿意陪伴丛荆度过人生的关键时期。

丛荆回到学校,才知道发生了一系列意想不到的事情。

梅朵到院长那里把系主任告了,因为丛荆放弃保送读研究生,她和谭小丽势均力敌,都有机会保研。但是系主任执意要保送谭小丽,她一查分数,谭小丽的总分还没有她高。

一个没有背景的女孩,哪里斗得过系主任。学校一句话,优先保送班干部。她梅朵为班级做了些什么?不过就是学习好。保送读研究生,还要看对班级的贡献大小呢!

丛荆心里是支持谭小丽的,但也不喜欢系主任这种特别明显的偏袒,用心良苦地扫除一切保送谭小丽的障碍。因为谭小丽全心帮助过林月,丛荆也就原谅谭小丽了。而且,这些也许不是她自己的意愿。

留校的名额也定了,是谢子云。大家都很吃惊,为什么不是丛荆或是梅朵、雷啸呢?谢子云成绩平平,也没有当过班干部,凭什么留校呢?

原来，谢子云在附属医院实习时，认识了一位高干的女儿，对方虽然是个护士，但家里很有背景。谢子云为了留校，向那个美丽的护士发起了猛烈的攻势。

梅朵肯定是不依的，她到谢子云寝室找他，正好两人正在蚊帐里卿卿我我。梅朵掀开蚊帐，差点和那个女护士打了起来。谢子云和那个护士落荒而逃。梅朵提来几瓶开水，把他们的床铺浇了个透。谢子云正好找了个借口，住到高干家里当上门女婿去了。

寝室的哥们倒是松了口气。原来谢子云经常把女护士带回寝室过夜，把床铺搞得咚咚直响。哥们说："兄弟，能不能轻点，我们还要休息呢！"况且梅朵经常来找碴儿，他们也忙于帮谢子云打掩护，也是筋疲力尽了。谢子云走了，倒是落得清净。

丛荆暗自庆幸，幸亏自己终究放弃了对谢子云的暗恋，不然一样会受伤害。原来他就是一个没有骨气的人，靠攀高枝来改变自己的命运。

丛荆和路远山在校园里和谢子云不期而遇。"喂，那不是谢子云吗？怎么成这样了？"谢子云头上缠着绷带，脸肿得变了形，也不答话，低头走开了。原来高干通过关系让谢子云留附院工作，班上不知有谁不服气，请了社会上的混混打了他一顿。他也不认识那几个混混，心里也觉得理亏，也就白挨打了。

路远山鼓励丛荆考西医院校的研究生，虽然不能保送研究生，也不能留附院工作。但远山觉得，丛荆还是不应该放弃自己的前途。

梅朵考的还是杏林中医学院的研究生，看到丛荆和路远山有说有笑，她不免有些嫉妒。她费尽心机追来的谢子云，却还是抛弃了她。

上午考第一门课政治思想理论，丛荆信心满满地走进考场。她打开笔盒，准备拿出准考证，天啊！准考证竟然变成了一张废纸？丛荆急得满头大汗。监考老师见她没有准考证，只好将她请出了考场。

丛荆急得快哭了，赶紧给系办公室打电话。班主任陈老师半小时后终于赶到了，带来了单位介绍信，经过一番交涉，丛荆终于重新走进了考场。她极力让自己镇静下来，赶紧开始答题。虽然迟到了半小时，少答了一道大题，但丛荆已经尽力了。

到底是谁偷梁换柱呢？寝室里昨天有好几个同学都要考研，都复习得很晚。丛荆的笔盒就放在寝室的桌子上，难道是寝室的同学不想让她考好，故意使坏？丛荆顿时不寒而栗。回到寝室，谭小丽关切地问丛荆："考得怎么样？"自己抢了丛荆的保研名额，感到很愧疚，她是真心希望丛荆能考好。

"唉，还能怎么样？准考证被偷了，幸亏陈老师给我开了介绍信，才让我进了考场。少了半个小时，政治题目都没有做完。下午考英语时心情不好，也没发挥好。"

梅朵的脸上露出一丝不易察觉的微笑。

"谁那么缺德啊，要么就公平竞争，干吗背地害人呢！"谢珊忿忿地说。

"没关系，你基础那么好，就算迟到也应该能过关的。"林月安慰道。

路远山也在安慰丛荆，一定要稳住，不能再影响后面考试的情绪了。

十六

考研的成绩出来了。梅朵以高分被杏林中医学院录取，丛荆只达到西医学院自费读研的分数线。

丛荆想放弃，她的父母都从县城的工厂内退了，暂时还没有工资。父亲去年在深圳打工时中风了，现在在家休养。家里等着她早日工作，挣钱养家呢！

路远山鼓励她："好不容易上线了，我先工作，供你读书。"

路远山说到做到，他找到一家医药公司做推销员。由于他勤奋工作，业绩突出，一年就被提升为地区经理。他支持丛荆读完了硕士又读博士，等丛荆博士毕业，他们才举行婚礼。

梅朵读研究生期间爱上了自己的师兄，都要谈婚论嫁了，双双回到师兄的老家，发现师兄已有妻室，还刚刚生下一个大胖小子。梅朵知道对方有了孩子离婚无望，只好黯然离开，硕士毕业后去国外留学了。

谭小丽读研究生期间品学兼优，又被保送读博士，最后留校任教。雷啸次年考上研究生，和谭小丽终成眷属。

林月先被分配到县城的中医院,在谭小丽的鼓励下,三年后考上母校的研究生。毕业后被分配到广州某中医院,工资不菲。

谢珊毕业后到学校附近的某女性杂志当编辑,主持健康栏目,业余写小说发表,成了当地小有名气的业余作家。

二十年后,雷啸当上了省城某医院副院长,组织了一次同学聚会。

谭小丽、林月、丛荆、谢珊带着孩子重逢了,孩子们玩得很开心。班主任陈老师一家也来了。

梅朵没有来,听说她在国外嫁了个老外,生了两个混血儿,更是彻底不想回来了。

"谢子云怎么样了?"丛荆问,"是怕见到梅朵不敢来吗?"

"谢子云当上了附院某科室主任后,没几年,就和那个高干子女离婚了。"谭小丽解释道,"大概是自己事业有成了,觉得再也不愿意受岳父的差遣,也不愿意伺候娇小姐脾气的老婆了。"

"啊,前年他到广州来玩,还把老婆孩子带去了,这么快就换人了?"林月惊讶地问。凡是同学到广州去,林月都是吃住全包,尽情款待。同学们给了她两次生命,她常怀感恩之心。

"听说是一个刚毕业的女大学生到他们科室实习,主动追求他的,他没招架住。"谢珊神秘地说。在女性杂志当编辑,她有不少八卦新闻。

"中年男人的魅力挡不住啊，你想想，人家培养好的成熟优质果实，她毫不费劲就摘下了，少奋斗十多年呢！不过，我培养了雷啸这么多年，还是像个村干部似的。"谭小丽自嘲地说。

"那样你不是更放心，我是三心牌丈夫，小丽只要准备一颗放心、一颗信心，还有一颗甜心，就可以做个稳操胜券、怡然自得的好太太。呵呵！"雷啸扬扬得意地说。

"你还说呢，整天要我在家当老妈子，你看丛荆多年轻，比当年还漂亮。"谭小丽羡慕地望着丛荆。

"那当然了，路远山当了中草药进出口公司的老总，家里请了两个保姆，丛荆当然舒心了。哪像我们，整天围着锅台转，煎炒烹炸多伤皮肤啊！"谢珊羡慕地拉着丛荆，看看她的手，细皮嫩肉的，一看就是没做过家务事。

"我那是没办法，我整天要往家乡跑，联系山里的中草药出口，家里不请保姆，丛荆教授一个人在家怎么吃得消？又是教学、又是科研，还要带我们的宝贝儿子！"路远山嘴里叫着苦，眼里却溢满了幸福。

"原来我们班男生都把丛荆当成小孩子，还是远山有眼光，把我们的丑小鸭培养成白天鹅了！"陆宇也过来打趣，他在南方开了一个私人诊所，每天门庭若市，深受患者欢迎。

"去你的。"丛荆白了陆宇一眼。是啊，爱情是最好的化妆品。丛荆体态丰盈了，皮肤也白皙了，举手投足都有着成熟女人的风韵，但又不失少女的调皮可爱，和当年不起眼的扎着羊角辫的小丫头判若两人。

路远山也长得壮实了,山里打猎的经历早就练就了他一身的肌肉。现在经济条件好了,穿衣打扮讲究品位,也不是当年的野小子了。

雷啸还是那么高大帅气,陆宇却发胖了。

"没办法,给病人治好了病,人家请我吃饭,不去也不行。"陆宇无奈地说,"丛荆,你等着啊,我明年就报考你的研究生,杀回省城来。"

"行啊!热烈欢迎,你到我们实验室来,废寝忘食干上一年,保证你减肥成功,呵呵!"

"今天见到大家真的很高兴,大家事业有成,各有千秋。特别是见到可爱的下一代,他们是我们事业的接班人。你们针灸90班是我毕业后带的第一个班,也是我的骄傲!"陈老师感慨万千。

同学们围住陈老师一家,摆出各种搞笑姿势,开开心心地照了合影。

全班同学把一幅画送给陈老师留作纪念,这幅画全是用大大小小的银杏叶拼成的,描绘了杏林中医学院的校园景色。

二十载春秋过去了,银杏园还是那么迷人、幽深、美丽。她承载着同学们青春的梦想、眼泪和欢乐。银杏园至今还流传着同学们当年的故事,青春的记忆永不褪色!

2015年9月

跋

相知无远近，万里尚为邻

谭玉平 新华网监事长，中国社会福利基金会副理事长

手捧李熳教授的《医海文心》，我首先看的是"冬日暖阳"一章，阅读之中，十几年来的温暖场景一幕幕在眼前浮现。

2006年，北京儿童医院血液科的秦茂权主任找到我，说有一个非常感人的事情，希望我能帮助一下。牡丹江一个"民选"的副镇长关云，为了挽救一名患白血病的弃婴蓉蓉，已经倾家荡产、走投无路了。那时候中国的互联网自媒体没有今天这么发达，我就在自己的新浪博客上发出了纪实文章《拿什么拯救你，我的女儿》。文章发出后，很快就受到来自社会上的关注。当然也有不少质疑，认为我们是骗人的，说什么的都有。但我坚信，我们这个社会绝对不缺乏爱心，只缺乏信任。在连续发出几篇文章后，一些素不相识的网友——梦冰、鹰的天空（诗人张红樱）等人纷纷加入这支拯救队伍中来了。特别是网名为"澳洲的梦里楼兰"的朋友引起我的注意，她不停地转发我的博文，还拉自己的亲戚朋友一起捐助。

经过联系得知，"梦里楼兰"是华中科技大学同济医学院在澳大利亚做访问学者的李熳教授。在我们大家正在救助蓉蓉的同时，一位加拿大的华人网友又向我们发出了求助。他返回温哥华时路过上海，遇到一位安徽阜阳的男子独自带着一对残疾双胞胎四处求医，他希望我们也能伸出援助之手。

于是，我们大家又积极行动起来了。就这样，我们这些爱心朋友，加上北京的忆梦、万水千山、多多、明月，长沙的小飞，福建的夜子等一队人马，产生了大家联合起来做一点公益的想法。"众人拾柴火焰高"啊，毕竟当时都是年轻的朋友，说干就干，我们成立了自己的圣诺亚爱心公益社团，团结了一批爱心朋友，从"西部助学"到"北京太阳村"等项目，风风火火地干了起来。彼时的楼兰虽然远在澳大利亚，但几乎每一次网上讨论都少不了她。李熳教授负责圣诺亚宣传组的工作，率领宠爱、飘雪、亚当、心心、多多、菲菲、梦婷、小亮、遥遥、心飞扬、心舞、石头、旁观者、欧阳清梧、孟杉等志愿者，在十多个门户网站和论坛进行公益募捐和宣传，吸引更多人加入爱心队伍。后来，楼兰访学归来，就更多地实地参加我们的公益活动了。而且，在紧张的教研工作之余，她把湖北的公益活动做得有声有色。从"圣诺亚"到"爱心衣橱"，楼兰都是湖北公益活动的实际组织者。她说自己不当站长，就当一名资深的志愿者，支持站长琦琦爸爸（何航）的工作就可以了。但我们心里都知道，楼兰是有实无名的站长。直到有一年我去湖北出差，正好赶上楼兰组织武汉理工大学的师生为血液病大学生小春组织义卖，我才见到网上这位风风火火热心公益的大教授本尊，她居然是一位那么瘦瘦小小的弱女子！

"予人玫瑰，手有余香。"大家都知道，一个人做一件好事并不难，难能可贵的是长期坚持下去。公益路上的酸甜苦辣不是外人所能理解的。但我们在李熳教授的这本书中，读到的是坚韧执着的追求，是成功帮助他人的喜悦，是一种忘我的豁达。每年"99公益日"刚结束，教授就开始为第二年的目标而努力。那么长的捐款流水账，每年一笔一笔记录下来，记录的是大家的帮助，记录的是自己的无私奉献，记录的是对爱心朋友的感恩之心。当小春病愈出院继而完成学业，教授比自己的课题通过还高兴；当云秀顺利考上大学，教授比自己的女儿拿到录取通知书还激动。公益人付出的是汗水和泪水，收获的是内心的强大和富足。这种满满的幸福感，也不是常人能够体会的。

心中有爱，满目皆花。作为教授，作为学科带头人，李熳教授在工作中必然有这样那样的烦恼。"医海泛舟"里可以看到她从事基础医学教学和科研的酸甜苦辣。作为女儿、妻子，作为儿媳妇，作为母亲，也必然有这样那样的家庭琐事。"人间有情"里，可以看到她对已故长辈的怀念，对亲情的眷恋，和对友情的珍惜。李熳教授喜欢随手记下每天的所思所想，我曾对她说，你是被医学耽误了的作家。"文海归心"里，可以看到她编织故事的才华，她写的《银杏园春秋梦》，让我看到了中医大学生的风貌。

无论是从本书中，还是在我们的公益群里，永远也看不到教授的任何抱怨。教授给我们的永远是那种快人快语、风风火火、雷厉风行的印象。在她的眼里，这个世界是这么的美好，如果还有不完美的地方，那我们努力去做好。教授的风格，也深深地影响着众多像小飞、夜子这样的志愿者。我知道，小飞并没有把她当作一位大教授，一名博导，而是一位无话不说的知心姐姐。教授也是用自己的一言一行，凝聚了湖北站乃至全国的每一位志愿者。

有爱的人永远年轻。很难想象，年近半百的教授永远这么精力充沛。她自己要改课题，要辅导学生，要教育孩子，还要管理那么多的公益群，组织那么多的公益活动，还担任党支部书记，完成各种各样的支部工作。我给教授最多的话就是"注意身体""注意休息"。特别是在遭遇某些突发灾难时，深夜我都快睡了，看到她还在各个志愿者群组织各种物资调配、人员车辆安排、善款的筹措和使用。而经常大清早我醒来，看到教授在群里又开始了工作。我想，这就是大爱的力量在支撑着这位瘦小的女性，为国家分忧，为社会效力，让我这个大老爷们都感到汗颜。

在我的公益朋友中，李煜教授是学历最高的；在我的这些高学历的朋友中，李煜教授是公益做得最好的！公益，不是一个人做多大的事，而是很多的人，长期去做好每一件小事。我想，教授此书，既是那些资深志愿者们的精神家园，也是那些即将踏上公益之路的年轻人的指路明灯。

《医海文心》，一位医学教授的文学梦，也凝聚了我们志愿者团队的公益情！

2022 年 3 月